별 옆에 별

Star by Star

First published in Ireland under the title Star by Star by Little Island Books in 2017
ⓒ Sheena Wilkinson 2017
Korean language edition ⓒ 2018 by Dolbegae Publishers
Korean translation rights arranged with Little Island Books Ltd.
through Mr. Ivan Fedechko, IFAgency, Lviv, Ukraine
and EntersKorea Co., Ltd., Seoul, Korea.

꿈꾸는돌

19 별 옆에 별

시나 윌킨슨 장편소설 | 곽명단 옮김

2018년 12월 17일 초판 1쇄 발행
2019년 11월 15일 초판 2쇄 발행

펴낸이 한철희 | **펴낸곳** 돌베개 | **등록** 1979년 8월 25일 제406-2003-000018호
주소 (10881) 경기도 파주시 회동길 77-20 (문발동)
전화 (031) 955-5020 | **팩스** (031) 955-5050
홈페이지 www.dolbegae.co.kr | **전자우편** book@dolbegae.co.kr
블로그 imdol79.blog.me | **트위터** @dolbegae79 | **페이스북** /dolbegae

주간 김수한 | **편집** 권영민
표지디자인 김동신 | **디자인** 이은정·이연경
마케팅 심찬식·고운성·조원형 | **제작·관리** 윤국중·이수민 | **인쇄·제본** 상지사 P&B

ISBN 978-89-7199-913-4 (44840)
ISBN 978-89-7199-432-0 (세트)

책값은 뒤표지에 있습니다.

이 도서의 국립중앙도서관 출판예정도서목록(CIP)은 서지정보유통지원시스템 홈페이지(http://seoji.nl.go.kr)와
국가자료공동목록시스템(http://www.nl.go.kr/kolisnet)에서 이용하실 수 있습니다.(CIP제어번호: CIP2018033508)

별 옆에 별

시나 윌킨슨 장편소설

곽명단 옮김

✺ ✺

돌베
개

책과 역사를 좋아하는
줄리 맥도널드에게

차
례

역사적 맥락에 관하여

이 소설의 배경은 1918년 겨울 무렵, 아일랜드 안팎에서 어마어마한 일들이 벌어지던 시절입니다. 대전the Great War이 끝나고, 독감이 온 세상에 널리 유행하고, 아일랜드는 독립 문제로 진통을 겪고, 투표권을 따내기 위한 여성 참정권 운동이 한창이던 때예요.

대전은 질질 끌다가 1918년 가을에 끝났어요. 지금은 제1차 세계대전이라고 부르는 그 전쟁은 4년이 넘게 걸렸어요. 그동안 전쟁터에서 죽거나 다친 청년은 수백만 명을 웃돌았습니다. 1918년 11월 11일에 휴전 협정이 체결되었을 때, 세상 사람들은 지칠 대로 지쳐 있었죠.

전쟁 때문만은 아니었어요. 1918년에서 1919년까지 세계적으로 유행한 독감 때문이기도 했어요. 인류 역사에서 손꼽힐 만한 이 엄청난 참사로 목숨을 잃은 사람이 전 세계에서 5,000만 명이 넘었습니다. 전쟁으로 사망한 인원수보다 훨씬 많았던 겁니다. 거의 모든 유형의 독감에 희생되는 것은 대개 노약자인데, 이때 유행한 독감은 유독 수많은 젊은이의 목숨을 앗아 갔습니다. 발병 속도가 무섭도록 빠르기도 해서, 길에서 갑자기 죽은 사람들 이야기도 많습니다. 이 독감은 더러 에스파냐 독감이라고도 부릅니다. 에스파냐의 어느 신문이 최초로 보도했기 때문이에요. 아일랜드도 다른 나라들 못지않게 타격이 커서, 독감 희생자가 2만 명이 넘었습니다.

전쟁 직전, 당시 영국의 지배를 받고 있던 아일랜드는 자치를 눈앞에 두고 있었어요. 자치권을 얻으면 영국 의회에 보고할 의무가 있기는 해도, 독립적 권한을 상당히 많이 갖게 된다는 뜻입니다. 그런데 전쟁 때문에 아일랜드의 자치가 미루어졌습니다. 당연히 1914년에는 전쟁이 그렇게 오래갈 줄 아무도 예상하지 못했죠.

1916년에 부활절 봉기*가 일어났습니다. 아일랜드를 지배하는 영국에 항거한 싸움이었죠. 전쟁 중에 일으킨 탓에, 이 봉기를 반역으로 여기는 사람은 영국뿐만 아니라 아일랜드에도 많았어요. 각계각층의 아일랜드인 수천 명이 영국군에 입대해서 전쟁을 치르고 있었기 때문이에요. 그런데 1918년이 되면서 아일랜드 민족주의 진영의 태도가 바뀌기 시작했습니다. 영국이 1918년에 징병제를 도입하여 아일랜드 남성들을 강제로 전쟁터로 내보내려고 했기 때문입니다. 이것을 계기로 신페인당Sinn

---

★ 아일랜드 공화주의자들이 부활절 주간에 일으킨 무장 투쟁. 아일랜드 독립 운동 기간 중 최초로 무장한 사건으로, 더블린 중앙우체국을 점거한 뒤 우체국 앞에서 아일랜드 공화국 선언문을 낭독했다. 6일간의 투쟁으로 수많은 사상자가 발생했으며 반란군은 무조건 항복하고 지도자 대다수는 처형되었다.

Féin 지지자가 늘어났어요. 민족주의 진영에서는 자치를 추구한 반면, 신페인당은 완전한 독립을 원했습니다.

1918년 12월에 치른 영국 총선에서, 신페인당은 아일랜드 선거구들에서 압승을 거두었습니다. 얼스터**의 일부 지역에서도 마찬가지였습니다. 영국 총선 최초로 여성 당선자가 나온 것도 이때였습니다. 그 사람은 신페인당 후보로 나선 콘스턴스 마르키에비츠***였어요. 그러나 아일랜드 공화국 건설을 추구했던 마르키에비츠는 웨스트민스터에 있는 영국 의회 의사당에는 나가지 않았어요. 그 대신 신페인당은 더블린에 아일랜드 의회인 달 에런Dáil Éireann을 창설했습니다. 그럼에도 몇 년 뒤 훨씬 많은 피를 흘리고 나서야, 아일랜드는, 아니 적어도 26개 주는 영국으로부터 독립하여 아일랜드 자유국****을 세웠습니다.

이전까지는 부동산을 소유한 남성들만 선거에서 투표할 수 있었어요. 여성들은 1870년대부터 투표권을 얻기 위해 싸웠는

** Ulster: 이 소설의 공간적 배경인 아일랜드섬의 북부 지역으로 현재 영국령 북아일랜드와 아일랜드 공화국령으로 나뉘어 있다. 가톨릭교를 믿는 주민이 대다수인 다른 지역과는 달리, 개신교를 믿는 영국계 주민이 절반 이상을 차지한다. 이지역에서는 영국 정부가 아일랜드 자치령 법안을 제출한 1912년부터, 더블린에 아일랜드 자치 의회를 설립하는 것에 반대하면서 영국과의 연합을 요구하는 이른바 '얼스터 서약' 운동을 지속적으로 펼쳤다.

*** Constance Markiewicz: 1868~1927. 공화주의자이자 여성 참정권 운동가이자 사회주의자. 공동 창설한 아일랜드 시민군과 함께 부활절 봉기에 참여했다. 폴란드인 백작과 결혼한 이후 백작 부인으로 불렸다.

**** Irish Free State: 아일랜드의 독립 운동 결과 현재 북아일랜드에 해당하는 얼스터 지역 6개 주를 제외한 나머지 전역을 통합한 아일랜드 자치 국가(1922~1937). 1949년에 영국에서 완전히 독립하는 아일랜드 공화국의 전신이다.

데, 여성 참정권 운동이 본격화된 것은 20세기 초였습니다. 그리하여 마침내 1918년에 참정권이 확대되었어요. 21세 이상의 모든 남성과, 주택을 소유한 30세 이상의 여성 또는 주택을 소유한 남성과 결혼한 30세 이상의 여성이 투표할 수 있게 된 겁니다.

여성 참정권 운동 단체는 영국에도 아일랜드에도 많았어요. 그만큼 투표권을 얻기 위한 투쟁 방식도 다양했습니다. 그중 가장 잘 알려진 단체가 여성 사회 정치 연합WSPU: Women's Social and Political Union이었어요. 이 단체를 이끈 사람은 에멀린 팽크허스트 부인과 부인의 세 딸 중 맏이인 크리스타벨이었죠. 여성 사회 정치 연합은 평화로운 전술이 번번이 묵살되는 것에 좌절했습니다. 그래서 '말이 아닌 행동으로'Deeds Not Words라는 구호를 내걸고 직접 행동에 나섰던 겁니다. 공공건물을 표적으로 삼아 유리창을 깨뜨리기도 하고, 우체통에 불을 지르기도 했습니다. 직접 행동을 하다가 투옥된 사람도 많았어요. 1914년 8월에 영국이 대전에 가담하면서부터, 여성 사회 정치 연합은 참정권 운동을 보류하고 전시 노역에 온 힘을 쏟았습니다. 그러나 여성 참정권 활동가 중에는 전쟁에 반대하는 사람이 많았어요. 결국 여성 참정권 운동 진영은 분열하게 되었습니다.

아일랜드 자유국 여성들은 1922년에 남성과 동등한 투표권을 따냈지만, 영국 여성들은 1928년까지 기다려야 했습니다. 맨 처음 여성에게 선거권을 준 나라는 뉴질랜드였는데, 그때가 1893년이었어요. 그런 반면에 사우디아라비아는 2015년에야 여성 투표권을 인정했습니다.

　내가 처음으로 투표를 한 것은 30년 전, 1987년 그레이트브리튼 북아일랜드 연합왕국* 총선거 때였어요. 그날 나는 투표소로 걸어가면서, 싸우고 고통받고 목숨을 잃으면서까지 내 권리를 행사할 수 있게 해 준 여성들을 기억했습니다. 지금도 여전히 나는, 내 표를 던질 때마다 그 여성들을 생각합니다.

시나 윌킨슨

2017년 6월

북아일랜드 다운주州에서

★ 영국의 정식 이름.

1234567890

객차가 거의 비었다. 기차가 해안을 따라 덜컹덜컹 쿠안베그로 향할 무렵에는 빗줄기가 차창을 때렸다. 남은 사람은 네이비블루 외투를 입은 소녀와 나뿐이었다. 갈색 머리를 단정하게 땋은 소녀는 학교 소설*에 나오는 인물 같았다. 일찌감치 학교 소설을 뗀 나였지만, 지금은 한 권쯤 있었으면 싶은 생각이 절로 들었다. 읽을거리라곤 누군가 두고 내린 「벨파스트 텔레그래프」뿐이었다. 활자가 어찌나 작은지 눈이 아프고 두통까지 날 지경이었다. 내가 짐짓 한숨을 푹 내쉬면서 신문을 내려놓았다. 아니나 다를까, 소녀가 신문에서 눈을 떼고 고개를 들었다.

"전쟁과 독감 얘기뿐이야, 여전히. 그래도 전쟁이 곧 끝날 거래." 내가 말했다.

소녀가 딱딱한 미소를 지어 보이더니 고개를 옆으로 돌려 창밖을 내다보았다. 주룩주룩 내리는 비와 푸르스름한 잿빛을 띤

★ school story: 20세기 초반에 한창 유행했던 청소년들의 학교생활을 소재로 한 소설.

스산한 바다밖에 볼 것이 없는데도.

내가 다시 말을 걸어 보았다. "어떤 남자가 108세에 죽었대. 만약 내가 그 나이까지 산다면…… 어, 2011년에 죽겠네. 말도 안 되지 않아?"

"그러게." 소녀는 심드렁하게 이 한마디만 하고는 다시 신문을 집어 들었다. 「아이리시 시티즌」이었다.

내가 빽 소리치며 알은체했다. "우리도 그 신문 봐! 적어도, 예전엔 그랬어." 엄마랑 친한 로즈 아줌마가 가끔씩 벨파스트에서 보내 주곤 했었다. 그런데 둘이 대판 싸우고 나서 아줌마는 자취를 감춰 버렸다. 그때 이후로 보지 못했던 신문을 보니, 마치 옛 친구를 만난 기분이었다.

"너 여성 참정권 운동가야, 그럼?"

"당연하지!" 내가 모직 목도리를 풀고 외투 옷깃에 달린 작은 배지를 보여 주었다. 녹색과 보라색과 흰색으로 된 WSPU 배지였다. 그 소녀가 활짝 웃더니, 외투 옷깃을 뒤집어 보였다. 똑같은 배지를 달고 있었다! 반대로 달아서 알아보지 못했을 뿐이다.

"수업 끝나자마자 곧장 왔거든. 곤경에 빠진 적이 한두 번이 아니라서 몰래 달고 다녀." 소녀가 배지를 떼더니 옷깃 앞쪽에 다시 달았다.

"그러는 거 질색이야. 나는 내 신념을 절대로 숨기지 않아." 혹시나 자신을 비난하는 말로 오해할까 봐, 내가 얼른 덧붙였다. "아닌 게 아니라, 나는 학교를 그만뒀으니까 별 문제가 없는 거지 뭐." 그러고 나서 단발머리를 손으로 탁 쳤다. 어른스럽게 비치기를 바라면서.

"우리 엄마도 이 배지를 싫어하셔." 소녀가 한숨을 쉬었다.
"너네 엄만 안 그러시니?"

"내가 아주 어렸을 때, 엄마가 나를 데리고 여성 참정권 운동 집회에 갔던 때가 지금도 기억나. 다른 여자애들이 시험 삼아 자수 견본 작품을 만들 때, 나는 깃발에다 **여성에게 투표권을** VOTES FOR WOMEN이라는 구호를 수놓고 있었어." 나는 자꾸 목이 메어서 시선을 무릎으로 떨구었다.

"부럽다! 우리 엄마도 그랬으면 좋았을걸."

나는 마른침을 꿀꺽 삼켰다. 그 애가 질문을 더 했다면 엄마가 죽었다는 말을 하게 되었을 것이다. 그랬다면 끝내 울음을 터뜨렸을지도 몰랐다. 그런데 나는 우는 법이 없었다. 부둣가에서 여행 가방에 걸터앉아 있던 오늘 아침만 해도 울지 않았다. 영국 리버풀에서부터 거친 바다를 건너온 탓에 여전히 속이 메슥거리고, 날씨는 시나브로 추워지고, 점점 더 심사가 꼬였다. 어쩌면 이 낯선 나라에 나 혼자 있다는 것이 살짝 겁났는지도 몰랐다. 북적거리던 사람들이 거의 다 빠져나가고 남은 몇몇이 나를 빤히 바라보았다. 참다못해 벌떡 일어섰다. 누구도 측은해하지 못하도록 턱을 바짝 치켜들고, 느긋하게 기차역 쪽으로 걸어갔다. 마치 모두 내 계획이었다는 듯이. 30분 동안 여행 가방에 걸터앉아 있었던 것은 그저 안개 낀 10월 아침에 벨파스트 부두의 아름다움을 감상하기 위해서였다는 듯이.

분명 쿠안베그 기차역에는 낸시 이모가 나와 있을 터였다! 전보를 보냈으니까. 항구에 마중 나오지 않아서 기차 탔어요. 오후

1시 5분 도착 예정. 스텔라 그레이엄. 내가 누군지 아주 잘 알 텐데도, 추가 비용을 물면서까지 굳이 그레이엄을 덧붙였다. 비까지 내리는데 조카딸을 몇 시간 동안 부두에 내버려 둔 사람에게 허물없는 사이처럼 굴고 싶지 않아서. 너무나도 이모답지 못한 행동이라서. 나를 불러 줬다고 해서 감격한 게 아니라는 사실을 일깨워 주려고. 솔직히 이모라는 생각도 들지 않았다. 여태껏 한 번도 만난 적이 없을뿐더러, 내게는 가족이 익숙하지 않았으니까. 엄마밖에 없었으니까.

소녀에게 계속 말을 걸고 싶은 마음은 간절한데 제대로 말할 자신이 없었다. 하는 수 없이 다시 「벨파스트 텔레그래프」를 읽는 척했다. 낌새를 알아챘는지 그 애도 「아이리시 시티즌」을 보기 시작했다. 틀림없이 이상한 아이로 비쳤겠지만, 적어도 울음은 터뜨리지 않았다.

기차가 기우듬히 모퉁이를 돌아들더니 끼익하는 브레이크 소리와 함께 요동을 치며 멈춰 섰다. 쿠안베그에 도착했다! 그 소녀는 일분일초라도 빨리 내리고 싶었는지 서둘러 문으로 갔다. "잘 가!" 그 말만 남기고, 연기와 증기에 휩싸여 버렸다. 아마도 사랑하는 부모님이 나타나 잽싸게 데려가고 있겠지. 어쩌면 자동차에 태우고 가서 벽난롯가에 앉아 티케이크*를 노릇노릇하게 구워 줄지도 몰라. (얼추 점심시간이었지만, 밤새 기차를 타고 온 탓에 시간 감각을 잃어버렸다.) 그 소녀는 얼굴도 모

★ 건포도 따위의 말린 과일을 넣어 동글납작하게 만든 빵으로, 대개 구워서 차를 마실 때 곁들여 먹는다.

18

르는 잔인한 이모에게 가지는 않을 거야. 낡아 빠진 바닷가 하숙집에서 하녀로 부릴 생각만 하는 사람에게. 제아무리 작은 소도시일지라도, 다시 만날 일은 없을 테지. 엄마가 여성 참정권 운동가를 싫어한다니까, 딸이 나를 만나도록 허락하지 않을 테지.

여행 가방이 갈수록 뚱뚱해지는 것 같았다. 별수 없이 가방을 둘러 묶은 끈을 꽉꽉 잡아당기고 나서 버클을 다시 채웠다. 맨체스터에서부터 여기까지 오는 내내 터질 것 같은 위기감을 느꼈기 때문이다. 여정의 막바지에서 내 기대를 저버리지 않으리라는 믿음이 없었다. 내가 여행 가방을 객실 선반에서 끌어내려 기차에서 내렸을 때는 증기와 연기가 말끔히 걷혀 있었다. 플랫폼에는 이모 같은 사람은커녕 어떤 인간 생명체도 없었다. 바람이 내 외투 자락을 휙 들췄다. 나는 모직 베레모를 더욱 단단히 눌러썼다. 사람이라고는 구경도 못 했지만 애써 괜찮은 척했다. 그러나 마음속에는 두려움이 차올랐다. 낸시 이모가 끝내 나타나지 않으면 어쩌지? 나 혼자 이곳에서 영영 오도 가도 못 하게 되면 어쩌지? 마중 나오지 못할 사정이라도 생긴 걸까?

가장 가능성이 큰 사정은…….

두려움이 방울방울 피어올라 풍선만큼 부풀었다. 아니야! 이번엔 아닐 거야. 하지만 아니라고 자신할 근거가 없잖아? 온 나라에 난리가 났는데. 휴교 조치가 내려졌고, 묻지 못한 시신이 산더미처럼 쌓였고, 길을 가던 사람들이 갑자기 쓰러져서 죽고…….

풍선만큼 부풀어 오른 그 감정은 허기로 치부해 버렸다. 작은 빵 하나와 차 한 잔으로 해결될 리는 없어도 얼마큼 달랠 수는 있을 터였다. 기차역 근처에 있는 간이식당은 작았다. 식당에서 일하는 여자가 내 말씨를 잘 알아듣지 못해 세 번이나 되풀이해야 했다. 그나마 식당 안에 작은 난로가 있었다. 조금 뒤나는 흠집 난 나무 식탁에 앉아, 여행 가방을 발치에 두고 하얗고 두툼한 사기 머그잔에 손을 녹였다.

만약 낸시 이모가 이미 죽었다면, 큰 탈이었다. 유일하게 살아 있는 친척이었으니 이만저만 낭패가 아니었다. 그러나 한번도 만난 적은 없어서, 개인적으로 애통해할 만한 관계는 아니었다. 어쩌면 이모가 내게 유산을 남겼을지 몰라. 그것으로 내삶을 살아갈 수 있을 거야. 어떤 삶을 살게 될지는 몰라도, 바닷가 하숙집에서 노예처럼 사는 것보다 나쁠 리 없겠지. 클리프사이드 하우스Cliffside House라는 그 하숙집은 엄마와 내가 살았던 집과 다를 바 없을 테지. 맨체스터 유파토리아가街 17번지의 그 집보다 도리어 외풍만 더 심하겠지.

버림받은 기분이었다. 한편으론 고상하고 굳세게, 빨간 머리앤과 잔 다르크를 섞은 인간처럼 살아갈 수 있을 것도 같았다.

내가 급한 것은 빵이 아니었다. 아직도 빌고 있었다. 금방이라도 문이 벌컥 열리기를, 다정하게 웃음 띤 이모가 황급히 뛰어 들어오기를, 끊임없이 사과하며 반겨 주기를, 아직까지는 나혼자 내 삶을 살아가지 않아도 되기를. 그러나 문은 열릴 줄 모르고, 웨이트리스는 카운터를 닦으며 코를 킁킁거리고, 찻잔을 비운 나는 한 잔 더 주문할 돈이 없었다.

하릴없이 여행 가방을 든 채 턱을 바짝 치켜들고 물었다.

"클리프사이드 하우스를 아세요?"

"어." 웨이트리스가 행주질을 하며 코를 킁킁거리면서 대답했다.

희망이 가물거렸다. 장례식에 가려고 왔니? 비참한 일이지 않니? 이런 말은 하지 않았으니까. 아니지, 혹시 낸시 이모가 바로 오늘 아침에 죽었을지도 몰라. "길 좀 알려 주실래요?"

웨이트리스가 여행 가방을 보며 얼굴을 찌푸렸다. "꽤 먼데."

"맨체스터에서부터 내내 저 혼자 왔는걸요." 나는 차마 뽐낼 수 없었다지만 웨이트리스는 감동할 법도 한데, 내 정체가 뭔지 알아내려는 듯 꼼꼼히 뜯어보기만 할 뿐 전혀 그런 기색이 없었다.

"바닷가를 따라 끝까지 가면 항구가 나와. 거기서 클리프길 Cliff Road로 들어가. 오른쪽이야. 거기서부터 오르막길을 계속 올라가. 갈림목이 나오면 다 쓰러져 가는 집이 보일 거야. 거기서 왼쪽에 있는 좁다란 오솔길로 가. 곧장 가면 그 집이 나와."

좁다란 오솔길이라니 도무지 감이 잡히지 않았다. 그렇지만 늘 그렇듯이 그곳에 가면 누구에게든 물어보면 될 것이다.

"고맙습니다."

여행 가방을 단단히 챙겨 들고, 매서운 바닷바람이 언제 잡아채 갈지 모를 베레모를 꾹꾹 눌러쓴 다음, 나는 출발했다.

1234567890

쿠안베그는 만灣 주위를 따라 길게 펼쳐진 소도시였다. 한쪽 끝
에는 석조 항구가 자리하고, 그곳에서 갈라져 나간 몇 개의 도
로를 중심으로 테라스 하우스*들이 들어서 있었다. 벼랑들이
거대한 회색 제분소 같은 시내를 쏘아보았다. 큰길가 상점이며
카페 들은 대부분 덧문이 내려져 있었다. 점심때만, 혹은 반나
절만 영업하는 것인지 아니면 겨울철이라 그런 것인지는 알 길
이 없었다.

바닷물이 방파제에 철썩 부딪칠 때마다, 해초 조각들이 수
프에 썰어 넣은 대파처럼 둥둥 떠다녔다. 나만 했을 때 이 길을
걸어 다녔을 엄마는, 탈출을 꿈꾸며 바다 저편을 건너다보았을
게 틀림없었다. "나랑 로즈, 우리 둘은 엉뚱한 몽상가였어!"라
고 엄마는 말하곤 했다. 제분소와 공장과 상점 들이 벽처럼 안
전하게 둘러싸고 있는 테라스 하우스 주택가에 길들어서인지,

★ 테라스가 달린 연립 주택으로. 처음에는 상류층의 고급 주택 혹은 별장이었으
나 산업 혁명 이후에는 노동자 계층의 주택으로 확산되었다.

내가 위험에 노출된 어린아이처럼 느껴졌다.

　벼랑길 어귀는 완만한 오르막길이었다. 푸른 잔디밭이 바다까지 내뻗은 파스텔 색조의 시골 저택들이 곳곳에 보였다. 아이싱을 입힌 생일 케이크 같은 분홍 저택에는 기다란 베란다가 있었다. 그곳에 줄줄이 늘어선 휠체어마다 무릎을 담요로 덮은 청년들이 앉아 있었다. 빤히 쳐다보지 않으려고 애쓰긴 했지만, 내가 보기엔 담요 밑에 무엇인가 있다는 표시가 별로 나지 않았다. '서니뷰'Sunny View라는 저택 이름과 달리, 오늘은 볕바른 풍경이 아니었다. 귀청이 윙윙 울리고 베레모까지 벗겨질 정도로 바닷바람이 거셌다. 가엾은 부상병들. 끔찍한 전쟁터에서 다치고 와서 음울한 잿빛 바다 앞에 앉아 있다니. 나는 먹이를 낚아채는 매처럼 야무지게 여행 가방을 꽉 그러쥐었다. 나와 처지를 바꾸자고 하면 저 베란다에 있는 남자들이 너도나도 덤벼들 게 뻔했다.

　저택들이 끝나자, 길이 훨씬 험했다. 길바닥은 거칠고 비탈은 어찌나 가파른지 쉬엄쉬엄 가지 않을 도리가 없었다. 걸음을 멈출 때마다 가방을 내려놓고 쑤시는 어깨를 주물렀다. 다시 가방을 들 때면 어김없이 손잡이가 삐걱거렸다. 이곳까지 올라오니 바닷바람이 그다지 사납지 않았다. 제멋대로 자라 얽히고설킨 산울타리가 바람막이 구실을 했다. 블랙풀**과 흡사한 휴양지에 온 듯한 착각이 들었다. 낸시 이모는 이런 편지를 써 보냈었다. 클리프사이드 하우스를 하숙집으로 꾸려 볼 참이야.

★★　Blackpool: 영국 랭커셔에 있는 바닷가 휴양 도시.

나 혼자 살기에는 터무니없이 큰데, 팔아넘길 마음은 없거든. 시내에서 조금 떨어져 있으니까 아주 조용히 지낼 곳을 찾는 사람들이라면 마음이 당길 거야. 조금 떨어져 있다고?

허파가 파열하고 팔이 떨어져 나가겠다고 생각한 찰나였다. 웃자란 푸크시아 너머로 얼핏 보이는 것은 무너져 내린 회색 돌 더미 같았지만, 영락없는 집이었다. 뾰족뾰족 깨진 유리가 썩은 창틀에 들러붙어 있고, 서까래 가장자리를 두른 이엉은 거무죽죽한 넝마 같았다. 이제 좁다란 오솔길을 찾아야 했다. 온 세상이 나를 골리는 듯한 기분이 들기 시작했다. 마법에 걸려 아일랜드의 어느 기이한 요정 나라에 들어온 것 같기도 했다. 그런데 갈림목을 지나 몇 발짝 걸어갔더니, 아닌 게 아니라 분명히 길이 나 있었다. 옹이가 많고 이리저리 뒤틀린 나무에 페인트칠이 된 목재 표지판도 걸려 있었다. 거기에 클리프사이드 하우스라고 쓰여 있었다. 그 집에서 나를 기다리는 것이 무엇이든, 적어도 내 여정이 거의 끝났다.

아직 다 온 것은 아니었다. 오솔길로 돌아드니, 저 앞에 집이 보였다. 네모반듯한 회색 건물을 보았다 싶은 순간, 어디선가 몹시 흐느끼는 소리가 들렸다. 뒤이어 한 가닥으로 땋은 머리채가 양어깨를 오가며 마구 흔들리고, 얼굴은 눈물로 얼룩진 사람이 나를 세차게 들이받았다. 기차에서 만난 소녀였다.

123456789O

길이 워낙 좁은 탓에 그 소녀는 나와 충돌하고 말았다. 나는 덤불숲에 나가떨어졌고, 내 여행 가방의 손잡이는 수명을 다했다. 손잡이가 뚝 부러지면서, 자갈길 위에 옷가지를 쏟아 내며 가방이 땅바닥에 곤두박였다. 그 바람에 그 애가 우뚝 멈춰 섰다. 내가 무릎을 꿇은 채로 옷가지를 주섬주섬 줍기 시작하자, 그 애도 숨을 헐떡거리며 꿇어앉아서 거들었다.

"괜찮니?" 그 애에게 내가 아끼는 회색 원피스와 즐겨 입는 빨간색 낡은 스웨터를 건네받으면서 내가 물었다.

그 애는 눈물을 막으려고 눈을 깜박거렸다. "괜찮아."

풍선만 한 두려움이 또다시 부풀어 오르기 시작했다. 그 소녀가 무엇 때문에 울었든, 클리프사이드 하우스와 관련 있는 것만은 분명하기 때문이었다. 한참 동안 거친 숨을 내쉬는 그 애를 보니까 마지막 날에 힘겹게 숨 쉬던 엄마가 떠올랐다. 안 돼, 안 돼, 제발 꺼져.

"미안해. 냉정을 잃지 말았어야 하는데. 평소엔 안 그래."

"누가 죽었어?"

"아니." 그 애는 소맷동을 위로 끌어당기고 손목시계를 확인했다. "나 가야 해. 3시 기차 놓치면 6시까지 기다려야 해서."

"너 쿠안베그에 안 살아?" 나는 목소리에 실망감이 묻어나지 않도록 애썼다.

그 애가 머리를 저었다. "친척이 살아." 그러고는 클리프사이드 하우스 쪽으로 고개를 휙 돌렸다.

그 순간 그 애가 말한 사람이 낸시 이모라면, 우리도 친척뻘이 될지 모른다는 생각이 들었다. 희망의 불꽃이 일었다. 그때 그 애가 말했다. "사촌 오빠가 나를 만나 주지도 않아." 얼굴이 창백해서 유난히 크고 까맣게 보이는 두 눈에, 또다시 눈물이 그렁그렁 고였다. 그 애가 또 손목시계를 힐끔 보고 나서 말했다. "있지, 이젠 진짜로 가야 돼. 정말 미안해."

"언젠가 또 올 거야? 나는 여기서 살 거야. 클리프사이드 하우스에서."

"하숙하기엔 좀 어린 나이 아니야? 혹시 여기서 일하게?"

나는 턱을 바짝 치켜들었다. 내 외투가 초라하기 짝이 없다는 걸 벌써 알아챘나? "사실은 둘 다 아니야. 나는 맨체스터에서 혼자 여기까지 왔어. 이 세상에 나 혼자 남았거든." 내 말이 낭만적으로 들리기를 빌었다. "이 하숙집 주인 그레이엄 씨가 이모야. 내 이름은 스텔라 그레이엄이고."

"그렇구나." 그 애가 입을 악물었다. "아니, 다시는 오지 않을 생각이야. 아무래도 포기할 때가 된 것 같아."

"죽을 때까지 절대 포기하지 마." 이건 엄마가 항상 내게 했던 말이다.

그 애가 설핏 웃었다. 서늘한 미소였다. "평소에는 안 그래."

"나도." 이번에는 우리 둘 다 웃었다. 그 애가 서둘러 떠나지 말았으면 싶었다. 이야기를 나눌 또래가 그리웠다. 상업 전문 교육원에서 사귄 새디와 릴과는 작별 인사도 나누지 못하고 떠나왔다. "잠깐만, 하나만 물어볼게. 낸시, 그러니까 그레이엄 씨 말이야…… 아무 일 없어? 마중을 나오지 않았거든."

"아, 외출하셨어. 그분이 서니뷰에서 봉사하는 날이 금요일이거든. 우리 사촌 오빠를 처음 만난 곳도 거기야."

"아하." 자선 활동을 나간 거였구나! 참 좋은 일을 하시네. 그래도 고아가 된 가엾은 조카딸을 벨파스트까지 마중 나오는 게 훨씬 좋은 일이었을 텐데. 아무튼 적어도 이모가 죽은 건 아니었군.

"진짜 가야 돼. 그런데…… 아니, 됐어." 그 애가 결심했다는 듯 어깨를 쫙 폈다. "이젠 안 올래. 와 달라고 부탁하면 모를까. 포기할 줄 모르면…… 음, 바보가 돼. 죽은 말에게 채찍질하는 바보."

이제 막 만난 사이인데도, 그 애와 헤어지는 게 슬펐다.

"네 이름은 뭐야?"

"헬렌 레이드. 사촌 오빠는 샌디 레이드야." 그 애는 주머니를 뒤적거리더니 담배 한 갑을 꺼냈다. "이것 좀 전해 줄래? 기회가 없어서 못 줬어."

내가 담배를 받았다. 샌디라는 이름은 듣기도 싫었지만, 헬렌을 위해 할 일이 있다는 게 좋았다. 그제야 헬렌은 부랴부랴 기차를 타러 달려갔다. 나는 투쟁의 상흔이 남은 여행 가방을 꼭 끌어안고 여정의 최종 목적지로 향했다. 가까이 가면 갈수록, 그 네모반듯한 회색 집은 나를 조금도 환영하지 않는 것 같았다.

1234567890

오솔길과 클리프사이드 하우스의 정문이 만나는 지점에 이르자, 다시 바다가 보였다. 바닷바람에 뺨이 얼얼했다. 작은 잔디밭 너머로 가파르게 내리닫는 비탈이 보였다. 집을 올려다보니 탄탄한 회색 건물인데 서니뷰만큼 산뜻하지는 않았다. 그렇다고 내가 살던 유파토리아가의 허술한 테라스 하우스들처럼 거무튀튀한 것도 페인트가 벗겨진 것도 아니었다. 1층에는 내닫이창 두 개, 2층에는 평범한 창 세 개를 냈다. 다락의 작은 창문 두 개가 바다를 쏘아보고 있었다. 한쪽 다락방 창문가에 서 있는 사람을 본 듯싶었다. 그림자였을까.

가방을 문간에 내려놓고, 몸을 앞으로 기울여 하얀 페인트를 칠한 현관문에 달린 초인종을 눌렀다. 종소리가 방방이 울려 퍼지더니 차츰 작아지다가 조용해졌다. 아무도 나오지 않았다. 대단하네. 그러니까 하녀조차 없는 거네. 이런 생각이 든 것은 내가 하녀를 부리는 집에 익숙해서가 아니라 집이 커서였다! 낸시 이모가 나를 간절히 만나고 싶어 했던 게 놀랄 일도 아니었다. 나를 부려 먹을 생각이 간절했을 가능성이 컸다. 발을 쿵

쿵 구르며 욕을 퍼붓고 나서, 곧바로 기차를 타고 바람 많고 우중충한 이곳에서 벗어나 내가 살던 곳으로 돌아가고 싶었다.

못 할 게 뭐야? 어린애도 아닌데. 열다섯 살이나 되었다. 학교를 중퇴하긴 했어도 속기와 타이핑도 배웠다. 따라서 공장에 다니지 않고 사무직을 구할 수도 있었다. 그런데 도대체 왜 바다를 건너고, 찬바람이 쌩쌩 도는 기차를 몇 시간씩 타고, 가파르기 짝이 없고 좁디좁은 오솔길을 힘겹게 터덜터덜 걸어 이 음산한 집을 찾아왔을까. 만나 본 적도 없고 말과는 딴판으로 나를 원하지도 않는 듯한 이모라는 사람을 도대체 왜 찾아왔을까. 왜 그냥 맨체스터에 남지 않았을까.

죽기 직전의 약속 때문이었다. 뭔가 낭만적으로 들릴 수 있겠지만 전혀 그렇지 않았다. 그렇다고 어떤 사람들처럼 엄마가 끔찍한 독감에 걸려 길거리에서 갑자기 죽은 것도 아니었다. 이틀쯤 앓아누운 동안, 땀을 많이 흘렸고 기침을 심하게 했고 고통을 참다못해 비명을 질러 댔다. 죽기 전날 밤에는 손가락으로 이불을 쥐어뜯고, 푸릇한 얼룩이 입술에서부터 뺨까지 번졌다. 그날 알았던지, 엄마는 기침을 하는 사이사이 겨우겨우 한마디씩 이어 갔다. "스텔라, 사랑하는 딸아. 여기 혼자 있지 마. 고국 아일랜드로 가. 이모한테로."

아일랜드는 내 고국이 아니었다. 곤경에 빠져 두려움에 떠는 소녀였던 엄마를 곤두박 버린 곳이었을 뿐이다. 게다가 낸시 이모는 생일 카드와 이따금씩 보내온 편지에 쓰인 이름뿐인 사람이었다. 정작 내가 알고 있는 유일한 아일랜드인은 로즈 설리번 아줌마였다. 하지만 1914년에 엄마랑 대판 싸운 이후로 연락이 끊겼다. 내 생각에는 벨파스트로 돌아간 것 같았다.

아무리 그럴망정 말대꾸할 상황은 아니었으므로, 나는 이렇게 말했다. "곧 나을 거예요, 엄마."

엄마는 고개를 저으며 "약속해."라고 입속말을 했다. 그러고는 그 어느 때보다 심한 기침에 시달리다가, 구토하는 고양이처럼 등이 둥그렇게 휘더니 입과 코에서 피가 왈칵 쏟아졌다. 장미꽃 무늬 이불이 온통 피투성이가 되었다. 결국 그것이 엄마가 마지막으로 남긴 말이었다.

임종 직전에 다짐한 약속을 어길 순 없어. 나는 그렇게 생각하면서 베레모를 벗고 손가락빗으로 땀에 젖은 머리를 빗었다. 어차피 유파토리아가의 집주인도 나를 가만두지 않았다. 마이어트 부인은 아가씨 혼자 방을 독차지하고 놀아나는 꼴은 볼 수 없다고, 그럴 방이 있으면 군수 공장 노동자들을 위해 쓰고 싶다고 했었다. 거짓말이었다. 모두들 전쟁이 곧 끝날 거라고 했으니까. 그냥 나를 골칫거리로 여기는 줄로만 알았다. 그런데 장례비를 치르고 나자, 돈이 한 푼도 남지 않았다. 낸시 이모가 당장 쿠안베그로 와야 한다고 보낸 편지 속에 동봉한 여비밖에 없었다.

늘 너를 간절히 만나고 싶었어. 낸시 이모는 편지에 이렇게 썼었다. 부둣가는커녕 기차역까지 나올 만큼 간절한 건 아니었나 보군!

이윽고 집 안에서 소리가 났다. 질질 끄는 소리, 쿵 하는 소리, 나무가 삐걱거리는 소리가 불규칙하게 들려왔다. 누군가 난간을 짚고 느릿느릿, 소리로 짐작건대 고통스럽게, 계단을 내려오는 기척이었다. 샌디구나! 낸시 이모가 그 남자를 만난 게 서니뷰라고 하지 않았어? 베란다에 주저앉아 있던 군인들은 모두 다리가 없는 것 같더니. 샌디는 한쪽 다리만 있는 게 분명해. 웬 방해꾼에게 욕설을 내뱉으며 절뚝절뚝 계단을 내려오는 모습이 그려졌다. 헬렌조차 만나는 것을 거부한 남자였다. 사촌 동생인데도. 비척거리는 발소리가 점점 가까워졌다. 히스클리프와 외다리 실버를 섞은 인간을 마주할 준비를 단단히 하며, 나는 침을 꿀꺽 삼켰다. 그러나 나도 이제껏 당한 대로 갚고도 남을 만큼 잔뜩 성난 상태였다.

"스텔라? 아이고, 이 가엾은 것."

나는 눈만 끔벅거렸다.

몸집이 작은 노파가 문 앞에 서 있었다. 지팡이를 짚고, 검정 드레스에 연보라색 털실로 짠 숄을 두른 차림이었다. 나를 보더니 얼굴에 주름살이 잡혔다. "내일이면 보겠구나 했더니! 어떻게 여기까지 내내 혼자 올 생각을 다 했을꼬? 세상에 마상에! 요즘에는 강한 여자애들이 없는 줄 알았더니?" 노파가 놀라워하면서 고개를 설레설레 저었다.

단박에 마음이 뿌듯해졌다. 아울러 안도했다. 설령 내가 강한 축에 드는 여자애였을지라도 울음을 터뜨릴 만한 상황이었다는 생각이 들어서였다. 내게는 할머니가 있어 본 적이 없었다. 뭐, 내 존재를 인정해 준 할머니는 없었다는 얘기다. 그런데 문득 이 사랑스러운 노파가 내 할머니였으면 싶었다. 은색 머리채를 땋아 머리에 빙 두른 소설 속 할머니 같았다.

노파가 문을 활짝 열었다. "들어오너라. 네 이모는 아침에 벨파스트까지 마중 나가겠다고 준비를 다 해 놓았단다. 자동차를 몰고 첫 원정을 제대로 해 볼 셈이었지. 기차에서 득시글거리는 병균들을 들이마시는 것보다 훨씬 안전하다면서 말이야. 그런데 이렇게 왔구나, 너 혼자 다 알아서!"

자동차? 꿈에도 생각하지 못한 것이었다. 자전거는 몇 년 동안이나 갈망했었다. 그러나 끝내 장만할 형편이 되지 못했다. 그나마 웬만큼 자전거를 탈 수 있게 된 것은 릴 덕분이었다. 언니 것을 가끔씩 빌려서 타던 릴이 내게도 타 볼 기회를 주었던 것이다.

"오늘 도착 예정이라고 알려 줬어요. 26일에."

"아이고, 이런. 아직 25일이잖니."

"정말요?" 내가 눈을 비볐다. 그럴 만도 했다. 모든 일이 너무 빠르게 벌어졌었다. 엄마가 앓아누웠을 때는 낮이고 밤이고 악몽을 꾸듯 정신이 몽롱했고, 그 도시의 장의사란 장의사는 하나같이 눈코 뜰 새 없이 바쁠 때 장례를 치러야 했고, 그 와중에 낸시 이모가 보낸 편지를 받았고, 엄마의 자잘한 유품들을 처리하고, 짐을 싸고, 배편을 알아보고⋯⋯.

오크 널판으로 장식한 복도에 선 채, 무심결에 이 모든 것을 주저리주저리 늘어놓고 있었다. 그러다가 문득 내가 강한 것도, 심사가 꼬인 것도 아니라는 생각이 들었다. 그저 다리가 후들거릴 만큼 지칠 대로 지쳤나 보았다.

"보통 때는 멍청한 실수를 하지 않아요. 아주 멀쩡해요."

"아무렴, 그럴 테지. 여기까지도 줄곧 혼자 왔잖니?"

내 키가 훨씬 큰 탓에 두 팔을 위로 쭉 뻗어야 했는데도, 할머니는 내가 외투 벗는 것을 도와주었다. 그러고는 나를 어느 문 쪽으로 끌고 갔다. "들어와서 좀 앉아 있어. 가방은 미니가 나중에 가져와도 되니까. 걔는 도대체 뭐 하느라고 초인종 소리도 못 들었는지, 원. 헛바람이 잔뜩 든 게야, 틀림없이."

하녀일 게 분명한 미니 얘기 말고는, 사실 건성으로 들었다. 거실을 두리번두리번 살피기 바빴다. 엄마랑 살았던 어느 방보다 백배는 안락해 보였다. 우리는 이사를 꽤 많이 한 편이었는데, 방들이 대개 비좁고 하나같이 눅눅했다. 이 거실은 넓고 네모반듯한 데다 내닫이창에는 녹색 벨벳 커튼도 달려 있었다. 가구는 고풍스럽고 견고하고 포근해 보였다. 벽난로도 갖춰 놓았다. 할머니가 벽난로 선반에 놓인 상자에서 성냥을 꺼내 불을 붙이자 난롯불이 화르르 타올랐다. 그 선반 한가운데에 단정하게 앉혀 둔 도자기 인형 앞에는 작은 베이지색 봉투가 있었다. 내가 보낸 전보였다!

할머니가 개중에 큰 안락의자에 앉더니, 내게 앉으라는 듯이 벽난로 바로 옆 안락의자를 가리켰다. 그러고는 의자 옆에 놓인 바구니에서 뜨갯거리를 집어 들었다. 사람들이 뜨는 것은 군인용이라 항상 칙칙한 카키색 털실을 썼다. 그런데 아직 무엇이라고 단정하기는 어렵지만, 할머니의 뜨개바늘에 걸려 있는 옷은 연한 분홍색이었다. "빈둥거리는 게 싫어서 하는 거야." 그 옷을 바라보는 나를 보더니 할머니가 말했다. "네 이모가 돌아올 때까지 같이 있어 주마. 혹시 너 혼자 있는 게 더 좋다면 모를까."

"아, 아니에요."

"나도 여기서 하숙하는 사람이야." 할머니가 한 줄을 마저 뜨고 나서 말했다. "미스 해리엇 매케이란다." 그러고는 미소를 지었다. "작년에 내 집을 넘겨 버렸지. 여기가 나한테는 잘 맞아. 내 발로 해변을 거니는 날이 끝나도 바다를 볼 수 있으니까." 할머니가 타탄 슬리퍼를 신은 발을 우스꽝스럽게 살짝 꼬았다.

"여기에 몇 명이 살아요?"

매케이 할머니가 헤아려 보더니 대답했다. "음, 나, 그리고 벨파스트에서 온 젊은 필립스 부인이 있어. 그 부인은 과부이니, 하나님이 사랑을 베푸시겠지. 기관지가 안 좋아서, 공기 좋은 곳으로 온 거야. 그놈의 지긋지긋한 독감……." 이 말을 입에 담는 사람마다 그러하듯 할머니도 고개를 절레절레 흔들었다. "그건 어디에나 있는데. 캐나다에도 오스트레일리아에도. 심지어 에스키모들도 걸렸다고 하더라."

나는 입술을 잘근잘근 씹었다.

할머니가 몸을 앞으로 내밀고 나를 자세히 살폈다. "얼굴이 창백하구나, 애야. 설마 너 아픈 건 아니겠지?"

내가 고개를 가로저었다. "원래 창백해요. 그래도 아주 건강해요. 게다가 저는 이미 독감을 앓았는걸요. 심하진 않았지만요." 엄마만큼은 아니었다.

"여기서 지내면 금방 발그레하게 생기가 돌 거야. 모두들 그래." 할머니가 백지장 같은 자신의 뺨을 문질렀다. 그러자 아닌 게 아니라 주름진 얼굴에 흐릿하게 핏기가 돌았다. "아 참." 할머니의 목소리가 달라졌다. "다락방에 사는 젊은 남자도 있다.

우리와 어울리는 걸 꺼리는 청년이야. 이제……" 할머니가 뜨 갯거리를 내려놓았다. "차를 내오라고 종을 쳐야겠다. 차 생각 이 굴뚝같을 텐데. 여기까지 내내 걸어왔는데 오죽하려고!"

벽난로 선반 옆에서 대롱거리는 종에 명주실 노끈이 달려 있었다. 할머니가 팔을 뻗어 종끈을 잡아당겼다. 차를 내오라고 종을 치다니! 자동차를 몰고 벨파스트까지 마중 나오려고 했다니! 문이 열리더니 날염 원피스에 하얀 앞치마를 두른 여자애가 들어왔다. 내가 마치 딴 세상에 온 기분이었다. 엄마가 그랬었다. 엄마네는 신망받는 집안이었다고. 그 때문에, 곤경에 빠진 자신에게 가족들이 심하게 굴었다고. 엄마처럼 혼인도 하지 않은 처녀가 아이를 낳는 것은 있을 수 없는 일이었다고. 그런 말을 듣긴 했어도 상류층일 줄은 짐작도 못 했다.

"초인종 소리를 못 듣다니 무슨 영문인지 모르겠구나, 미니. 이 가엾은 스텔라가 문간에서 오도 가도 못하고 있었는데."

"대위님 침대보를 다림질하고 있었어요." 미니가 두 손으로 앞치마를 쓸어내리면서, 쌀쌀맞은 눈초리로 내 위아래를 슬쩍 훑어보았다. 그 순간 헬렌이 나를 하녀로 넘겨짚은 게 기억나서 내 트위드 치마를 내려다보았다. 작년에 새로 산 치마인데도 무릎께가 불룩 나오고 군데군데 올이 뜯겨 있었다. 미니의 예쁜 드레스에 비하면 형편없었다. 그런데 좀 더 자세히 살펴보다가 미니의 겨드랑이에 둥그렇게 번진 땀자국을 보았다.

"금요일에 말이냐? 그리고 침대보라면 세탁실로 내와야 할 텐데?"

미니가 어깨를 으쓱했다. 통통하고 눈동자가 까만 미니의 뺨이 시뻘겋게 달아올라 있었다. 다리미의 뜨거운 열기 때문일지도 몰랐다. "유난히 설거지할 게 많았어요. 다용도실에서는 초인종 소리가 안 들려요. 또 레이드 대위님이⋯⋯" 이때 미니의 뺨이 더욱 빨갛게 달아오른 것은 내 상상이었을까, 아니면 실제였을까. "침대보가 필요하다고 해서요."

레이드 대위한테 직접 침대보를 다리라고 할 것이지. 나는 속으로만 생각했다.

미니가 나간 뒤 할머니는 고개를 저었다. "일손 구하기가 힘든 때야. 군수 공장에서 일하려고 여자애들이 도시로 우르르 몰려가 버려서. 미니가 몸가짐이 헤픈 게야. 그게 아니라면 틈만 보여도 알랑거리든가. 대위님 침대보를 다렸다니, 그것참!" 할머니가 또다시 고개를 저었다. "여기에 들어와서 지내라고 해도 뻗대고, 밤이면 밤마다 집까지 걸어가니 그 속을 누가 알겠누. 집 꼴은 허접쓰레기 구멍가게 같은 데다 동생이 일곱도 모자라 또 하나 생길 모양이던데."

허접쓰레기가 뭔지는 몰라도 탐탁지 않은 것만은 분명했다. 이 할머니가 내가 살았던 유파토리아가를 보았다면 뭐라고 설명할지 절로 궁금했다.

몸가짐이 헤픈 여자였던 엄마 생각도 나고, 미니에게 동정심도 일었다. 어쨌거나 적어도 나 때문에 얼마간 빨랫감이 늘어날 테니까. 동생이 일곱씩이나 있는 집에 가는 것도 썩 유쾌하지 않을 것 같았다. 그런데 차를 들고 돌아온 미니가 히죽거리는 것을 보면서 내가 동정할 필요가 없겠다고 판단했다. 아니 도리어 정신 자세가 감탄스럽기까지 했다. 대의를 이루는 데

보탬이 될 유형의 소녀 같았다. 로즈 아줌마처럼 교도소에 갇히거나 경찰관과 싸우는 미니 모습이 저절로 떠오를 정도였다. 이제는 그럴 필요가 없어지긴 했지만. 이미 여성 참정권 법안이 통과됐으니까. 하지만 그래도 엄마는 이렇게 일깨우곤 했다. "일부만 얻어 냈을 뿐이야. 우리는 남성과 똑같은 투표권을 갖지 못했어. 말도 안 되는 일이야. 남성은 스물한 살이 되면 투표할 수 있고, 여성은 서른 살까지 기다려야 하다니! 서른이 되어서도, 모든 여성이 아니라, 주택을 소유하거나 주택을 소유한 남자와 결혼한 여자만 할 수 있어. 사회를 바꾸려면 해야 할 일이 아직도 아주 많아." 더는 기다리기 힘들다는 듯이, 엄마의 표정이 어두워지곤 했다.

그러나 싸워 줄 엄마는 이제 어디에도 없었다. 그리고 나는 꼼짝없이 어느 벼랑 끄트머리에서 어떤 노파, 폐결핵을 앓는 과부, 난생처음 보는 이모, 나를 깔보는 당찬 하녀와 살아갈 처지였다. 내가 사회를 바꿀 수 있는 기회는 별로 없어 보였다.

1234567890

낸시 이모가 부산스럽게 들어왔을 때 받은 첫인상은 충격적이었다. 엄마만큼 예쁘진 않았지만, 너무나 닮았다. 작고 다부진 몸매에, 회갈색 머리채를 돌돌 감아 뒤통수에 올려붙였다. 나는 키가 크고 금발이라서, 이모와 닮았을지 궁금했었는데.

"스텔라! 이 가엾은 것아! 내가 날짜를 잘못 안 거니?" 이모가 소리쳤다.

"아니에요. 제가 착각했어요." 내가 일어섰다. 그런데 입맞춤을 해야 할지 악수를 해야 할지 몰라 머뭇거렸다. 어느 쪽도 유일한 친척인 낯선 사람에게는 맞지 않은 인사 같았다.

"너 참……" 낸시 이모가 머리를 흔들었다. "참 많이 컸구나." 이모는 내가 눈앞에 있다는 게 도무지 믿기지 않는 듯 눈을 떼지 못했다. 내 짧은 머리카락을 만지더니 "머리 색이 참 밝구나." 했다.

"그 가엾은 것이 혼쭐이 빠져서 이래저래 정신없었을 텐데, 혼자서 여기까지 오다니 여간 기특하지 않지요?" 할머니가 말했다.

"많이 피곤하겠다. 네 방으로 가자. 현관에 있는 가방은 네 거지? 짐 가방은 부친 거니?"

"아니요. 저게 제 전 재산이에요." 내가 밝은 목소리로 대답했다.

이모를 따라 위층으로 올라갔다. 내용물이 사방에 널브러지지 말란 보장이 없어서, 가방은 내가 들었다. 층계참 벽은 연한 크림색이었고, 그 층계참에서 이어진 네 개의 방문은 하얀색 페인트칠이 되어 있었다. 낸시 이모가 그중 한 방문 앞에 멈춰서서 말했다. "일찌감치 여길 네 방으로 정해 뒀어."

유파토리아가에서 살 때 엄마와 내가 썼던 방 두 개가 다 들어갈 만한 방이었다. 커다란 내닫이창에 바다와 붉게 물들어가는 하늘이 꽉 들어찼다. 짙은 색 가구는 하나같이 매우 크고, 높다란 침대에는 두툼한 친츠* 깃털 이불이 덮여 있었다.

"궁전 같아요!" 내가 깃털 이불을 손으로 꾹 눌렀다 뗐는데 단숨에 원래대로 부풀어 올랐다. 몸이 작아진 이상한 나라의 앨리스와 같은 기분이었다. 그런데 이런 방을 차지한다고 해서 내가 설마 착해질까.

낸시 이모가 눈처럼 하얀 레이스로 가장자리를 장식한 베갯잇을 어루만졌다. 이것도 미니가 다림질을 했을지 궁금했다. "나는 늘 페기 언니가 집에 오기를 소원했어. 네가 오는 게 두 번째 소원이었고."

"여기가 제일 좋은 방이겠죠?"

★ 다양한 색깔로 물들여 광택이 나도록 가공한 면직물.

"그래. 우리 부모님 방이었지. 난 이 방을 한 번도 쓰지 않았어. 그런데…… 음, 부모님이 페기한테 잘해 주지 않았어. 페기가…… 어려운 일을 당했을 때." 이모가 헛기침을 했다. "나는 열다섯 살밖에 되지 않아서, 할 수 있는 일이 아무것도 없었고. 그때 못 한 일을 너에게라도 해 주고 싶구나."

"이 방이라면 하숙비를 꽤 많이 받을 수 있잖아요. 저한테 공짜로 내주다니 사업 감각이 좋지 않네요."

"사업 감각이라! 재미있는 아이로구나! 난…… 이제 그만 나갈 테니 편히 쉬어라. 욕실은 복도를 쭉 가면 있어."

유파토리아가에서 살 때는 옥외 변소를 셋방살이하는 여섯 집과 함께 썼다. 한 방울이라도 물이 필요하면 마당에 있는 수도에서 받아 와야 했다. 이모네 욕실은 작고 추웠지만 아주 깨끗했다. 수세식 사기 변기는 하얀 바탕에 푸른 꽃무늬가 찍혀 있었고, 욕실에서 콜타르 비누** 냄새가 진하게 났다. 변기 물을 내리자 수조에서 듣기 좋게 쏴 소리를 내며 물이 쏟아졌다. 내 방만 빼고, 2층 방문들은 모두 닫혀 있었다. 어느 방에선가 들려오는 기침 소리에 오싹 소름이 끼쳤다. 계단 모퉁이에서 열린 창문으로 내려다보니, 네모반듯한 뒤뜰과 뒤죽박죽된 정원이 보였다. 닭들이 구구거리며 이곳저곳을 쪼아 댔다. 그 너머로는 거칠고 가파른 들판에 꼭 들러붙어 있는 얼굴 검은 양들이 보였다. 그때 찰카닥 문소리가 들렸다. 미니가 밖으로 나와서 하수구에 양동이를 비웠다. 높고 맑은 소리로 내가 모르

** 콜타르에서 추출한 페놀을 섞어서 만든 소독용 비누.

41

는 노래를 부르면서.

다락방까지 죽 이어진 계단을 올라가 보았다. 창문이 없는 작은 층계참을 사이에 두고 두 개의 문이 마주 보는 구조였다. 하나는 레이드 대위, 그 샌디라는 사람의 방일 터였다. 이렇게 계단을 많이 올라와야 하는 방에 묵다니 수상쩍었다. 만약에 다리 하나가 없다면 더더욱. 어쩌면 다락방밖에 쓸 수 없는 형편인지도 몰랐다. 제대 군인들이 맨체스터 거리에서 구걸하고 다니는 모습을 보았다. 그중에는 심지어 장교 출신도 있었다. 하지만 클리프사이드 하우스에서 지낼 정도라면, 지지리 가난할 리는 없었다. 돌보아 주는 친척이 적어도 한 명쯤은 있을 터였다.

뭐라도 알아낼 수 있을까 싶어 귀를 기울였으나 양쪽 방 안에서 아무 소리도 나지 않았다. 심심해진 나는 내 방으로 내려와 짐을 풀었다. 정리할 것도 별로 없었다. 옷 몇 벌, 칫솔과 빗, 책 몇 권, 여성 사회 정치 연합 행진 때 로즈 아줌마와 함께 찍은 구깃구깃한 스냅 사진을 포함한 엄마 사진 몇 장, 내가 존경하는 실비아 팽크허스트와 위니프레드 카니의 잡지 사진이 다였다. 여성의 권리를 위해 싸운, 사진 속 두 사람이 작고 초라해 보였다.

이곳에서 마음에 드는 것은 경치뿐이었다. 창가에 서 있으면, 내려다보지 않는 한, 누구라도 판판한 바닥에 발을 딛고 있다는 사실을 잊을 것 같았다. 그도 그럴 것이 하늘과 바다밖에 보이지 않았다. 혹처럼 튀어나온 거뭇한 그림자가 수평선을 따

라 뻗어 나갔다. 맨섬*인지 스코틀랜드인지도 모르면서, 마음
이 편안해졌다. 내 방이 동쪽을 향해 있어서, 뒤편이나마 내가
살았던 곳을 볼 수 있어서.

　잠잘 시간이 되었다. 키가 큰 내가 어린아이처럼 기어올라
야 할 만큼 침대가 높았다. 베개는 차갑고 매끄러웠다. 워낙 피
곤해서 금방 잠이 들었지만 몇 시간 만에 깼다. 사방이 칠흑같
이 어두웠다. 맨체스터에 살 때는 항상 커튼 틈새로 가로등 불
빛이 보였으므로 한 번도 경험해 본 적이 없는 어둠이었다. 그
런 데다 바위에 세차게 부딪쳐 부서지는 바닷물 소리가 구슬프
게 들렸다. 아무거라도 빛을 찾아보려고 창가에 섰다. 이윽고
별 하나가 새까만 어둠을 뚫고 나왔다. 뒤이어 하나씩 차례차
례 돋은 별들이 나란히 함께 있으니 하늘이 훨씬 정겨워 보였
다. 도시에서는 이토록 정겨운 별들을 본 적이 없었다.

　한참 후에야 다시 잠을 잤다.

★ Isle of Man: 영국과 아일랜드 사이를 흐르는 아일랜드해에 있는 섬.

1 2 3 4 5 6 7 8 9 0

클리프사이드 하우스에서의 삶은 내 상상과 사뭇 달랐다. 최악의 경우라면 바닷가라는 것만 다를 뿐 건물은 유파토리아가에 있는 집과 판박이이고, 낸시 이모는 마이어트 부인과 똑같을 줄 알았다. 그 부인은 방세를 거두어들이고 우편물을 나눠 주면서 땅굴 같은 지상 1층 방에서 내쫓겠다고 닦달했었다. 아니면 잘해야 우리가 어느 8월에 묵었던 블랙풀의 하숙집쯤 될 거라고 생각했다. 그 하숙집은 폭이 좁고 기다란 노후 건물이었는데, 수익을 올리려고 방 한 칸을 두 개로 쪼개기까지 했다.

이모는 하숙인들을 손님으로 여겼다. 방세 내라고 악다구니를 치는 법도, 방 빼라고 으름장을 놓는 법도 없었다. 실크 스카프 자락을 나풀거리며 제비꽃 향을 풍기고 다니는 매케이 할머니나 가냘픈 필립스 부인이 야반도주하거나 술에 취해 계단에서 싸우는 일 따위는 상상도 못 할 일이었다. 그들은 식당에서 낸시 이모와 나랑 함께 식사했다. 그때마다 나를 열 살배기처럼 대하면서 함께 놀 여자애들이 없는 것을 안타까워했다.

레이드 대위는 함께 식사하지 않았다. 미니가 쟁반에 따로

챙긴 식사를 가져다주었다. 대위는 방에서 나오는 법이 없는 것 같았다. 다른 하숙인들과는 달랐다. 욕실 앞에서 줄 서 있을 때도 본 적이 없었고, 계단에서 스쳐 지나간 적도 없었다. 혹시 못 걷나 싶다가도, 그건 아닌 것 같았다. 그렇다면 서니뷰에 계속 있거나 다른 재활원으로 옮겼을 테니까. 담배는 아직껏 전해 주지 않았다. 방문 앞에 놓아둘 수도 있었지만, 그러지 않았다. 헬렌과 한 약속을 어기면서, 무언가를 기다리는 중이었다. 그게 무엇인지는 나도 잘 몰랐다. 이 집에는 하녀 혼자서 하기에는 일이 너무 많았다. 석탄 양동이를 나르거나 대걸레질을 하는 미니를 보는 것이 마음에 찔렸다. 그렇다고 선뜻 돕겠다고 나서기도 뭣했다. 미니에게는 내가 허풍스럽게 느껴지고 주눅 들게 하는 구석이 있었다.

밤잠을 못 자서 낮에는 깨어 있으려고 기를 썼더니 모래가 들어간 것처럼 눈이 껄끄러웠다. 책을 읽었다. 이 집에는 정치에 관한 책이나 팸플릿은 없어도, 소설책은 많았다. 여섯 권으로 된 제인 오스틴 전집도 있었다. 각 권의 맨 앞장에는 아담하고 동글동글한 글씨체로 엄마 아빠가 사랑을 담아 페기에게, 1899년 크리스마스에라고 쓰여 있었다. 이모는 내가 가져도 좋다고 했다. 매케이 할머니가 뜨개질을 가르쳐 주려고 애썼지만, 나는 걸핏하면 코를 빼먹고 털실을 엉클어뜨렸다. 산책을 나갔는데 바람이 거세고 눅눅했다. 코밑까지 닥쳐온 장벽 같은 잿빛 구름이 걷힐 줄을 몰랐다. 자동차를 바라보았다. 엄청 큰 그 울즐리-시들리를 타고 할 일이 훨씬 많은 어딘가로 멀리 떠나는 상상을 했다. 어서 자동차를 몰고 다니고 싶었다. 얼마나 신날까.

몇 시간째 창밖으로 앞뜰 정원을 내다보고 있었다. 온통 바람에 흩날리고 더부룩이 자란 것투성이였다. 바람에 휩쓸리다 쌓인 낙엽은 하루하루 물러졌다. 차가운 땅속에서 썩어 가는 엄마 생각은 떨쳐 내려고 애썼다.

"엉망이야." 창밖을 내다보는 나를 보더니 낸시 이모가 말했다. "남정네 손길이 필요한데, 수없이 많은 남자들이 멀리 나가 있으니 별수 없지."

별로 입맛이 당기지 않았다. 전시라는 걸 고려하면 음식은 훌륭했다. 이모가 기른 닭들이 낳은 달걀은 신선하고, 뜨거운 철판에 구운 소다 통밀빵은 여태껏 먹은 것보다 훨씬 맛있었다. 요리는 낸시 이모가 했다. 부모님 살아 계실 때는 요리사와 관리인을 두었다고, 그때는 재산이 훨씬 많았다고, 하인으로 일하려는 사람도 아주 많았다고 이모는 말했다.

"너 괜찮니?" 이모는 하루에도 열두 번씩 이렇게 물었다. 나는 이모의 비위를 맞춰 주려고 물론이라고, 이렇게 잘해 주는데 어떻게 괜찮지 않을 수가 있겠느냐고 대답하곤 했다.

아닌 게 아니라 이모는 잘해 주었다. "너 아일랜드 동쪽 바다에서 겨울나기 준비를 아직 안 했지?" 내가 무안을 탈세라 이모가 눈치껏 말했다. 내가 온 이후 처음으로 비가 내리지 않은 날이었다. "타거트에 가서 따뜻한 치마랑 카디건 몇 벌과 좋은 외투 하나 사자."

"차로 가요?" 나는 기쁨이 솟구쳤다. 엄마가 죽은 이후로 처음 있는 일이었다.

그 기쁨은 오래가지 못했다. 막상 차를 타고 보니 신식 같지도 않고 짜릿한 맛도 없었다. 도리어 무서웠다. 길이 우리를 덮칠 것만 같았다. 심장이 쿵쾅거리고 가슴이 철렁 내려앉았다. 계기판을 움켜쥔 채 애써 눈을 꼭 감았으나 그게 더 불안했다. 이모에게 들킬세라 앞을 뚫어져라 바라보며 기겁하는 모습을 보이지 않으려고 애썼다. 시내 중심가에 있는 타거트 숙녀복 상점 앞에 차를 세웠을 때, 내 손바닥은 땀으로 끈적거렸고 후들거리는 다리로 차에서 내렸다.

나는 새 옷을 입어 본 적이 거의 없었다. 기진맥진한 상태였고, 엄마 생각이 나서 슬프고, 자동차를 타고 와서 속이 뒤집힌 기분인데도, 기대감에 마음이 잔뜩 들뜨는 것은 어쩔 수 없었다. 그러나 상점 안에 들어선 나는 눈이 휘둥그레졌다. 색상은 칙칙하고 디자인은 케케묵은 구식이었다. 서른 이하의 여성 가운데 아직도 발목까지 오는 치마를 입는 사람은 맨체스터에는 아무도 없었다! 게다가 이모가 입어 보라면서 건네준 세일러복은, 아기나 입을 법한 옷이었다. 친구들이 보았다면 오줌을 지리도록 웃었을 것이다. 새디는 파마머리를 했고 릴은 담배도 피우고 사귀는 남자도 있었다. 이를테면 내 친구들은 이미 한참 전에 세일러복을 졸업했다. "저기……" 내가 입을 열었다. 점원이 이가 드러나도록 활짝 웃으며 아주 잘 만든 옷이라고 강조할 때였다. "다른 상점은 없어요?"

점원이 쯧쯧거렸다. "이만큼 좋은 옷은 벨파스트에 가도 못 구해. 우리 타거트에서 선호하는 건 품질 좋고 고전적인 옷이야." 그러고는 내 낡은 치마를 만져 보았다. "그럼 그렇지. 제값을 치러야 제구실을 하는 법이야."

엄청난 낭비였다! 낸시 이모는 너무 촌스러워서 거들떠보지도 않을 옷값으로 몇 파운드씩이나 썼다. 상점을 나서는데 한숨이 나왔다. 헬렌의 사랑스러운 네이비블루 외투며 새디가 생일 선물로 받은 보라와 노랑 줄무늬 카디건이 떠올랐다.

"도시에서 유행하는 최신식 옷들이 눈에 익은 모양이구나." 낸시 이모가 말했다. "우리는 시대에 뒤떨어진 사람들이야. 그래도 네가 그 트위드 치마를 입은 모습이 참 예쁘더라. 네가 원하면 매케이 할머니가 치맛단을 접어 올려 주실 거야. 그 치마랑 할머니가 뜨고 있는 분홍 카디건이 잘 어울리겠다. 아차, 그건 비밀일 텐데."

그때부터 기분이 풀렸다. 특히 우리 주州에서 가장 맛있는 스콘을 파는 코지 케틀에서 차를 마시고 가자는 말을 들었을 때는 아주 신났다. "페기가 그 집 스콘을 참 좋아했어." 이모가 엄마 얘기를 꺼내는 건 아주 드물었으므로 아무리 사소한 정보라도 다 모아 두었다.

하지만 야외 음악당 맞은편에 있는 코지 케틀은 덧문들이 내려진 채 창문에 안내문이 붙어 있었다. **질병으로 인해 영업을 중단합니다.**

"이럴 수가." 이모가 탄식했다. 나는 창자가 뒤틀렸다. 무엇인가가 독감을 떠올리게 하면 어김없이 그랬다. 우리는 그곳 대신 마운틴뷰 호텔에 있는 찻집에 갔다. 시내에서 가장 큰 건물이라고 해서 호화로울 줄 알았는데, 비린내와 포푸리* 냄새가 풍겼다. 록 케이크**는 항구의 방벽만큼이나 딱딱했다.

"전쟁이 난 뒤로 모든 게 달라졌어." 이모가 말했다. 그것은 모든 사람이 늘 하는 말이기도 했다.

쿠안베그는 전쟁과 별 상관이 없을 줄 알았다. 내가 알기로 많은 아일랜드인은 영국을 위해 싸우는 것에 동의하지 않았다. 1916년 부활절 봉기가 기억났다. 설령 비극적으로 끝날 운명이었을지라도 대단히 고무적인 사건처럼 보였었다. 맨체스터에 있는 우리 노동조합 운동가들 중에도 지지하는 사람이 많았다. 봉기를 일으켰을 때 리볼버 권총을 차고 제임스 코널리*** 옆에 서 있던 타이피스트 위니프레드 카니****는 내가 존경하는 여성 중 한 명이었다. 하지만 전쟁을 피할 수 없는 것은 내가 살았던 곳이나 여기나 마찬가지였다. 아까 자동차가 서니뷰를 지날 때 낸시 이모가 그랬다. 고맙게도 날씨가 좋아져서 군인들이 다시 밖에 나와 앉아 있을 수 있겠다고. 필립스 부인은 남편도 모자라 남자 형제 둘까지 솜강 전투에서 죽었다고. 매케이 할머니네 쌍둥이 조카들은 전쟁터에서 싸우고 있다고. 맨체스터와 똑같이, 이 소도시에서도 어딜 가나 상喪을 당한 사람들이 있다고. 검은 상복은 입지 않았어도, 얼굴을 보면 알게 된다고.

★ 말린 꽃잎들과 향신료 식물들을 섞어서 만든 방향제.
★★ 건포도 따위의 말린 과일을 넣어서 만든, 표면이 돌처럼 거칠고 딱딱한 작은 빵.
★★★ 1912년에 아일랜드 노동당을 창당한 사회주의 혁명가로 부활절 봉기를 주도했고, 봉기 도중 붙잡혀 영국군에게 총살당한 인물.
★★★★ 여성 참정권 운동가, 노동조합 운동가, 아일랜드 독립운동가. 부활절 봉기 때 맨 처음 점거한 더블린 중앙우체국에 있었던 유일한 여성.

나는 접시에 놓인 록 케이크를 부스러뜨렸다. "죄송해요. 음식을 낭비하면 안 되는 건 아는데, 솔직히 이걸로 서부 전선을 둘러막았다면 지금쯤 전쟁이 끝났겠어요."

이모가 빙긋 웃었다. "틀림없이 곧 끝날 거야. 지난주에 알레포를 함락했대. 중요한 싸움이었다고들 하더라. 그리고 당연한 일이겠지만 군인들이 독감으로 떼죽음하나 봐. 독일군들도 불쌍한 거지꼴이고." 구레나룻을 기른 군복 차림의 남자가 옆 탁자에서 못마땅한 듯 헛기침을 하자 이모가 목소리를 낮췄다. "그것이 클리프사이드에도 올까 두렵구나." 이모는 흠칫 몸을 떨더니 덧붙였다. "아무튼, 너는 그 애긴 생각하기도 싫지?"

나는 고개를 저으며 하품을 꾹 참았다. "죄송해요. 지루한 건 아니고, 좀 피곤해서요." 화제를 바꾸고 싶은 마음도 간절하고.

"왜 안 지루하겠어. 소녀인 데다, 도시에 길들었는데. 이맘때 쿠안베그는 보잘것없어. 여름철에는 수영도 할 수 있고 관광객도 많아서 제법 활기찰 거야."

여름이 까마득히 멀게 느껴졌다. 게다가 나는 수영을 배운 적도 없었다.

"저는 할 일이 많은 게 더 편해요. 집안일은 대부분 제가 했거든요. 엄마가 군수 공장에서 아주 장시간 일하고, 이런저런 모임에도 자주 나가서. 이모가 저를 하녀로 부리려고 부른 줄 알았어요." 내가 씩 웃었다. "그런데 하녀는 이미 있잖아요."

"그렇게 부르면 미니가 기분 나빠할 거야." 낸시 이모가 자기 찻잔에 차를 더 따랐다. "그럼 집안일 하지 않을 땐 뭐 했어? 학교는 그만뒀다면서."

"상업 전문 교육원에 다녔어요. 엄마는 제가 제분소나 공장에서 일하는 걸 원하지 않았거든요." 엄마는 내 교육비를 대려고 밤늦도록 야간작업을 했고, 화학약품 때문에 머리털과 피부가 노리끼리해졌다. "넌 더 나은 삶을 살 거야. 너는 장래성이 있어."라고 엄마는 항상 말했었다.

"교육원은 좋았니?"

대답하기가 망설여졌다. 친구들과 함께 어울려 키득거리는 게 좋았다. 시내에서 이따금 6페니짜리 싸구려 점심을 사 먹으며 어른이 된 듯한 기분을 내는 것도 좋았다. 타자기를 다루는 건 즐거웠지만, 속기는 질색이었다. 내가 스스로 돈을 벌 날이어서 오기를 기다렸지만, 사무실에 처박혀 지내는 꼴은 상상하기도 싫었다. 아마 같은 자리에 있어도 잠자코 듣기만 해야 할 테니까. 만약 내가 위니프레드 카니처럼 노동조합 위원장의 비서가 되거나, 여성 복지 단체랄지 사람들 삶을 바꾸기 위한 조직 같은 데서 비서로 일할 수 있다면, 그땐 달라지겠지만. "싫지는 않았지만, 내 꿈과 딱 맞지는 않았어요."

"그래, 네 꿈이 뭔데?"

세상을 바꾸는 것이었다. 그러나 이렇게 말하면 유치하게 들릴 터였다. "저는 사람들을 조직하는 일을 하고 싶어요. 부당한 일에 저항하는 일도요. 중등학교 1학년 때 수업 거부를 한 적이 있었는데, 그때 제가 주동자였어요. 그 선생님이 쉬는 시간에 여학생들에게는 뜨개질을 시키고, 남학생들은 밖에 나가서 놀라고 했거든요."

"뭐?" 이모가 어이없어했다. "의회 의원이 되고 싶다는 말처럼 들리는걸?" 유니콘이 되는 게 꿈이라고 말하기라도 한 것처럼, 이모는 웃음을 터뜨렸다.

"언젠가 여성도 의원이 될 거예요." 답답한 실내에서 내 목소리가 크게 울렸다. 대령인지 뭔지 아까 헛기침을 하던 남자가 혀를 차면서 휙휙 소리가 나도록 신문을 펄럭거렸다.

낸시 이모가 깜짝 놀란 기색이었다. "애 좀 봐. 대단한 급진파 같은 말을 하네."

"맞아요. 저는 어렸을 때부터 여성 투표권을 얻기 위해 싸웠어요." 이런 얘기를 헬렌에게 했던 것이 기억났다. 헬렌이라면 이해했을 텐데!

"하지만 이제는 그럴 필요가 전혀 없는 거지? 여성 참정권 법안이 의회에서 통과됐잖니." 이모가 이제 그만하자는 듯 나긋한 목소리로 말했다.

"아직 완전하지 않아요. 여성이 남성과 동등한 투표권을 얻기 전까지는 손에서 칼을 잠재우지 않을 거라고, 엄마가 그랬어요. 저도 그럴 거예요." 내 목소리가 더 또랑또랑하게 울려 퍼졌다. "우리 운동가들 중에는 대의를 위해 교도소에 간 사람도 더러 있어요. 로즈 설리번 아줌마는 단식 투쟁 하다가 거의 죽을 뻔했고요. 그래야 한다면 저도 똑같이 할 거예요."

로즈 아줌마를 기억한다는 말을 기대했지만, 이모는 입만 샐쭉거리다가 딴소리를 했다. "흠. 필립스 부인 앞에서는 그렇게 지나친 말은 안 하는 게 좋을 거야. 그분 아버지가 판사였어."

헛기침을 하던 군인이 일어나 우리 곁을 바싹 붙어 지나가면서, 고개를 가로저으며 중얼거렸다. "돼먹지 못한 계집애. 호되

게 맞아야겠군."

나는 키득거렸지만, 낸시 이모는 걱정스런 표정이었다. "아이고, 기필코 그 기운 쓸 일을 찾아야지 안 되겠다. 안절부절못하는 꼴 보고 싶지 않아."

"엄마도 안절부절못했어요? 그래서……."

낸시 이모가 입술을 깨물더니 식당을 두리번거렸다. 그러나 이때는 아무도 없었다. "페기는 모든 일에 너무 열정적이었어. 이제는 퀸스 대학교로 바뀌었다만, 퀸스 칼리지에 가고 싶어 했지. 그런데 아버지가 허락하지 않으셨어. 같잖게 블루 스타킹*이나 신고 나대면서 노처녀로 살라고 키우지 않았다면서. 페기는 그때부터 조금씩 거칠어지기 시작했어." 회상에 잠긴 듯 이모 얼굴에 슬픈 미소가 어렸다. "그래 봤자 요즘 같으면 거친 축에도 못 들겠지만. 그때가 빅토리아 여왕**이 서거한 직후였으니까, 우리 자매는 너 같은 요즘 소녀들이 누리는 자유를 전혀 누리지 못했지. 아버지는 페기가 설리번 집안 아이들과 어울리는 것도 못마땅해하셨어. 가톨릭교도……." 이모가 이제야 뭔가 설명해 주려나 보았다.

내가 고개를 주억거리며, 이모가 계속 이야기해 주기를 바랐다. 엄마는 로즈 아줌마만 언급했을 뿐, 다른 사람은 입에 담은

★ 18세기 중반에 만들어진 블루 스타킹 소사이어티(Blue Stockings Society)는 당대 전통적인 여성들의 삶과는 거리가 먼 문예 토론 활동을 하는 모임이었다. 여기에 참석한 사람들이 파란 스타킹을 신은 데서 유래된 이 표현이 나중에는 지적 활동을 하는 여성들을 비하하고 조롱하는 말로 쓰였다.

★★ 1819~1901.

적도 없었다.

"페기는 아침 일찍 몰래 빠져나가서 항구 근처에서 수영을 하곤 했지."

"분명히 그것만 하진 않았을 거예요." 내가 과감하게 말했다. 낸시 이모가 아버지에 관해 무언가 말해 주었으면 싶었다. 엄마는 아버지가 오래전에 사고로 죽었다고만 했다. 미국에서 그렇게 되었다고. 나로서는 도무지 믿기 힘든 말이었다.

낸시 이모가 얼굴을 붉혔다. "내가 많이 질투했어! 나는 평범하고 좀 둔했거든. 예쁘고 똑똑하고 용기 있는 것까지 페기가 다 가진 게 불공평해 보였어. 내가 가진 건 착하다는 것뿐이었지. 그러던 어느 날, 당연하게도…… 음, 페기가 떠났고, 그래서 나는 남을 수밖에 없었어. 아무튼……" 이모가 찻잔을 비웠다. "케케묵은 옛날이야기까지 다 듣고 싶지는 않을 테니, 그만 가자. 햇빛이 비칠 때, 차를 타고 야산을 두루두루 돌아다녀 보자. 그러다 보면 널 지루하지 않게 해 줄 것이 생각날지도 모르지."

이모는 네 엄마랑 똑같은 길을 걷게 하고 싶지 않다고 말하지 않았다. 굳이 대놓고 말할 필요는 없었다.

1234567890

야산에서 드라이브를 하는 것은 보나 마나 내게 베푸는 선심이었을 것이다. 나는 내 어리석은 두려움을 억누르려고 기를 썼다. 어쩌면 내가 반드시 익숙해져야 할 것이 자동차 타기일지 몰랐다. 탁 트인 길로 나가면 한결 편해질 것도 같았다.

웬걸, 갈수록 태산이었다.

낸시 이모는 이쪽 해안은 절경으로 이름난 곳이라고 연거푸 말했다. 굽이진 곳을 돌 때면 차에서 끼익끼익 하는 불안한 소리가 나기도 했지만, 아닌 게 아니라 높이 올라갈수록 야산 풍경은 더한층 아름다웠다. 저 아래로는 반짝반짝 빛나는 청록 바다가 보였다. 경치를 구경해 보려고 했다. 거미줄에 뒤덮일 만큼 오래된 안절부절못하는 습성을 날카로운 바람이 날려 버리는 기분도 맛보려고 했다. 그런데 차는 갈수록 기우뚱기우뚱 뒤흔들렸고, 내 속도 덩달아 요동쳤다. 기어이 나는 알아들을 수 없는 소리로 끽끽거리며, 차를 세우고 내려 달라고 했다. 두려움은 숨길 수 있어도 멀미는 숨길 수 없었다. 어느 쪽이 더 심한지는 나도 잘 몰랐다.

"배 타고 올 때보다 멀미가 심해요." 어느 출입구에서 비참한 모습으로 얼마쯤 있다가 내가 말했다. 쌩쌩 부는 산바람에 묻힌 목소리가 희미하게 들렸다. 숨을 깊이 들이마셨다.

"아이고, 이런." 낸시 이모가 내 팔을 다독거렸다. "내가 운전해서 그래. 나는 아버지처럼 차를 매끄럽게 다루지 못하는 것 같아. 이런 일은 남자들이 훨씬 잘하긴 하지."

"그런 말 마세요!" 치밀어 오르는 분노가 나머지 메스꺼움을 쫓아 버렸다. "여자도 남자 못지않게 운전 잘해요. 그건 아주 반동적인 태도예요."

"어쩌면 그럴지도. 하지만 내 경우에는 맞는 말이야. 나는 운전을 아버지만큼 못 하니까."

나는 빨간 페인트를 칠한 단단한 철문에 기댄 채 찬바람을 쐬며 얼굴을 식혔다. 구경거리는 별로 없었다. 그저 야산과 풀밭과 양 들. 산골짜기에 옹기종기 모여 있는 회반죽을 바른 농가 세 채뿐이었다. 빈터가 이렇게 많은 곳에는 영 익숙해질 것 같지 않았다.

"어떻게 이런 데서 살 수 있어요?" 클리프사이드 하우스가 문명사회에서 외떨어졌다고 생각했는데, 이렇게 높은 야산에서 지내면 너무 쓸쓸할 게 뻔했다. 한두 달 뒤에는 눈이 내릴 테고, 그러면 몇 날 며칠 동안 고립될 것 같았다.

"본인들이 알아서 하겠지. 장날에는 농민들이 시내로 와."

"그럼 여자들도 와요? 소녀들도요?"

"아주 가끔씩."

"나라면 지루해서 죽고 말 거예요."

낸시 이모가 웃음을 터뜨렸다. "말하는 게 페기랑 똑같네. 이곳 사람들은 일이 너무 힘들어서 지루할 틈도 없어."

"여기 사는 사람들을 다 알아요?"

"거의." 이모는 농가를 차례차례 가리켰다. "애그뉴네, 오헤 어네, 설리번네……."

차멀미나 두려움과는 아무 상관 없이 내 속이 확 뒤집혔다. "로즈 설리번의 그 설리번이요? 엄마 친구?"

낸시 이모가 입술을 깨문 채 고개를 끄덕였다.

"우리랑…… 음, 우리랑 연락이 끊겼어요." 고래고래 소리치 며 엄마와 싸우고 나가 버린 뒤로 몇 년째 무소식이었다는 말 은 하고 싶지 않았다. "그거 아세요? 아줌마 이름을 따서 제 이 름이 스텔라 로즈 그레이엄인 거? 전쟁 전에는 아줌마도 가끔 씩 우리와 함께 살았어요. 아줌마가 교도소에 갇히기 전에."

"저기가 그 여자 고향 집이야. 저기 있을 가능성이 아예 없 는 집이기도 하지. 그 여자…… 매우 거칠어졌다는 소문이 자 자했어. 공화주의 운동이며 노동조합 운동에 말려들었다고. 여 성 참정권 운동보다 훨씬 나쁜 일에 말이지. 그 집 부모님은 몹 시 수치스러워했어. 특히…… 진저리를 낸 건……."

"그래도 그분들은 아줌마가 어디 있는지 알겠죠? 가서 물어 보면 안 될까요? 아줌마랑 정말로 다시 만나고 싶어요!"

"지금은 안 돼. 이놈의 끔찍한 독감이 끝나면 모를까." 그건 절대로 안 된다는 말이나 다름없었다. "그만 돌아가자."

"천천히 운전하실 거죠?" 내 목소리가 소심하고 불안하게 들 렸다.

돌아올 때에는 멀미가 나지 않았다. 그런데 어이구, 정말이지, 시속 10킬로미터도 안 되게 엉금엉금 기어갔다. 그런데도 기어가 요란한 소리를 낼 때마다 흠칫흠칫했다. 애써 마음을 가라앉히고 이모의 손동작과 발동작을 지켜보았다. 별로 어려워 보이지 않았다. 혹시 내가 운전대를 잡더라도 그다지 겁나지 않을 것 같았다. 겁먹은 꼴은 정말 보고 싶지 않은 내 모습이었다.

"저도 운전하는 거 배울 수 있겠어요." 내가 넌지시 떠보았다. 클리프사이드 하우스 뒤편의 가파르고 후미진 길을 내려올 때였다. 담장이 허술한 미니네 집을 막 지나온 참이었다. 문기둥과 나무 사이에 걸쳐 둔 회색 빨랫줄에는 덕지덕지 기운 빨래가 널려 있었다. "제가 시장을 봐 드릴 수 있어요. 그리고…… 음, 이모가 필요한 건 뭐든." 그리고 탐험도 할 수 있다. 그림 같은 집이 있고, 함께 웃고 떠들 소녀들이 있는 소도시다운 소도시도 찾을 수 있다. 로즈 아줌마도 찾아다닐 수 있다. 가족이라면 틀림없이 아줌마 행방을 알려 줄 수 있을 것이다. 살아 있든 죽었든.

낸시 이모가 고개를 저었다. "넌 너무 어려. 게다가 차는 크고 육중해."

"저 힘세요. 어려운 일도 좋아하고요."

낸시 이모가 좁다란 길로 돌아들 때 급회전을 하는 바람에, 내가 모자를 꽉 움켜잡았다. "입만 아프니까 그만해. 적어도 일이 년 동안은." 낸시 이모가 집 앞에 비뚜름하게 차를 세웠다. 일이 년……. 나는 한숨을 푹 쉬면서 문을 열고 차에서 내렸다. 후들거리던 다리가 단단한 땅 위에 서자 다시 제구실을 했다.

낸시 이모가 다락방 창문을 쳐다보고는 눈살을 찌푸렸다. 내 눈도 이모의 시선을 좇았다. 그리고 내가 처음 왔던 날처럼, 사람의 윤곽을 보았다. 창가에 서서 바다를 건너다보고 있는 남자였다.

"레이드 대위님이 바깥에 나와서 바람 좀 쐬면 좋으련만. 겨울이 되면 이렇게 날씨 좋은 날도 며칠 안 될 텐데. 운동 삼아 걸어도 좋고."

"저 남자는 왜 여기서 살아요?"

"평화롭고 조용하니까. 서부 전선에 있다가 왔으니 그럴 만도 하지. 도시로 돌아가고 싶지 않은 모양이야." 이모가 더 많이 말해 주기를 기다렸으나, 그게 끝이었다.

나라면 당장이라도 이곳을 버리고 도시로 떠날 거예요. 이렇게 말하고 싶었다. 그때 낸시 이모가 허리를 굽혀 타거트에서 가져온 상자며 꾸러미 들을 차에서 들어 올렸다. 마음에 찔렸다.

사과하는 대신 나는 방치된 정원을 바라보았다. 레이드 대위가 운동을 할 만한 상태라면, 짐작건대 잡초를 뽑거나 갈퀴질 쯤은 할 수 있을 터였다.

"치, 무슨 남자가 정원 일도 안 거들어요?"

이모가 한숨을 쉬었다. "돈을 내고 묵는 손님이잖아. 그건 그분이 할 일이 아니야."

"남자 손길이 필요하다고 했잖아요. 주변에 남자는 그 사람뿐이고."

"가만, 그 말이 내게는…… 뭐랬더라? ……반동적으로 들리는데? 여자 손길이 닿으면 정원이 잘못된다던?" 이모가 도발적으로 눈을 치켜떴다. "소녀의 손길이라든가?"

"저는 정원 가꾸는 일에 관해 아무것도 몰라요!"

"낙엽을 긁어모으거나 떨기나무 다듬는 일쯤은 너도 할 수 있어. 집안일이랑 비슷해. 집 밖에서 하는 것만 다를 뿐이지." 이모는 꾸러미들이 떨어지지 않도록 균형을 잡아 두 팔 위에 올린 뒤, 돌아서서 현관 계단 쪽으로 걸어갔다. "너더러 하라는 소리는 아니야, 스텔라. 다만 네가 정말로 어려운 일을 좋아한다면……"

나는 턱을 바짝 치켜들었다. "정말로 좋아한다고요. 곧장 시작할게요."

1234567**8**90

허리를 굽혔다가, 쪼그려 앉았다가, 갈퀴질을 하다 보니 땀이
났다. 군수 공장에서 열 시간씩 교대로 작업해도 이렇게까지
지치진 않을 것 같았다.

주먹을 쥐고 등허리를 두드렸다. 긴 하루를 끝내고 나서 엄
마가 이렇게 하는 것을 보았었다. 어떻게 들어왔는지 입속에
있는 축축한 나뭇잎을 뱉어 냈다. 그러고는 다시 허리를 굽히
고, 물러진 갈색 나뭇잎을 갈퀴로 긁어모아 수북이 쌓았다. 자
꾸만 누가 지켜보고 있다는 느낌이 들었다. 그러나 올려다볼
때마다 집이 나를 물끄러미 되쏘아 보았다.

바람에 휩쓸려 쌓인 낙엽 밑에서 깔끔하고 싱싱한 초록빛 모
습을 드러내는 잔디가 보기 좋았다. 이따가 그럴싸한 욕실에
서 아주 따뜻한 물로 목욕할 수 있다고 생각하니, 온몸이 아프
고 땀에 젖은 것조차 꽤 마음에 들었다. 너무 더워서 외투에 이
어 갈색 카디건까지 벗어서 떨기나무에 걸쳐 놓았다. 내가 마
치 여성 농경 부대*의 대원, 그 숭고한 땅의 딸이 된 기분이었
다. 지루한 일인데도 이제는 지루한 줄도 몰랐고 안절부절못하

는 마음도 사라졌다. 차 마실 시간이 몹시 기다려지는 것도 처음이었다.

"뭐 하냐?"

고개를 들어 보니 미니였다. 초라한 트위드 외투 속에 입은 치마가 살짝 보였는데 겨우 무릎에 닿을락 말락 했다.

뭐 하고 있는 것 같아? 새디나 릴이었다면 이렇게 되물었을 나였다. "정원 손질."

미니가 코웃음을 쳤다. "금세 사방으로 날아갈 건데." 아니나 다를까 일껏 수북이 쌓아 놓은 낙엽 더미를 바람이 벌써 건드렸는지, 낙엽들이 살랑살랑 흩날리기 시작했다. "두엄 더미는 저 아래에 있어. 저기 철쭉 뒤. 그쪽으로 갈퀴질을 했으면 좋았을 건데."

"내가 다 알아서 하는 중이야." 거짓말이었다. 어이구, 내가 못 살아! 왜 두엄 더미가 어디 있는지 확인할 생각을 못 했지? "벌써 6시야?" 내가 하늘을 살피면서 물었다. 어렴풋하긴 해도 아직 땅거미가 진 건 아니었다. 미니는 대개 6시에 집으로 돌아갔다.

"엄마가 많이 힘들어 해서. 해산할 때가 다 됐거든. 내가 어린 동생들을 데리고 길바닥에 나가 있어야 돼." 미니가 한숨을 쉬었다. "우리 새미를 낳을 때처럼 엄마가 밤을 꼴딱 새우지 않으면 좋을 건데." 미니가 걸어가는 모습을 보니 어깨가 축 처져

★ Land Girl: 전쟁터에 나간 남성들 대신 농사를 짓기 위해 여성을 대상으로 두 번의 세계 대전 기간에 만든 영국 민간 조직.

있었다. 내가 처음 온 날 만났던 그 당돌한 여자애보다 훨씬 나이가 많아 보이는 동시에 훨씬 어려 보이기도 했다.

두엄 더미까지 낙엽을 옮길 방법은 한 가지뿐이었다. 한 아름 들어 올린 채로 휘청휘청 비탈길을 내려가는 수밖에 없었다. 그렇게 몇 번을 되풀이하면서, 욕설을 수없이 내뱉고, 땀을 흠뻑 흘렸다. 오물이 묻은 손은 갈수록 끈적거렸다. 갈퀴를 갖다 놓으려고 뜰에 있는 헛간에 갔다. 그제야 삶을 한결 편하게 해 주었을 외바퀴 수레를 보았다. 집 안에 들어갔을 때는 정원 손질이라면 신물이 나서 다시는 하고 싶지 않았다. 그런데도 피곤해 보인다는 낸시 이모의 말을 듣는 순간, 나는 어느새 내일은 잔디밭 가장자리 화단을 뒤덮은 잡초와 씨름해야겠다고 다짐했다.

몸이 더러워질 대로 더러워지고 아플 대로 아파서, 그 어느 때보다 이모네 욕실이 고마웠다. 향긋한 물속에서 뻣뻣해진 다리를 쭉 뻗고 온몸에 비누칠을 했다. 유파토리아가에 살 때 쓰던 낡은 양철 욕조는 누가 쓰고 있을지 궁금했다.

저녁 식사 종이 땡그랑땡그랑 울린 것은 내가 막 욕실에서 나왔을 때였다. 피부는 반들반들하고 촉촉한 데다, 몸에서는 땀 냄새 대신 이모가 만든 레몬 버베나 입욕제 냄새가 풍겼다. 옷은 나중에 입기로 하고, 낙타털 가운을 입은 채로 식당으로 갔다. 이모가 커다란 토끼 고기 파이를 들고 가다가 식당 문간에서 나를 보고 눈살을 찌푸렸다.

"미니가 일찍 돌아가서, 레이드 대위님 식사는 네가 올려다 드려도 되겠구나 했더니만."

"당연히 가져다줄 수 있죠."

"가운 차림으로 가긴 어딜 가!"

내 몸을 내려다보았다. "완벽하게 단정한걸요? 내 원피스 중에는 이만큼 많이 내 몸을 가려 주는 건 없어요." 내가 갑자기 몸이 헤픈 여자가 된 기분이었다. 게다가 엄마에게 받은 마지막 생일 선물인 이 근사한 가운마저 꼴사납고 더러워진 느낌이었다.

"됐다. 내가 갖다 드릴 테니, 너는 들어가서 앉아."

"그 대위도 여기 와서 식사하면 이모가 훨씬 편할 텐데요. 다들 그러는 것처럼." 내가 무심코 덧붙였다. "여자들이 남자들 시중을 들어 주지 말아야 해요."

"나는 이게 훨씬 편할 것 같은데?" 코를 쏘는 토끼 고기의 냄새만큼이나 강렬하게, 이모가 톡 쏘아붙였다. "쥐뿔도 모르는 사람이 자기 생각이랍시고 밝히는 게 너는 못마땅할지라도 말이야."

이모에게 얻어맞은 기분이었다. 따지려고 입을 열었다가, 난생처음으로, 그냥 다물었다.

1234567890

내가 레이드 대위를 만난 것은 그다음 날 아침이었다. 미니가 나타나지 않자, 쟁반에 받친 아침 식사를 가져다주라고 낸시 이모가 부탁했다. "노크하고 그냥 문가에 두고 와."

문 바깥을 말하는 줄 알았는데, 올라가 보니 그런 용도로 짐작되는 작은 탁자가 있었다. 어쩌면 상사병을 앓는 미니를 단념하게 할 의도로 놓아두었을지도 몰랐다. 아무리 그래도 나라면 그렇게 쉽게 꺾이지는 않을 것이다. 나는 노크를 하고 "아침이요!"라고 말한 뒤 문을 밀어젖혔다. 오트밀 그릇과 환한 오렌지색 털실로 짠 덮개를 씌운 찻주전자를 받친 쟁반이 기울지 않도록 조심하면서.

침대에 누워 있으면 어쩌지? 속옷 차림이면 어떻게 하지? 이런 생각이 들었지만, 되돌리기에는 이미 늦었다.

자욱한 담배 연기와 퀴퀴하고 갑갑한 공기 때문에 내가 콜록거렸다.

"미니?" 깊고, 남성적이고, 놀란 목소리였다.

"저기, 아니요. 저는 스텔라예요."

뿌연 담배 연기 속으로 나를 등지고 창가에 서 있는 남자가 보였다. 키가 크고 머리털은 빨갛고, 내 어이없는 상상과 달리 옷을 입고 있었다. 그런데 군복이 아니라 네이비블루 스웨터에 플란넬 바지 차림이었다. 팔다리가 온전했다. 대위가 돌아서더니 말했다. "꼬마 정원사?"

쟁반을 방 한가운데 있는 탁자에 아무렇게나 내려놓았다. 그러니까 여태껏 나를 지켜보고 있었다는 얘기였다. 지금도 혼란스럽고 으스스한 눈빛으로 나를 지켜보는 중이었다. 한쪽 눈은 나를 살짝 비켜 갔다.

"실은 정원사 아니에요." 모욕적인 꼬마라는 말은 무시해 버렸다.

"그거야 한눈에 알아봤고." 이 말을 할 때에야 겨우 입에서 담배를 뺐다. 냉소적인 인간.

"전 이 하숙집 주인의 조카딸이에요. 여기 살고요. 이모는 정원 돌볼 시간이 없어요. 워낙 바빠서 제가 돕는 중이에요." 나는 돕는을 힘주어 말했다.

"더 필요한 게 있나?" 진짜 하녀였다면 이건 마땅히 내가 물었어야 할 말이었다.

"아니요." 이렇게 대답했는데 문득 나는 어렵고 도전적인 일을 좋아한다고 말했던 기억이 떠올랐다. "그냥…… 음, 오늘도 정원 일을 할 건데요. 중노동이에요." 더러 여자애에게는이라는 말을 덧붙여서 기사도 정신에 호소하는 사람도 있을 테지만, 나야 물론 비굴하게 굴 생각이 조금도 없었다. "혹시 맑은 공기 쐬고 싶지 않을까 해서요." 이 방이 얼마나 답답한지 강조할 셈으로, 나는 또다시 콜록거렸다. 분명코, 헬렌이 사다 준 담배가 떨어졌다면 어떡하든 구하러 나갈 터였다.

"그럴 마음 없어." 대위는 담배를 유리 재떨이에 눌러 껐다. "다음에는 쟁반을 그냥 바깥에 둬."

"알겠습니다." 내가 딱 부러진 목소리로 대답했다. 그러고는 방향을 분간하기 힘들 정도로 턱을 한껏 치켜들고 문 쪽으로 걸어갔다.

제아무리 전쟁 영웅이래도, 저런 인간이라면 감탄스럽지 않았다. 제아무리 장교이고 신사일지라도, 저런 인간이 지키는 예의범절 따위 대수로울 것도 없었다. 나는 화풀이로 하루 온종일 잡초를 뽑았다. 쌓아 두었다가 모닥불을 피울 작정이었다. 잡초가 레이드 대위려니 생각하니까 뽑는 맛이 아주 그만이었다. 엄청 좋은 사람이야. 헬렌은 이렇게 말했었다. 그때도 믿기지 않았는데 이제는 확실히 믿지 않게 되었다.

미니는 하루 내내 나타나지 않았다. 가엾은 미니네 엄마가 아이를 낳는 광경을 되도록 생각하지 않으려고 했다. 상상만 해도 으악 소리가 절로 났다. 그런데도 내 마음은 자꾸만 정원을 벗어나서 좁다란 오솔길을 내려가고, 돌투성이 길을 따라 그 허름한 집까지 헤매고 다녔다. 아무리 작디작은 아기일지라도, 그 코딱지만 한 집에 식구 하나가 더 늘면 어떻게 살 수 있을지 상상하기도 힘들었다.

낸시 이모가 서니뷰에서 주 1회 할당받은 의무 봉사를 마치고 돌아왔다. 그길로 내가 어쩌고 있는지 살피러 왔다. 내가 갈색을 띤 홀쭉한 것을 힘껏 잡아당겼다. "이거 잡초예요?"라고 묻고는 쓰라린 손을 치마에 문질렀다.

이모가 깃털처럼 생긴 나뭇잎 하나를 어루만졌다. "썩 보기 좋은 건 아니구나. 하기야 어머니가 돌아가신 후로 죄다 방치해 놓았으니 오죽할까. 나도 잘 아는 건 아니다만 희귀한 꽃을 피울지도 모르지."

"그대로 둘 수밖에 없을 것 같아요." 내가 솔직히 말했다. "어찌나 튼튼한지 저는 못 뽑겠어요."

"전쟁이 끝나면, 중노동을 할 만한 남자를 구할 수 있는지 알아보마." 나는 레이드 대위와 심술궂게 주고받은 이야기는 하지 않았다.

"그나저나⋯⋯" 이모 말투가 바뀌었다. "너한테 물어볼 게 있어. 부탁받은 일인데, 우리 집에 한 사람을 더 받아야 할 것 같구나. 서니뷰에 새로 온 구급 간호 봉사대VAD 간호사야. 독감이 발생한 집이 너무 많아서 시내에서는 군용 임시 숙소를 구하기가 어렵다지 뭐니." 이모는 헐벗은 떨기나무 가지를 만졌다. 독감을 입에 담을 때면 사람들은 대개 나무에 손을 댔다.

"우아, 대찬성이에요!" 간호사라면 젊고 활기차고 현대적인 사람일 터였다. 그런 생각을 하는 순간 불쑥 힘이 솟아서 잡초인지 희귀한 화초인지를 더더욱 세게 잡아당겼다. 정체 모를 그것은 순순히 생을 마감했다.

"문제는 다락방밖에 없다는 거야. 그것도 아주 작아. 내 방을 내줘도 되긴 하는데, 그게⋯⋯."

"아니에요! 제 방을 주세요. 이모, 솔직히 저는, 정말로 다락방에서 자고 싶거든요."

이모가 소리 내어 웃었다. "음, 나도 될 수 있으면 돕고 싶다. 그 수간호사님이 좋은 분이거든."

"인맥도 좋겠죠? 방이 필요한 간호사들이 줄줄이 찾아오겠네요."

"전쟁이 끝나면 그렇지는 않을 거야. 다들 한목소리로 곧 끝날 거라고 하니까."

서니뷰에서 휠체어를 타고 베란다에 앉아 있는 사람들이 생각났다. 전쟁이 그야말로 곧 끝날지라도, 정작 전쟁 후유증은 없어지지 않을 터였다.

1234567890

캐서린 라일리가 이사 오기로 한 날은 11월 3일 일요일이었다. 나는 토요일에 방을 비웠다. 방에서 내 짐을 빼는 데는 3분 걸렸고, 작은 다락방에서 짐을 정리하는 데는 4분쯤 걸렸다. 다락방은 천장이 낮고 한쪽으로 기울어져 있었다. 그러나 집 뒤편 야산들을 내다보기에 알맞은 유리창이 있었다. 화장대며 벽장이며 작은 철제 침상이 갖춰져 있었고, 구석에는 앙증맞은 벽난로도 있었다. 사진들과 여섯 권으로 된 제인 오스틴 전집을 벽난로 선반에 올려놓았다. 빨간 표지가 빛바랜 꽃무늬 벽지와 대비되어 매우 밝게 보였다.

새로운 거처를 오래도록 감상하고 싶었지만, 해야 할 일이 너무 많았다. 미니는 여태껏 나타나지 않았다. 그 바람에 끼니 때마다 레이드 대위의 식사를 들고 다락방까지 오르락내리락하게 생겼다. 그런데도 내가 기뻐하다니 무슨 영문인지 알 수 없었다. 내 새로운 방은 불쾌하기 짝이 없는 대위의 방과 정면으로 마주 보고 있었다. 그렇더라도 내가 딱히 대위를 상대해야 할 일은 없었다. 역겨운 담배 냄새나 코 고는 소리가 참기 힘들 정도라면 모를까, 대위가 거기에 없는 척 지낼 수 있었다.

라일리 간호사 방을 완벽하게 꾸며 주고 싶었다. 리넨 이불장에서 가장 좋은 침대보를 챙기고, 라벤더 향이 풍기는 새하얗고 제일 뽀송뽀송한 베갯잇을 골라 왔다.

"착하기도 하지." 적갈색 국화 몇 송이를 작은 꽃병에 꽂아 들고 방에 들어선 이모가 말했다. 깃털 이불이 푹신푹신해지도록 살살 흔들면서 매만지고 있는 나를 보았던 것이다. 이모는 목재 가구가 하나같이 반들반들 빛나는 방을 빙 둘러보았다. 유파토리아가에서 살 때 비치된 세간을 되도록 곱게 쓰려고 열심히 닦았지만, 그 집 가구들은 도무지 윤이 나지 않았다. "이것 봐." 이모가 꽃병을 벽난로 선반에 올려놓으며 말했다. "네가 손질하기 전까지 잡초 속에 꼭꼭 파묻혀 있었던 거야."

"진짜 예쁘네요." 내가 꽃병을 받아 서랍장 위에 올려놓았다. 기분 좋고 반갑게 맞이하는 듯한 자리였다. 가슴이 팔딱거렸다. 라일리 간호사가 친근하게 이름을 부르라고 할까? 이름이 캐서린이니까 캐시나 키티, 케이트라는 애칭으로 부르라고 할지도 몰랐다. 뭐라고 부르든, 책에서 읽었던 여자 대학생들처럼 둘이서 가운을 입은 채 밤새도록 이야기하는 모습도 그려 보았다.

일요일 아침이 밝았다. 평소대로 식당에 앉아서 아침을 먹는데, 새 친구를 만날 생각에 가슴이 설렜다.

낸시 이모가 낡은 작업복을 입은 내 모습을 보더니 눈살을 찌푸렸다. "일요일에는 일하는 거 아니다!"

"왜요? 예배를 보러 가지도 않잖아요." 아일랜드 사람들이

극성맞기로 유명한 종교인이라는 것은 나도 알았다. 지난 일요 일에는 클리프사이드 하우스에서 예배 보러 가는 사람이 아무 도 없어서 안도하기도 했다.

"간다, 평소에는. 독감 때문에 몇 주 걸렀을 뿐이야. 사람이 많이 모이는 곳에 가지 말라고 권고하니까."

"아무리 그래도 지금이 제일 열심히 예배를 드려야 할 때이긴 해요." 매케이 할머니 얼굴에 근심이 어렸다. "어쨌거나, 그게 우리를 벌하려고 내리신 역병이라고 믿는 사람이 많으니." 할머 니가 토스트에 마멀레이드를 펴 바르면서 한숨을 내쉬었다.

"우리가 화를 자초하는 걸 하나님께서 바라실 리가 없어요." 필립스 부인은 이번에도 살짝 마른기침을 했다. "메하피 목사 님께 편지 한 통을 받았어요……. 아, 우리 고향의 담임 목사님 이신데, 요즘에는 장례 예배를 드리느라 다른 일은 거의 못 하 신다고 쓰셨어요." 부인이 혀를 찼다. "세례를 받으려고 대기 중인 갓난아이들을 어쩔 수 없이 다 돌려보내셨다네요."

오트밀을 떠먹으면서 골똘히 생각에 잠겼다. 죽음과 거리가 먼 이야기로 화제를 돌리고 싶었다. 신에 관한 이야기는 이상 할망정 괴롭지 않았다. 엄마네 가족은 개신교 신자라는 얘기는 주워들었지만, 엄마는 나를 키우면서 어떤 신앙도 강요한 적이 없었다. 하지만 독감 이야기는…… 으악. 특히 사람들이 독감 을 두고 역병이라는 둥 심판이라는 둥 하는 말을 꺼내기 시작 하면 오싹 소름이 돋았다.

청색증 환자처럼 입술이 파래지더니 점점 번져서 거무스름하게 변한 엄마의 얼굴. 절대 독감일 리 없다면서 흐느끼던 내 목소리!

"저는 여러분들의 신앙을 존중합니다." 떠오르는 기억을 가라앉힐 만큼 큰 소리로 내가 말했다. "그런데 저는 신자가 아니에요." 필립스 부인이 토스트가 목에 걸렸는지 캑캑거렸다. "그러니까 저는 오늘 오전에 정원에서 일을 하겠습니다."

1134567890

내가 욕실에서 하루의 때를 씻어 내고 있을 때 라일리 간호사
가 도착했다. 위층까지 올라갔다 오는 게 귀찮아서 가운을 가
져다 놓지도 않았고, 캐미솔과 속바지까지 벗은 참이었다. 초
인종 소리, 말소리, 계단을 올라오는 발소리가 들려왔다. 에잇!
비누를 떨어뜨려서 세면대 밑을 더듬거리며 찾았다. 내가 맞아
들이려고 일찌감치 작정했건만.

이모가 욕실 문고리를 달가닥거리더니 말했다. "누가 있네
요. 저…… 여기가 욕실이에요. 틀림없으니 믿으셔도 됩니다."

나는 변기 위에 앉아 숨소리조차 죽이려고 애썼다. 지금은
나갈 수 없었다. 그때 욕실에 있었던 아이로 기억되고 싶지 않
았다. 칙칙하게 빛바래고 누덕누덕 기운 속옷을 입은 모습을
보여 주기도 싫었다. 열두 살쯤 되는 아이로밖에 보지 않을 터
였다. 그렇다고 작업복을 다시 입기도 뭣했다. 하필이면 무릎
을 꿇은 바닥에 입에 담기 민망한 것이 있었는데, 아무래도 여
우 똥 같았다. 냄새가 역겨웠다. 작업복을 공처럼 똘똘 말아 놓
긴 했는데, 내가 나간 뒤에도 욕실에서 악취가 진동할 것 같았

다. 짐 정리를 마치면 캐서린이 욕실을 쓸 텐데. 문이 딸깍 열리는 순간 캐서린이 불쑥 뛰어들면 어쩌지? 초라한 속옷 바람으로 후닥닥 위층으로 뛰어가는 모습을 보면 욕실에서 지독한 냄새를 피운 사람이 나라고 여기겠지? 생각만으로도 얼굴이 화끈거렸다.

"전 이만 나갈 테니 편히 쉬세요. 저녁 식사 시간이 7시니까, 그때까지 드실 만한 다과를 좀 내올게요."

이모가 그렇게 말하고는 아래층으로 내려가는 소리가 들렸다. 캐서린의 방문이 닫히는 틈을 타서 빠져나갈 셈이었다. 그런데 아무리 기다려도 문 닫는 소리가 들리지 않았다. 아무래도 캐서린이 욕실이 비는 순간을 놓치기 싫은 모양이었다. 하는 수 없이 똘똘 말아 둔 작업복을 꼭 쥔 채, 잠금장치를 최대한 조용히 돌려 살짝 문을 열고는 냅다 위층으로 뛰었다. 운이 좋으면 욕실을 독차지하거나 지독한 냄새를 피운 게 내가 아닌 다른 사람이라고 여길 수도 있었다. 레이드 대위든 필립스 부인이든.

다락방에 들어와서 살짝 얼룩진 유리창에 내 모습을 비춰 보았다. 매케이 할머니 말이 맞았다. 정말로 뺨이 발그레했다. 설마 그 때문에 더 어려 보이는 건 아니겠지? 머리를 빗고 나니 한결 괜찮아 보였다. 단발머리가 확실히 세련되고 성숙한 느낌을 주었다. 새로 산 트위드 치마와 사각 옷깃이 달린 초록색 줄무늬 블라우스로 갈아입었다. 상업 전문 교육원에 다닐 때 엄마가 사 준 블라우스 중 하나였다. 살짝 몸에 끼는 블라우스라 가슴이 볼록 나온 모습이 썩 만족스러웠다. 더 붉어 보이도록 입술을 꽉 맞물었다.

레이드 대위의 식사를 챙겨 오려고 7시 전에 아래층으로 내려갔다.

"예쁘구나." 낸시 이모가 말했다. "아주 깔끔해 보인다." 이모가 식탁에 놓인 쟁반을 가리켰다. "저기 있어. 잘하면 네가 그 일을 계속하지 않아도 되겠다."

"왜요? 대위가 떠난대요? 아님 미니가 돌아와요?"

낸시 이모가 고개를 저었다. "예쁘고 젊은 여성이 있으니 레이드 대위님을 은신처에서 꾀어낼 수 있지 않을까 싶어서. 어쨌거나 두 사람은 나이도 같으니까."

안 돼요! 캐서린은 내 친구가 될 거란 말예요! 나는 쟁반에 차려 놓은 식사를 노려보았다. 무엇에 더 기분이 상했는지 잘 모르겠다. 레이드 대위가 내 친구가 될 사람을 뺏어 갈 거란 생각 때문이었을까. 대위를 꾀어낼 만큼 내가 예쁘지 않다는 낸시 이모의 가정 때문이었을까. 이런 생각까지 하고 있는 나 자신에게도 화가 났다.

"대위 나이가 훨씬 많아요." 이렇게 말했지만, 캐서린이 몇 살인지도 나는 몰랐다.

"대위님은 스물두 살이야."

"그렇게 안 보여요."

"음식이 식기 전에 갖다 드려. 만약에 거의 4년 내내 서부 전선에서 있다가 왔다면, 너도 더 나이 들어 보일걸?"

"저는 평화주의자예요." 내가 주방을 나서면서 대꾸했다.

"집에서는 아니잖아." 이모가 쏘아붙였다. "가는 길에 식사 종이나 울려."

식당에 왔더니, 낸시 이모는 없고 매케이 할머니 옆에 젊은 여자가 앉아 있었다. 내게 고개를 끄덕해 보이긴 했지만 감자를 먹는 데 열중하는 것 같았다.

"네 이모는 초인종 소리를 듣고 문간에 나갔다." 필립스 부인이 말했다. "먼저 먹으라면서."

"얘는 우리 단출한 식구들 중 막둥이라오. 이 집 주인의 조카딸, 스텔라." 매케이 할머니가 소개해 주었다. "스텔라, 이분이 캐서린 라일리 간호사님이란다."

"키트라고 해." 간호사가 말했다. 보통 키에 검은 머리였고, 실망스럽게도 간호사복 차림이 아니었다. 그 말만 하고는 먹느라 바빴다.

"리솔*이 참 맛있구나." 매케이 할머니가 말했다. 내가 입에 마구 집어넣는 게 마음에 드는 표정이었다. "그것 봐라, 정원에 나가 일하니까 식욕이 나잖니. 아무래도 내가 머잖아 그 정원 가장자리를 위아래로 옆으로 쭉쭉 늘려 놓아야겠다."

"뺨도 발그레해졌어요." 마치 내가 네 살배기인 양, 필립스 부인도 한마디 보탰다.

"내가 그럴 거라고 했지 않아요?"

나는 커다란 물병에 꽂아 보조 식탁에 올려놓은 국화꽃을 보면서 한숨을 쉬었다. 그때 낸시 이모가 돌아왔다. 이맛살을 찌푸리고 있었다.

★ 다진 고기와 채소를 작고 동그랗게 빚어서 튀긴 음식.

"누구예요?" 내가 물었다.

"미니 없이 꾸려 가야 할 모양이다." 이모가 대답했다. "미니 여동생이 왔다 갔다."

필립스 부인이 우리를 빙 둘러보았다. 그러면서 이 집에서 유일하게 결혼한 여자인 자신만이 출산이라는 민망한 이야기를 꺼내기에 적절하다고 판단한 것 같았다. "분명히 지금쯤이면 미니네 엄마가 해산을 했을 텐데요?"

"낳았답니다, 아들을. 그런데 미니네 엄마가 이젠 독감에 걸렸다고 하네요."

"맙소사!" 필립스 부인이 몸을 살짝 뒤로 뺐다. 낸시 이모가 문간에 있던 아이에게서 병이 옮았을 수도 있다는 듯이. 키트는 잠자코 감자를 더 먹었다.

"그 집에는 거들 사람이 아무도 없어요?" 매케이 할머니가 물었다.

"미니밖에 없어요." 이모가 대답했다. "저는 우리가……"

필립스 부인이 신음을 했다. 그러고는 냅킨으로 입을 꾹꾹 누른 뒤 말했다. "아니, 이게 무슨! 그레이엄 씨, 제발 부탁인데…… 우리는 철저히 멀리해야 해요."

"미니는 이제 겨우 열다섯 살이에요." 그 애는 우리 집 하녀이고 1킬로미터도 안 되는 곳에 산다면서, 이모가 덧붙였다. "아버지가 있긴 한데, 별 도움이 안 되는 사람 같아요. 이웃 간에 차마……"

나는 멀거니 접시만 내려다보았다. 말랑말랑하고 먹음직스러웠던 리솔이 기름 긴 돌멩이처럼 보였다. 엄마가 아플 때 우리를 가까이하는 이웃은 아무도 없었다. 본인들이 병에 걸렸거나 두려워서였다. 엄마가 그르렁거리며 기침하는 소리가 다시 귀에 들렸다. 엄마 입에서 왈칵 쏟아지는 피가 보이고, 냄새도 나고……. 제발! 나는 마른침을 삼키며 나이프와 포크를 내려놓았다. 나한테 가 보라고 하지 마세요. 나는 마음속으로 애원했다. 이미 독감을 앓았으니, 아마 또다시 걸릴 위험성은 없을 터였다. 어려운 일을 하고 싶다고 내 입으로 그랬던가? 그러나 이런 일을 말한 건 아니었다.

"지금이 이웃 간 도리를 따지고 자시고 할 때냐고요." 필립스 부인이 말했다. "당신은 여기 있는 식구들을 챙겨야 할 사람이잖아요."

"간호사님은 어떻게 생각해요? 전문가로서?" 키트에게 호소하는 이모의 얼굴에 간절함이 묻어났다.

"사실 별 뾰족한 수가 없어요." 키트가 말했다. 그러고는 마치 비위를 맞춰 주려는 듯이 덧붙였다. "혹시 집에 위스키가 있나요? 없는 것보다는 나을 것 같은데요."

"조금 남았어요." 이모가 말했다. "아버지가 생전에 약으로 쓰던 거예요. 내일은 위스키 한 병을 챙겨서 미니네 집에 갔다오는 게 좋겠어요, 아무래도. 그것만 문 앞에 두고 오죠, 뭐."

필립스 부인이 라일리 간호사의 손을 토닥거렸다. 가늘고 긴 손가락들에 낀 두툼한 반지들이 반짝반짝 빛났다. "이 집에 의료 전문가가 있으니 큰 힘이 되겠어요. 나는 기관지가 몹시 안좋아요, 이미 눈치챘을 테지만. 그러니 내가 독감을 무릅쓸 엄두가 나겠느냐고요. 만에 하나 내가 쓰러지면…… 음, 단 한 가지 중요한 것이 간호라고 하더군요."

키트가 필립스 부인을 바라보았다. 마치 당신 같은 사람을 간호하느니 차라리 찔러 죽이고 말겠다는 듯한 눈빛이었다. "젊고 건강한 사람들이 가장 타격이 큰 것 같아요. 부인은 아마 무척 안전하실 거예요." 그러고는 눈길을 돌려 매케이 할머니에게 뭐라 뭐라 물었다.

"자, 우리가 원하는 건 이런 게 아니잖아요? 새로 맞은 손님에게 전문 지식이나 이용해 먹으려는 사람들이라는 인상을 주면 안 되죠." 낸시 이모가 얼굴을 찌푸리며 말했다. "이 집이 키트에게는 안식처가 되어야 해요. 뭐랄까, 불쾌함이…… 조금도 없는 그런 집 말예요. 서니뷰도 아주 즐거운 곳이긴 하지만요, 그 나름대로." 이모가 주저리주저리 이야기를 늘어놓기 시작했다. 수간호사님은 참 친절한 분이라고. 이곳 주민들은 성심성의껏 서니뷰 재활원을 후원한다고. 모금 활동도 하고, 환자 위문 공연도 준비 중이라고. 그곳에 있는 군인들은 매우 용감하고 훌륭한 일을 했다고.

내 엄마도 용감하고 훌륭한 일을 했다. 엄마랑 로즈 아줌마와 함께 여성 사회 정치 연합 집회에 참석했을 때가 기억났다. '여성에게 투표권을'이라는 구호를 외쳤다. 내가 엄마 손을 잡고 다니는 동안, 엄마는 다른 참가자와 둘이서 현수막의 양쪽 끝을 잡고 있었다. 가슴이 벅차오르고 자랑스러워서 학교 친구 누구라도 나 좀 보았으면 싶었다. 엄마와 로즈 아줌마는 누구보다 크게 구호를 외쳤다. 로즈 아줌마는 경찰관을 쳐서 체포되었다. 엄마는 그런 행동은 절대로 하지 않았다. 나 때문이었다. 로즈 아줌마가 교도소에 갇힌 것은 그때가 처음이었다.

"그 병이 서니뷰에 침투하지 않기를 빕시다." 매케이 할머니의 목소리가 나를 현재로 데려왔다. "부상당한 그 가엾은 영웅들은 시련을 겪을 만큼 겪었으니."

"거기에도 초여름에 걸린 사람이 생겼어요. 하지만 가볍게 앓아서, 죽은 사람은 없어요." 이모는 안심해도 된다는 뜻을 분명히 하려는 듯 미소 띤 얼굴로 식탁을 빙 둘러보았다.

"여기 오기 전에 근무했던 세인트 앤스 재활원에서는요. 걷잡을 수 없이 퍼졌어요…… 약효가 아주 뛰어난 설사제처럼 무섭도록 빠르게. 한때는 저 혼자 서른 명을 간호하기도 했어요. 모두들 기침하고, 토하고, 비명을 지르고, 온몸을 뒤틀며 토하고, 푸르뎅뎅하게 변한 채 죽어 갔어요. 2년 동안 구급 간호 봉사대 간호사로 일했지만 그 경우는 마치…… 저도 잘 모르긴하지만, 중세 때 돌았던 흑사병과 좀 비슷하더군요."

숨이 가빠졌다. 그만하라고 누가 좀 말려 주세요!

키트가 파스닙 퓌레를 포크로 몇 번인가 떠먹더니 이렇게 말했다. "맛이 기막히네요."

필립스 부인은 목에 두르고 있던 스카프를 더 친친 감았다. 1킬로미터도 안 되는 곳까지 들이닥친 그 병으로부터 자신을 지키려는 것처럼. "이건 심판이에요. 마땅히 심판받아야죠. 인간들이 광분해서, 이렇게 다 죽이려고 하니, 주님이 복수를 내리신 겁니다."

온몸을 뒤틀며, 푸르뎅뎅하게 변한 채, 죽어 갔어요.

"전쟁도 얼마쯤 관련이 있을 수 있어요." 키트가 말했다. "군인들이 몸을 숨기느라 너나없이 악취가 진동하는 참호에 한데 몰려 있으니까요. 듣자 하니 쥐들이 고양이만 하고, 전사자 시신은 매장도 안 하고……."

매케이 할머니가 키트의 팔에 손을 올렸다. 그러고는 "파 드 방 랑팡."*이라고 소곤거렸다. "벌써 얼굴이 좀 파랗게 질렸어요. 누가 저 애를 탓할 수 있겠어요."

"미안하다, 꼬마야." 키트가 처음으로 내게 주목하는 것 같았다. "내게도 너만큼 어린 여동생이 있어. 그 애도 비위가 아주 약해. 건조용 옷장 안에서 고양이가 새끼 낳는 걸 보고는 까무러쳤단다." 이렇게 말한 뒤 키트가 큰 소리로 웃었다.

눈물이 어린 내 눈에 비친 리솔이 흐릿하게 어른거렸다. 단 한 가지 중요한 것이 간호라고 하더군요.

저는 최선을 다했어요, 엄마. 제가 할 수 있는 건 다 했어요. 그런데 역부족이었어요.

단단한 공처럼 뭉친 눈물이 목구멍으로 치밀어 올랐다.

"실례합니다." 나는 목이 메어 가까스로 말했다. 그러고는 무릎을 덮은 냅킨을 팽개치고 밖으로 뛰쳐나가, 곧장 계단을 내달려 올라갔다. 쉬지 않고 계속.

"앗!" 하마터면 부딪쳤을 만큼 가까이 가서야 레이드 대위를 보았다. 방 바깥에 있는 탁자에 쟁반을 내놓으려고 나왔나 보았다. 대위가 방문 쪽으로 뒷걸음질했다. 대위의 시선은 이상하게 나를 비껴갔다.

★ 프랑스어로 "저 아이 앞에서는 하지 마세요."라는 뜻.

나는 대위를 밀치고 안식처와 같은 내 방으로 들어왔다. 그러고는 문을 쾅 닫고 침대에 털썩 엎어진 채, 모두가 나라고 여기는 바로 그 어린아이처럼 엉엉 울었다.

1234567890

어둠을 찢는 비명 소리에 눈이 번쩍 뜨였다. 얼떨떨한 상태로
일어나 앉았다. 치마는 허리께에 뭉쳐 있고, 얼굴은 끈적거렸
다. 언뜻 내가 잠결에 우는 소리에 깼다고 생각했다. 엄마가 돌
아가신 직후에 자주 그랬던 것처럼.

그런데 또다시 밤의 정적을 뚫는 비명이 들렸다. 그제야 이
웃 방에서 들리는 소리라는 걸 알아차렸다. 일단 촛불에 불을
붙인 뒤 후닥닥 뛰어나갔다. 레이드 대위의 방 밖에서 멈칫거
렸다. 지금은 조용했다. 아무래도 내가 참견할 일이 아닌 것도
같았다. 그때 퍼뜩 맨체스터에서 보낸 마지막 밤들이 떠올랐
다. 그때 나는 잠에서 깨어 벌벌 떨면서, 아무라도 좋으니, 누
군가 와서 곁에 있어 주기를 간절히 바랐었다. 마침내 내가 문
을 밀어젖혔다. 방에서 담배 냄새와 땀 냄새, 코를 찌르는 정체
모를 냄새가 진동했다.

촛불이 가물거렸다. 레이드 대위는 침대에 누워 떨고 있지
않았다. 인간적인 위로를 하러 온 사람에게 고마워하지도 않았
다. 대위는 침대보를 가장자리까지 끌고 나와, 침대 옆에 서 있

었다. 대위가 돌아서는 순간 침대보가 바닥에 풀썩 떨어졌다.

"무슨 일이지?"

"죄송합니다…… 소리가 들려서요…… 대위님이 악몽에 시달리는 줄 알았거든요."

"난 괜찮다, 보다시피." 대위는 파자마 바지와 조끼만 입고 있었다. 촛불 때문에 대위의 어깨가 금빛으로 물들었다. 한쪽 팔을 따라 길게 뻗어 나간 우툴두툴한 붉은 상처도 드러났다. 침대보가 젖은 것도 보였다. 그래서 그 냄새의 정체도 알게 되었다. 내가 처음 왔던 날 레이드 대위를 위해, 미니가 하지 않아도 될 침대보 빨래를 하고 있었을 모습이 불쑥 떠올랐다.

"도와 드릴까요? 세탁한 침대보 보관하는 데를 아는데."

"아니, 됐다. 이건 순전히 내 소관이야."

"저는 하나도 귀찮지……."

"됐다니까!" 대위는 침대에 걸터앉아 작은 탁자 위를 더듬었다. 손을 심하게 떨다가 툭 치는 바람에 담뱃갑이 바닥에 떨어졌다. 내가 집어서 건네준 담뱃갑을 열더니 대위가 내뱉었다. "빌어먹을. 빈 갑이야." 넋이 나간 표정이었다.

"잠깐만요."

나는 냉큼 내 방으로 달려가서 헬렌이 맡긴 담배를 가져왔다. 갤러허스 블루스. 빈 담뱃갑에 쓰인 이름과 똑같았다. 나는 어디서 났는지 설명하지 않았고, 대위는 조금도 궁금해하지 않았다. 어쩌면 나를, 방에 담배를 챙겨 두는 부류의 여자애로 여길지도 몰랐다. 어쩌면 장교이자 신사로서, 필요한 건 무엇이든 아랫것들이 갖다 바치는 삶에 익숙한지도 몰랐다.

아니면, 그냥 담배가 절실한 것 같기도 했다. 담배를 덥석 입에 물고 덜덜 떨리는 손으로 성냥불을 붙여서 깊게 빨아들이는 모습을 보니, 차멀미가 난 뒤에 맑은 산 공기를 헐떡헐떡 들이마시던 나만큼이나 감사해하는 것 같았다.

이윽고 대위가 고맙다고 했다. 그런데 나가라는 의미도 담긴 말투였다.

1234567890

장미 꽃망울을 솎아 내다가 고개를 들어 보니 레이드 대위가 짙은 오버코트 주머니에 두 손을 찌른 채 서 있었다. 트위드 챙 모자를 푹 눌러써서 얼굴에 그늘이 졌다. 쇠스랑으로 땅을 팠다. 첫서리가 내린 뒤라서인지 오늘따라 더 힘들었다. 대위는 아무 말이 없었다. 담뱃갑에서 한 대를 꺼내 물고 불을 붙였다. 손은 어젯밤과 거의 다를 바 없이 심하게 떨었다. 얼마 만에 바깥에 나온 것일까.

"도와주러 나온 거예요?" 팔 부상이 얼마나 심한지는 모르지만, 쇠스랑질을 하거나 외바퀴 수레를 미는 것쯤은 도울 수 있을 것 같았다.

"내가 온 건 너한테……." 대위는 담배를 한 모금 빨고는 고개를 돌려 버렸다.

가까이에서 자세히 보니 매서운 겨울바람에 얼굴이 빨개지고 한쪽 눈에는 물기가 어려 있었다. 그제야 대위의 시선이 그토록 불안하게 느껴졌던 이유를 알았다. 왼쪽 눈은 시력을 잃은 사시였고, 홍채는 늙은 개의 눈알처럼 희뿌옜다. 몸을 푹 감싸 주는 외투를 입고도 덜덜 떨었다. 추위 때문인지 다른 이유가 있는지 알 길이 없었다.

"어젯밤 일은 아무에게도 말하지 않을래요. 그것 때문에 대위님이 걱정된다면, 꿈속에서도 생각하지 않을래요. 죄송해요……. 일부러 그런 건 아닌데 말놀이하듯 말해서요."

대위의 입술이 실룩거렸다. "고맙다. 그냥…… 그래, 알겠다." 그러고는 집 안으로 돌아가려고 했다.

"도와주실래요? 잡초 뽑기나 가지치기는 할 수 있잖아요. 저는 이 떨기나무들을 싹둑싹둑 잘라 내야 해요. 안 그러면 바람에 엉망진창이 될 거예요."

대위가 머뭇거렸다.

"이 일을 하면 몸이 따뜻해질 거예요." 내가 들고 있던 쇠스랑을 내밀었다. "그리고…… 음, 저는 정원 일을 하면서부터 잠을 잘 자게 되었어요. 어쩌면……."

대위는 반쯤 피운 담배를 나무줄기에 눌러 끈 뒤 쇠스랑을 받아 들었다. 나는 전정가위를 들고 덩굴장미를 다듬기 시작했다. 뾰족뾰족한 가시만 남은 줄기들이 흉측해 보였다. 내년 여름에 꽃이 만발하고 푸른 잎이 풍성한 덩굴장미로 되살아나는 것은 도무지 불가능해 보였다. 그저 낸시 이모가 해야 한다니까 하고 있을 뿐이었다.

우리는 나란히 일했다. 대위는 "이거 잡초니?"라고 물을 때 말고는 단 한 마디도 하지 않았다. 그러다가 간호사복 차림으로 자전거를 타고 오는 키트를 본 순간 집 안으로 도망가 버렸다. 나는 레이드 대위든 누구든 저렇게 나약한 모습을 보이는

88

사람을 좋아하지 않았다. 하지만 예쁜 간호사의 매력에 홀리기는커녕, 보자마자 줄행랑친 대위를 생각하니 도저히 웃음을 참을 수가 없었다.

키트가 자전거에서 훌쩍 뛰어내려 고개를 까딱해 보였다. "할 만하니, 꼬마야?" 그러고는 이렇게 덧붙였다. "취미 생활로는 원예가 최고지."

"난 꼬마가 아니에요. 그리고 저는 정원 가꾸는 거 싫어해요. 그런데 달리 할 사람이 없는걸요, 뭐." 나는 반짝반짝 빛나는 검정색 자전거를 바라보았다. 바퀴 테두리에 진흙이 조금 묻고, 앞쪽 바큇살에 낙엽 두 개가 끼여 있었다. 손을 뻗어 바로 옆에 있는 핸들을 만져 보았다. 듬직한 것이 환한 앞날을 보장해 줄 것 같았다.

"그렇게 사납게 굴 거 없어. 친해지려고 노력하는 거니까."

키트가 나를 동등한 사람으로 대해 주기를 그토록 간절히 바랐건만. 우리 둘이서 자전거를 타고 산뜻한 모직 머플러를 바람에 휘날리며, 내리막길을 거쳐 시내와 그 너머까지 쌩쌩 달리는 모습을 상상했건만. 그나저나 상상 속에서 내가 타고 다닌 자전거는 어디서 났을까. 그건 나도 모른다. 아니 어쩌면 키트가 빌려준 자전거를 타고 로즈 설리번 아줌마의 고향집을 찾아가는 상상을 했는지도 몰랐다. 그 생각만 하면 기분이 짜릿했으니까. 로즈 아줌마의 주소를 알아내고, 엄마가 죽었다는 사실을 편지로 알려 줄 수 있다고 생각하면 감격스럽기까지 했으니까.

"죄송해요. 그런데 저를 젖먹이로 생각하는 것 같아서요."

"몇 살이야?"

"열여섯 살 다 됐어요. 엄마가 나를 낳았을 때랑 똑같은 나이예요. 사생아로." 굳이 마지막 말을 덧붙인 것은 키트에게 충격을 주기 위해서였다. 이래 봬도 산전수전 다 겪은 여성이라는 인상을 주기 위해서. 키트는 금붕어가 뻐끔거리듯 입을 벌렸다 닫았다. "이야, 너 진짜 솔직하구나."

나는 가시 돋친 장미 줄기가 수북이 쌓인 외바퀴 수레 쪽을 보며 빙긋 웃었다. "뭐, 현대 여성인 거죠."

1234567890

샌디—그를 레이드 대위로 여기지 않기로 했다—가 날마다 정원에 나왔다. 말수가 적고 늘 불안해 보이고 오버코트를 입고도 항상 움츠러들었다. 그래도 쇠스랑이든 갈퀴든 내가 주는 대로 받아 들고 부탁하는 일을 해 주었다. 원예에 관해서 아무것도 모르는 것은 나와 마찬가지였다.

"벨파스트에 있는 우리 집은 정원이 손바닥만 해. 테라스 하우스라서."

"장교들은 모두 상류층 출신인 줄 알았어요. 대대로 물려받은 땅에서 살고."

"우리 아버지는 해운 회사 사무실에서 서기로 일하셨지."

"우리 고향에서는 그것도 상류층에 속하는 직업이에요."

나는 샌디에게 살아온 이야기를 간략하게 들려주었다. 사생아 따위의 자세한 내용은 뺐다. 낸시 이모처럼 나에 관해 지레짐작하게 만들고 싶지 않았다. 이모는 행여나 내가 엄마처럼 될까 봐, 내가 몸가짐이 헤픈 여자라서 결혼하고 싶은 남자를 어떻게든 꾀어낼까 봐 애태우는 것 같았다. 나는 샌디에게 연애 감정을 느끼지 않았다. 너무 나이가 많고 너무 조용했다. 게다가 나는 남자에게 푹 빠지는 여자도 아니었다. 친구를 사귀고 싶은 마음이 훨씬 컸다. 이제나저제나 헬렌 이야기를 꺼내길 기다렸지만 샌디는 끝내 입도 벙긋하지 않았다.

키트는 서니뷰에서 일하느라 매우 바빴고, 마당 자갈길을 쌩쌩 달려오는 자전거 바퀴 소리는 날이 갈수록 나를 더더욱 감질나게 했다.

정원은 한결 보기 좋아졌다. 11월에 접어들면서 동쪽 해안에서 폭풍우가 자주 휘몰아쳤다. 그럴 때마다 나뭇잎들이 우수수 떨어졌지만, 내가 규칙으로 낙엽들을 갈퀴로 긁어모았다. 잔가지를 모조리 잘린 장미 줄기들이 춥고 연약해 보였다. 그래도 오늘 할 일은 따로 있었다. 뿌리를 보호하기 위해 밑동 주위를 낙엽으로 덮어 주어야 했다. 이모 말에 따르면 외할머니는 늘 마혼네에서 짚을 얻어 오셨다는데, 올해는 낙엽으로 해야 할 것 같았다.

"봄철 알뿌리 식물을 심어야겠어요." 내가 말했다.

샌디가 미심쩍은 표정을 지었다. "이미 땅속에 있는지 없는지 어떻게 알지?"

"몰라요. 그런데 지금까지는 싹둑싹둑 잘라 내는 일만 했잖아요. 무언가를 심고 자라기를 기다리면 좋을 것 같아서요. 뭐랄까, 희망을 걸어 보는 셈이죠. 앞날에 투자하듯이." 내년 2월 어느 아침에 별을 닮은 사프란 꽃이 차례차례 피어나는 화단을 떠올려 보았다.

동풍이 불어오자 샌디가 담배를 가렸다. "겨울만 계속되는 것 같군."

"그럴 리가요. 이제 겨우 11월 7일인걸요. 시내에 나가면 살 수 있을 거예요. 눈풀꽃도 사프란도……" 내가 살던 곳에 있는 공원에 무슨 꽃들이 있었는지 기억을 더듬어 보았다. "수선화도. 원예 용품을 파는 철물점도 있어요. 문을 닫지 않았다면……" 마지막 말을 덧붙인 건, 요즘에는 하루가 멀다 하고 상황이 바뀌어서 어떤 가게가 영업을 하는지 누구도 장담할 수 없었기 때문이다. 이번 주만 해도 세탁소에 맡긴 옷가지는 밤늦게라도 받았지만, 정육점에서는 배달을 오지 않았다.

샌디가 고개를 저었다. "너무 멀어."

"다리는 멀쩡하잖아요, 그렇죠? 그다지 멀지 않아요. 내가 걸어 봤거든요." 그러고는 무심결에 덧붙였다. "헬렌도요."

공기가 얼어붙은 것 같았다. "뭐라고?" 샌디가 물어서, 주섬주섬 대답할 수밖에 없었다. "헬렌이 사촌 동생이죠? 여기 오던 날 만났어요. 나는 도착하고 헬렌은 떠날 때요. 그…… 어, 그날 밤에 갖다준 담배가 실은 헬렌이 맡긴 거예요."

"그래서 그 애가 무슨 말을 했어?" 목소리가 싸늘했다.

"사촌 오빠가 만나 주지 않는다는 말밖에 안 했어요." 밑동 주위를 덮은 낙엽들을 손으로 눌러 가며 다지다가 가시에 찔리는 바람에 말이 끊겼다. "아이씨!" 나는 짜증스럽게 외마디를 외치며 가시에 찔린 손가락을 입으로 빨았다. "그리고 사촌 오빠가 엄청 좋은 사람이라고도 했어요." 이번에는 도움이 될까 싶어 덧붙인 말이었다.

먹히지 않았다.

"내가 여기 온 건 여자들이 나를 두고 입방아 찧는 걸 아예 차단하기 위해서였어." 샌디는 쇠스랑을 내팽개치고는 성큼성큼 집 쪽으로 걸어가 버렸다.

"헬렌이 다시는 오지 않겠다고 할 만도 하네요!" 내가 쫓아 가면서 소리쳤다. 샌디가 외바퀴 수레를 걷어찼다. 발이 아프기를 속으로 빌면서 내가 소리쳤다. "신경질쟁이!" 이것은 내가 어렸을 때 짜증을 부릴 때면 엄마가 하던 말이었다.

낸시 이모는 응접실에서 가운데가 해진 침대보를 손보는 중이었다. 반으로 자른 뒤 멀쩡한 가장자리가 가운데로 오도록 위치를 맞바꾸어 꿰매고 있었다. 이모는 무엇무엇이 봄철 알뿌리인지, 옛날에 심은 적이 있었는지 기억나지 않는다고 했다. "하지만 더 심겠다면 말리지 않을게. 네가 그 일에 흥미를 느끼는 걸 보니 흐뭇하구나. 레이드 대위님이 도와주는 것도 알아. 그건 기적이야! 여기서 묵은 지 석 달 됐는데 욕실 갈 때 말고는 절대 방에서 안 나올 줄 알았거든." 이모가 침대보를 내려다보고는 얼굴을 붉혔다. 아무래도 남자와 욕실 이야기 때문에 그런 모양이었다. 이모는 유파토리아가에서 단 하루도 못 배겼을 것이다.

"지금 시내에 가도 돼요? 그러면 내일 알뿌리를 심을 수 있을 거예요."

이모 얼굴이 어두워졌다. "혼자서?"

"보호자는 필요 없어요! 전차를 두 번씩 타고 날마다 교육원에 다닌 몸이라고요! 낯선 남자에게 말도 걸지 않을게요."

"그게 문제가 아니야. 사방에 그놈의 독감이……."

"아무도 저한테 입김도 못 불게 할게요. 곧장 가게에 들렀다가 금방 나올게요. 입과 코에 스카프를 계속 두르고 있을게요. 진짜 조심한다니까요. 그래도 시장 보는 건 할 수 있어요. 정육점에서 사람이 오지 않았다면서요."

"맞아. 배달원이 아픈 모양이야. 정육점이 실제로 문을 닫지 않았더라도, 어쩌면…… 이런, 내가 데리고 가야 하나?"

안 돼! 나는 속으로 외쳤다. 벌써 창자가 꿈틀거렸다. 자동차는 안 타! 더 끔찍한 두려움에 사로잡힌 건 그다음이었다. 낸시 이모가 한숨을 쉬더니 이렇게 말했다. "그런데 사실 내가 영 기운이 없어……. 하루 종일 앉아서 지낸 적이 없었는데."

"아픈 건 아니죠, 그렇죠?" 내가 깜짝 놀라서 이모의 얼굴을 살폈다. 그러고 보니 평소보다 얼굴색이 창백했다.

"그냥…… 달거리하는 거야. 이따금 가벼운 통증을 느낄 뿐이야." 이모가 꿰매던 침대보를 내려다보았다.

"저도 그래요!" 안도하다 못해 의욕이 넘쳤다. "배에 올려놓으라고 엄마가 뜨거운 물주머니를 주곤 했어요. 제가 얼른 가져다 드릴게요."

이모가 고개를 설레설레 내저었다. "내가 너만 했을 때는 그런 말을 입에 담을 엄두도 못 냈을 텐데."

내가 어깨를 으쓱해 보였다. "소녀가 되는 것만으로도 충분히 힘드니까 모든 걸 속에 담아 두지 말라고 엄마가 그랬어요." 내가 달거리를 시작했을 때 엄마는 그게 무엇인지 설명해 주었다. 그리고 생리대로 쓰라면서 부드러운 리넨 헝겊을 주었고, 내밀한 일이긴 하지만 달거리는 부끄러워할 일은 아니라고 했다. 그리고 이런 말도 했었다. "내가 너만 했을 때 더 많은 걸 알았더라면……. 하지만 그랬더라면 널 낳지 못했겠지." 그러고는 얄궂게도, 더는 말하지 않았다.

이 이야기는 이모에게 말하지 않았다. 조심하겠다는 말만 되풀이했다. 마침내 이모가 허락하면서 돈과 바구니를 주었다.

"자전거가 있으면 훨씬 편할 거예요." 내가 넌지시 속마음을 내비쳤다.

"흠, 곧 크리스마스구나. 누가 알아, 혹시……."

"그러면 여태껏 저한테 생긴 일 중에서 최고일 거예요."

"중고겠지?"

"그게 뭐가 중요하겠어요." 가슴이 벅차올랐다. "여기저기 타고 다닐 수만 있으면 되죠. 제가 일자리를 얻으면 직장 생활 하기도 훨씬 편할 거예요."

이모가 눈살을 찌푸렸다. "너는 취직할 필요 없어. 널 부양하는 게 난 아주 기쁘다. 최소한……."

"전 부양받고 싶지 않아요."

"여자들은 그렇게 사는 거야, 요것아."

"저 같은 여자들은 안 그래요. 지금은 1918년이라고요! 세상이 변했어요. 여성도 투표하게 됐어요. 투표권을 얻은 여성이 많지도 않고, 늦어도 한참 늦긴 했지만, 그래도…… 세상은 더 나아질 거예요. 그런 세상이 되도록 저도 한몫 거들고 싶어요. 저는 가만히 앉아서 어떤 남자가 나타나기만을 기다리진 않을 거예요."

"그래서 네가 하고 싶은 일은 뭐니?"

말문이 막혔다. 공장에 다니지 못하게 한 엄마가 고마웠다. 그렇다고 나 혼자 도시로 나가고 싶지도 않았다. 고작 가스 검침원이 되어 알량한 급여를 받으며 근근이 살아가는 것도, 답답한 사무실에서 하루 종일 타이핑하는 것도 내키지 않았다. 엄마는 퀸스 칼리지에 다니는 게 꿈이었다는데, 나는 학교교육이라면 신물이 났다. 아무튼 다른 여자애들과 함께 지내고 소설 속 여학생들처럼 코코아 파티를 하는 것은 즐거웠다. 그러나 정작 공부에는 별 흥미를 붙이지 못했다. 내가 존경하는 위니프레드 카니에 대해 생각해 보았다. 그분은 비서 자격을 얻은 아일랜드 최초의 여성 가운데 한 명이었지만, 기어코 혁명에 가담했다. 그것이 바로 내가 하고 싶은 일이었다. 뭔가 극적인 것. 뭔가 세상을 바꿀 수 있는 것.

"모르겠어요. 지금 당장은 여기서 제가 할 일이 많다는 걸 알아요. 하지만 전쟁이 끝나면…… 독감이 소멸되면…… 그때는 상황이 바뀌겠죠."

"목숨 건 도전을 하고야 말겠다는 소리 같은데 그 얘긴 그때 가서 하고, 지금은……" 이모 말투가 바뀌었다. "어서 출발해. 어두워지기 전에 집에 도착하려면. 조심하고!"

시내는 내가 도착했던 날보다 훨씬 더 죽어 있었다. 인적도 뜸했지만 내가 본 사람들마다 목도리로 꽁꽁 감싸고 있었다. 중심가에 있는 성당 옆 공원묘지에서는, 작은 무리가 아직 메우지 않은 무덤 주위에 둘러서서 기도문처럼 들리는 무언가를 읊조리고 있었다. 엄마 장례식을 치르던 기억이 가슴을 찔렀다. 그제야 서둘러 자리를 떴다.

철물점은 열려 있었다. 노인은 손님이 반가운 모양이었다. 봄 색깔은 어떻다는 둥 알뿌리는 반드시 똑바로 세워서 심어야 한다는 둥 나를 잡고 한참 동안 이야기를 늘어놓았다. 그러고는 덤으로 눈풀꽃 한 뿌리를 슬그머니 내 바구니에 넣어 주면서 말했다. "이건 분명 아주 작은 희망이 될 거야, 그렇지?"

정육점은 영업을 하지 않았다. 출입문에도 창문에도 블라인드가 드리워져 있었다. 창문 틈으로 가게 안을 들여다보았다. 울음소리가 들리는 듯싶었는데, 바닷바람이 윙윙거리는 소리일 가능성이 컸다. 아무튼 허둥지둥 지나왔다. 약국 바깥에서 줄지어 서 있던 사람들이 우왕좌왕했다. 약국 창문에 안내문이 붙어 있었다. **삼가 알립니다. 퀴닌*은 모두 떨어졌습니다.**

신문 판매소 바깥 표지판에는 **벨파스트 감옥에 독감 창궐!**이라는 글귀가 붙어 있었다. 마음먹고 신문 한 장을 샀다. 고향에서 살 때 엄마와 나는 정기적으로 여성 도서관에 갔었다. 거기서 끝까지 거들떠보지도 않았던 신문이 이곳으로 내려오는 기차 안에서 보았던 「벨파스트 텔레그래프」였다.

나는 신문 판매소 바깥벽에 기대섰다. '거리의 부랑아처럼!' 그런 신문 기사를 보면 살이 떨려, 라고 말하는 필립스 부인이 머릿속에 떠올랐다. 장병들이 귀향하면 따위의 종전終戰 관련 기사가 많았다. 그런데 가장 최근에 징집한 신병 수를 보도한 기사도 같은 면에 실려 있었다. 늘 빠지지 않는 독감 기사도 있

★ 기나나무 껍질에서 추출한 약제로 말라리아 치료제, 강장제, 해열제 등으로 쓰였다.

었다. 전차에 소독약을 뿌리고 있고, 휴교 조치를 내리고, 병원마다 미어터질 지경이라고 했다. 어쩌면 정말로 세상의 종말이 왔는지도 몰랐다.

영국, 프랑스, 미국, 캐나다, 오스트레일리아 등의 거리며, 심지어 거리나 신문이 있는지도 잘 모르겠는 아프리카의 거리까지 상상해 보았다. 나처럼 벽에 기대서서, 똑같이 무시무시한 신문 기사를 읽으며 자신이 다음 차례일지 모른다고 여길 소녀들이 떠올랐다. 독감은 프랑스어로는 grippe라고 했다. 이 단어를 브레이스웨이트 선생님에게 배우던 때가 기억났다. 그립**이 아니라 그리프라고 발음한다고 했다. 그러나 지금 생각해 보니 그립이 맞는 것 같았다. 엄마가 온몸을 뒤틀고 비명을 지르고 푸르뎅뎅하게 변하던 모습은, 마치 사악한 힘에 꽉 붙들린 사람 같았으니까.

길 건너편에서 한 아이가 기침을 하자, 그 아이 엄마가 참으라는 듯이 쉿! 했다. 그 순간 다른 사람들의 눈에 비친 나는 어떤 모습일지 생각해 보았다. 죽어 가거나 이미 죽은 사람들에게 둘러싸인 채, 차가운 벽에 기대서 있는 외로운 소녀였다. 바닷바람이 상쾌했다. 그러나 그 바람이 무엇을 싣고 오는지 누가 알까.

에잇, 망했네 망했어! 시내 구경을 하면서 속상한 마음을 달래 볼 셈이었는데. 그나저나 이제 무슨 수로 샌디와 친해지지? 나는 다시 가게를 찾아가서 사탕들을 둘러보았다. 맞춤한 시사이

** grip: '꽉 움켜쥠, 장악력'의 뜻이 있다.

드록*이 눈에 띄었다. 쿠안베그가 보내는 선물이라는 글귀가 새겨져 있었다. 그런데 가만 보니 전쟁 전부터 있었던 사탕 같았다. 결국 프라이스 초콜릿 크림 하나를 샀다. 그 초콜릿 바가 훨씬 마음에 들었다. 혹시 이 화해의 선물을 퇴짜 놓더라도, 내가 먹으면 그만이니까.

★ seaside rock: 주로 바닷가 휴양지에서 관광 상품으로 파는 원기둥꼴 사탕.

1234567890

후딱후딱 '바깥세상이 보내는 선물'이라고 쓴 편지지에 초콜릿 바를 돌돌 말았다. 그것을 샌디의 방문 밑으로 슬쩍 밀어 넣었다. 몇 분 후 샌디가 내 방문을 노크했다. 초콜릿 바를 내밀기에 처음에는 거절당한 줄 알았다. 그때 샌디가 말했다. "나눠 먹을까?"

내가 문을 활짝 열면서 말했다. "들어오세요. 신문도 사 왔어요. 샌디가 읽은 다음에 낸시 이모에게 줘도 돼요." 내가 고갯짓으로 침대 위에 놓인 「벨파스트 텔레그래프」를 가리켰다. 세상일에 관심을 기울이는 나에게 감동하기를 기대했는데 샌디는 고개만 가로저었다.

"산책하러 갈래요?"

내가 말실수를 한 것처럼 샌디가 온전한 눈을 가늘게 떴다. 그러더니 방을 가로질러 창가로 갔다. 땅거미가 내린 바깥은 이미 어두워졌다.

"보여? 어두컴컴해."

"저는 어두워도 괜찮아요." 나도 샌디 곁에 서서 하늘을 바라다보았다. "별을 먼저 발견한 사람이 더 많이 먹기."

"얘가 아주 제멋대로네. 이 초콜릿 바는 내 거야. 저기!" 샌디가 손가락으로 가리키는 곳을 내가 눈으로 좇았다. "저기 저나무 바로 오른쪽."

"저기도요……. 봐요, 닭장 지붕 위요."

별이 하나씩 하나씩 돋자, 하늘이 살아났다.

"그곳에서……" 샌디가 말문을 열었다. 그곳은 서부 전선일터였다. 샌디는 그곳 얘기를 단 한 번도 하지 않았었다. "우리는 이따금 별들을 눈여겨보곤 했어. 별들이 계속 반짝거린다는 걸 믿을 수 없었는데, 정말로 그러더라." 샌디가 한숨을 내쉬었다. "여기는 이토록 평화로운데."

"그러게요. 저 야산들을 내다보면서 누가 상상할 수 있겠어요. 아직도 전쟁이 계속되고 있다는 걸, 독감이 여전하다는 걸! 아차, 샌디도 오늘 나랑 같이 시내에 나가서 봤어야 하는데. 꼭 유령도시 같았어요." 문을 닫은 상점들하며, 의심스러워하고 겁에 질린 사람들하며, 장례식 광경을 들려주었다.

"프랑스에서는 풍경 전체가 지독하게 곪은 하나의 상처 같았다. 어쩌면 지금쯤 그 고름이 온 세상으로 퍼져 나가고 있을지도 모르지. 신종 전쟁처럼."

"샌디, 무슨 그런 끔찍한 소리를 해요? 독감이 발생한 게 전쟁 때문도 아니잖아요? 전염병은 예전부터 있었는데."

샌디가 손을 내밀며 말했다. "내가 뭘 알겠어? 과학자도 아닌데. 자." 샌디가 초콜릿 바를 반으로 잘라 한쪽을 내게 주었다. 지금은 별로 먹고 싶지 않아서 혀로 살짝 맛만 보고는, 침대로 가서 걸터앉았다.

샌디가 창턱에 몸을 기댄 채로 긴 다리를 쭉 뻗었다. "헬렌 말이야."

"그건 내가 상관할 일이 아니에요." 나는 초콜릿 바의 모서리가 동그래지도록 조금씩 베어 먹었다.

샌디는 이번만큼은 얘기하고 싶은 눈치였다. 샌디가 목제 방바닥을 내려다보자 불긋한 머리가 흘러내려 얼굴을 가렸다. 여기에서 지내는 동안 이발소에 간 적이 없나 보았다. "헬렌은 막내 여동생이나 다름없어. 아버지들이 형제라서 우리가 자랄 때도 가깝게 지냈지. 뭐랄까 내가 언제나 보호해 준 아이였지."

"헬렌은 이제 어린애가 아니에요. 저랑 동갑일걸요?"

"1월이면 열일곱 살이 돼."

"뭐, 대충."

"그런데 여기 오기만 하면 우리 어머니가 날 얼마나 그리워하는지, 할머니가 얼마나 쇠약하신지, 그분들이 날 얼마나 필요로 하는지 늘어놓거든. 만나고만 가겠다고 단단히 마음먹고도…… 결국에는 어김없이 집에 가자고 잔소리를 하고 말아."

"그런데 왜 집에 안 가는데요?"

샌디는 한참을 침묵하고 있다가 입을 열었다. "그분들이 원하는 사람이 될 수 없어서. 그분들에게 필요한 나는 말이야, 그건 말이지……."

"용감하고 훌륭한 사람이요?"

"글쎄."

마음 같아서는 아저씨는 용감한 사람이라고 말해 주고 싶었다. 그런데 자칫 입에 발린 소리로 들릴까 봐 조심스러웠다. 게다가 내가 아는 게 뭐가 있다고? 헬렌에 관해서라면 조금은 알았다. 눈물이 그렁그렁한 헬렌의 까만 눈이 생각났다. 헬렌이 지킨 의리도. 사촌 오빠는 엄청 좋은 사람이야.

"사촌 오빠가 만나 주지도 않는다고 했어요."

"그날은, 잠을 못 자어. 얼마 동안 못 잤는지는 잘 모르겠다. 내 꼴이 엉망진창이었지." 샌디가 스웨터의 실밥을 잡아당겼다. "만약 그때 헬렌을 만났다면 나는, 그게, 너도 알겠지만……." 당황한 목소리였다. "바보짓을 했을 거야. 나는 그걸 참을 수 없었어."

"헬렌은 이해했을 거예요!" 무슨 사람이 저토록 당당하면서 동시에 어리석을 수 있지? 그런데 기차에서 울음을 터뜨릴까 봐 헬렌과 이야기하는 것을 그만두었던 내가 떠올랐다. "헬렌 이야기를 해 주세요. 여기에 찾아왔던 일이나 그날 얘기 말고, 그냥 헬렌에 관해서요."

샌디 얼굴에 언뜻 미소가 스쳤다. "똑똑한 아이야. 내년에 퀸스 대학교에 진학해서 역사학을 공부할 계획이래. 세상이 계속 엉망이 되어 가는 이유가 뭔지, 그걸 막는 데 자기가 도울 수 있는 방법이 뭔지 알고 싶다더라." 목소리가 점점 진지해졌다. "헬렌에게 다른 사촌 오빠도 있었어, 어머니 쪽으로. 마이클이라고. 그런데 파스상달 전투 때 죽었다. 헬렌은 편지를 기막히게 잘 써. 음, 잘 썼어."

내 마음이 더욱더 간절해졌다. 헬렌이 제발 다시 왔으면! 아주 오래 머물렀으면! 헬렌이야말로 내가 항상 바라 왔던 유형의 친구가 될 것 같았다. 어쩌면 헬렌은 내가 할 수 있는 일에 관해서도 근사한 생각을 해낼지 몰랐다. 벨파스트의 어느 아파트에서 함께 사는 우리를 상상해 보았다. 가로수 길가에 있는 쾌적하고 책도 많은 그 아파트에서 급진적인 친구들을 만나는 우리를.

"듣고 보니 헬렌은 샌디에게 보호받을 필요가 없는 소녀 같네요. 제가 봐도 강하고 의지가 굳은 것 같았어요. 그런 헬렌이 제정신이 아니더라고요. 샌디가 한사코 안 만나 주니까."

"만약 나를 만났다면 훨씬 더 심했을 거야." 샌디가 창문 쪽으로 돌아서서 두 팔을 어깨 위로 뻗어 창틀을 움켜잡았다.

샌디의 뒤통수에 대고 말하는 게 훨씬 편했다. "그런데 헬렌이 편지를 잘 썼다뇨?"

"중단했어. 그 애를 탓할 수도 없지."

"샌디가 편지를 쓰는 건 어때요? 잠깐만요……." 대뜸 고개를 가로젓는 샌디에게 내가 말했다. "제 말을 마저 할게요. 헬렌을 만나지 않으셔도 돼요. 하지만 해명하려는 노력은 할 수 있잖아요." 먼저 사과할 때까지 기다리겠다면서 편지를 쓰지 않았던 엄마가 생각났다. 결국 로즈 아줌마가 끝내 사과하지 않았고, 그것으로 두 사람의 관계는 끝나 버렸다. 둘도 없는 친구였던 로즈 아줌마가 결코 사과하지 않아서. "헬렌이 그랬어요." 내가 미간을 모았다. 헬렌이 했던 말을 정확하게 전하고 싶었다. "자기는 포기하는 걸 싫어한다고. 하지만 바보가 되고 싶지도 않다고. 죽은 말에게 채찍질하는 바보 같다고. 그러고 나서 울더라고요." 의리 없이 고자질하는 기분이었지만, 내 판단으로는 샌디도 알아야 할 것 같았다.

"헬렌은 우는 법이 거의 없는데."

내가 어깨를 으쓱했다. 그제야 초콜릿 바를 다 먹은 걸 깨닫고 은박지를 이리저리 접어 작은 컵을 만들기 시작했다. "그게 바로 헬렌이 제정신이 아니었다는 증거죠. 아 진짜, 샌디, 편지 한 통 쓴다고 죽지 않는다고요."

"이제는 네가 잔소리를 하는구나."

"얼씨구, 이게 무슨 잔소리예요? 제가 작정하면, 잔소리가 뭔지 제대로 아시게 될 거예요."

샌디가 조그맣게 웃었다. "틀림없이 그럴 거다. 너는 조용히 지내는 아이가 아니니까, 그렇지?"

"내가 이렇게 조용히 지낼 사람은 아니죠. 직장에 다니거나 뭔가 중요한 일을 하고 싶어요. 지금은 때가 아니지만…… 영원한 건 아무것도 없을 테니까……. 말하자면 저는 어중간한 상태에 있는 셈이죠."

"나한테는 1914년 이후로 영원한 게 아무것도 없지 싶다."

"그때 이후로 죽 군대에 있었어요?"

샌디가 고개를 끄덕였다. "6월에 학교를 중퇴하고 8월에 입대했지. 다들 우리는 아주 운이 좋다고 생각했어. 우리가 할 수 있다는 걸 증명할 기회를 잡았다고 말이지. 빌어먹을!" 샌디가 고개를 절레절레 흔들었다. "현재 내 동급생 절반이 죽었다."

내가 입술을 질끈 깨물었다. 깔깔거리며 함께 지냈던 새디와 릴도, 밀사이드 스트리트 중등학교의 친구들도 모두 생각났다. 브레이스웨이트 선생님이 담당한 프랑스어 교실의 절반이 비어 있는 광경을 떠올려 보았다. 그때는 늘 남학생들이 부러웠는데.

"그래도 아저씨에게는 이제 전쟁은 끝난 거 아니에요?"

"명예 제대." 명예를 말하는 샌디의 목소리가 딱딱했다. 아니 어쩌면 내 상상일지도 몰랐다. "명예 제대 기준을 낮춰야 했어. 그런데 한쪽 시력을 잃은 병사, 한쪽 팔이 없어서 총을 들 수 없는 병사, 신경이 갈가리 찢긴 병사가 절반이었다……. 그러니 기준을 낮출 리가 없었지. 그 책임은 나에게도 있고."

"그래도 샌디는 의무를 다했잖아요! 전쟁터를 빠져나와서 안전한 게 기쁘지 않아요?"

샌디가 어깨를 으쓱했다. "다른 사람들은 아직도 그곳에 있는데 안전해서…… 기쁘다는 표현은 옳지 않아."

"그래서 집에 돌아가지 않으려는 거예요?" 내가 용기를 내어 물었다.

"무슨 뜻이지?"

"헬렌은 밀어내고, 여기 와서 낯모르는 사람들과 살고, 내가 듣기 전까지 아무도 비명을 들을 수 없는 방을 선택하고, 그러는 게……" 내가 경솔한 말을 쏟아 냈다. 그날 밤 일조차 이야기해 본 적이 없는 사이인데도. "샌디가 스스로를 벌하고 있는 게 아니라고 자신할 수 있어요?"

샌디가 대답할 겨를도 없었다. 층계참에서 "스텔라?" 하고 부르는 목소리에 이어 방문이 벌컥 열렸다.

"에구머니." 이모가 샌디를 본 순간 외마디를 토해 내더니 엄하게 말했다. "레이드 대위님, 스텔라 침실에 들어오는 건 삼가시는 게 좋겠습니다."

샌디의 두 손이 창틀에서 스르르 내려왔다. 그리고 샌디는 가타부타 말도 없이 그냥 방을 나가 버렸다.

"이모!" 내 얼굴이 화끈거렸다. "우리는 이야기만 하고 있었다고요. 맞은편 끝과 끝에 뚝 떨어져서."

"쉿."

"누가 듣든 상관없어요! 저는 아무것도 잘못한 게 없어요. 샌디도 마찬가지고요." 살갗이 까지도록 이모가 내 얼굴을 후려갈긴 기분이었다.

"대위님은 젊은 남자야. 너는 어린 여자고. 내가 돌보는 아이. 철없는 짓 하지 마. 친구들이랑 같이 있는 건 신경 안 써. 그러나…… 스텔라!" 이모가 얼굴을 문지르고 나서 말했다. "네가 현대식 교육을 받고 자란 건 알아. 아무리 그렇기로서니 방에서 남자를 접대하는 너를 스스로 용인할 수 있겠어? 네 침실에서 말이다!"

내가 웃음을 터뜨렸다. 남자를 접대하다니! 내 반응에 낸시 이모가 충격을 받은 표정이었다. 그러나 만일 웃지 않았다면 아마 비명을 질렀을 것이다. "내가 엄마랑 똑같다고 말하는 거예요, 지금? 그래서 미덥지 못하다고?"

"그런 게 아니야."

"그렇담, 샌디요? 샌디를 못 믿는 거예요?"

"아니, 나는……."

"있잖아요, 이모. 저는 샌디든 누구든 그처럼 어이없는 사람에게 홀딱 빠지지 않아요." 이것은 진심이었다.

108

"그렇다면 천만다행이지만, 그 사람은 남자야. 그리고 너는 절대⋯⋯."

"그만 좀 하세요! 샌디를 자제력 없는 사람으로 여기시는 거예요? 이모는 남자에 관해 잘 모르죠, 그렇죠?"

옷깃에 달린 단추를 만지작거리던 이모가 기가 찼는지 고개를 번쩍 들었다. "제발 덕분에 너도 모르길 바란다."

"저는 남자를 정상적인 사람으로 대할 만큼은 알아요! 늙다리 고양이처럼 몰래몰래 눈치만 살피는 이모야말로 어처구니없다고요! 샌디가 거의 방을 나오지 않는 게 너무나 당연해요. 밖에 나오면, 괴물처럼 대하면서 다시 쫓아 버릴 테니까요!" 내가 빽빽 소리를 질렀다. 너무 분해서 하마터면 눈물까지 쏟을 뻔했다. "샌디가 내 방에 들어온 건 딱 한 번이에요. 그것도 초콜릿 바를 나눠 먹으려고 온 것뿐이라고요." 정말이지 어처구니없었다. 모르면 몰라도, 코앞에 있는 방에서, 샌디도 한 마디 한 마디 다 들었을 것이다.

이모가 올림머리를 만지작거리더니 핀을 빼서 되는대로 꽂아 넣었다. 다시 말문을 연 이모의 목소리에서 역정보다 걱정이 묻어났다. 이모를 늙다리 고양이라고 부른 게 미안했다. "그러니까 너는 절대로 그 남자 방에 간 적이 없다, 이 말이지? 예의범절이라는 게 있어, 스텔라. 그걸 지키는 건 아주 중요해. 아무리 세상이 뒤집힌 것 같아도. 아니 그런 때일수록 더더욱."

내가 우물쭈물 대답했다. "네. 그럼요, 없어요."

1234567890

어두컴컴한 내 방에서, 완전히 정적에 잠긴 이웃 방에 귀를 기울였다. 이제부터는 친하게 지낼 마음이 없다고 하면 어쩌지? 그래도 샌디를 탓하지 않을 것이다. 잠깐이나마 샌디와 헬렌을 만나서 내가 얼마큼 성장하기도 했다! 이제는 정원 일을 거드는 것도 그만둘 게 분명했다. 두 번 다시는 자기 방에서 나오지 않을지도 몰랐다. 미니가 곧 돌아오게 되면 또다시 식사를 가져다줄 것이다. 어쩌면 그 일을 낸시 이모가 할지도 몰랐다.

그런데 미니가 돌아오지 못하게 되었다고 했다. 그 얘기를 들은 것은 저녁 식사 자리에서 생긴 충격적인 사건 가운데 하나였다.

"마혼 부인이 어제 죽었어요." 낸시 이모가 말했다. "등불을 켜려고 일어섰다가 갑자기 죽은 모양입니다. 그나마 얼마 전에 태어난 아이는 무럭무럭 자란대요."

"쯧쯧, 그 어린것이 안됐네요." 필립스 부인이 말했다. 젖먹이를 대하는 사람들이 그러하듯 안쓰러운 표정이었다. "미니가 떠맡아 키울 만한 나이라서 다행이네요."

"거꾸로 되었어야 하는데 안타깝네요." 내가 말했다. "미니 네 집에는 아기가 더 없어도 되는데. 요즘에는 더더욱."

"스텔라!" 모두가 한목소리로 내 이름을 불러 젖혔다.

"저는 현실적으로 생각했을 뿐이에요. 미니가 가엾잖아요, 꼼짝없이 젖먹이를 돌보게 생겼으니." 엄마도 없이. 그런 삶이 어떤지 나는 알았다. 이제 미니는 무급 잡역꾼이 되겠지. 제지 당하는 일이 많아서 안달복달할망정, 나라면 절대 되고 싶지 않은 처지가 되겠지.

어떻게든 눈을 맞추고 내 생각과 같은지 알아볼 셈이었으나, 샌디는 자리에 앉는 순간부터 줄곧 자기 접시만 응시했다.

이것이 또 다른 충격적인 사건이었다. 샌디가 저녁을 먹으러 내려와서 한마디 말도 없이 의자에 스르르 앉았던 것이다. 부자연스러울 만큼 단정한 모습이었다. 넥타이까지 맨 재킷 차림에 머리는 뒤로 빗어 넘겼다. 시종일관 침묵했고 별로 먹지도 않았다. 직접 물병을 들어 유리컵에 물을 따르다가 손이 떨려서 식탁보에 물을 흘리고 말았다. 낸시 이모가 "저희와 한자리에서 식사하러 오시니 정말 좋네요, 레이드 대위님!" 하면서 자리를 마련해 준 지 얼마 안 돼서 벌어진 일이었다. 필립스 부인과 매케이 할머니가 화들짝 놀라는 품이 호들갑을 떨 기세였다. 그때 대뜸 미니네 엄마 이야기를 꺼낸 이모 덕분에 샌디에게서 눈을 돌리게 되었던 것이다.

키트는 일찌감치 저녁을 먹고 야간 근무를 하러 나가고 없었다. 나는 양파 치즈 파이를 먹으며 생각에 잠겼다. 샌디가 다른 식구들과 함께 식사하는 첫날에 키트가 없다는 게 이토록 기쁜 이유가 뭘까 의아했다. 정말이지 나는 샌디에게 홀딱 빠지지 않았다. 단 한 번도 젊은 남자에게 연애 감정을 느껴 본 적이 없었다. 어쩌면 나는 늦된 아이인지 몰랐다. 그게 아니면 더 나은 여성의 삶을 위한 투쟁에 몰두한 환경에서 자란 탓에 남자에게 신경 쓸 겨를이 없었는지도 몰랐다.

"이제 하녀를 새로 구해야겠군요?" 매케이 할머니가 말문을 열었다. "미니 여동생 중에 쓸 만한 아이가 있어요. 걸음마쟁이를 등에 업고 오솔길에서 블랙베리를 따는 걸 봤는데 나이는 어려도 힘이 좋데요."

"시씨 말이군요." 낸시 이모가 말했다. "열세 살쯤 됐을 거예요. 그나마 미니한테는 그 애 도움이 필요할 테고요."

"그러면 분명코 전염병이 옮은 그 집에서 아무도 데려오지 않는 거지요?" 필립스 부인이 냅킨으로 입을 살짝살짝 눌러 닦으며 물었다.

"레이드 대위님, 앞으로는 저희와 함께 식사하실 건가요?" 매케이 할머니가 물었다. 고개를 살짝 옆으로 기울이고 꼿꼿이 앉아 있는 모습이, 영락없이 간절하게 바라는 강아지 같았다.

샌디가 목청을 가다듬었다. "아, 예. 하녀 문제로 어려움을 겪으신다면, 저도 마땅히 제가 해야 할 몫은 해야지요."

필립스 부인을 보니 냉큼 끼어들어, 우리의 용감한 영웅은 자기 몫을 다하다 못해 넘치도록 했다는 따위의 허튼소리를 늘어놓을 태세였다. 샌디가 질색할 게 뻔했다. 이미 더할 나위 없이 불편해 보였다. 입술 위쪽에 땀이 송골송골 맺혔고, 한 손으로 다른 손이 떨리지 않게 꼭 붙잡고 있었다. 샌디 좀 가만두세요! 나는 모두가 알아듣게 말하고 싶었다. 편히 먹을 수 있게 그 냥 두시라고요.

샌디를 구출하는 건 내가 하기 나름이었다. "제가 시내에서 알뿌리를 엄청 많이 사 왔어요. 꽃을 피우면 예쁠 거예요." 다 들 아랑곳하지 않았다. 오늘 신문에서 읽은 기사를 하나하나 떠올려 보았다. 벨파스트 교도소에 독감이 창궐한다는 소식을 들려주면 통할까? 죄수들은 벌을 받아 마땅하다고 말하는 필 립스 부인이 번뜩 떠올랐다. 훨씬 극적인 이야깃거리가 필요했 다. 마침내 내가 말했다. "「벨파스트 텔레그래프」 신문에서 아 주 무시무시한 이야기를 읽었어요. 런던에 사는 어떤 여자가, 군인의 아내인데요, 부엌칼 세 개를 삼키고 죽었대요."

"스텔라!" 낸시 이모가 자신의 목을 와락 움켜잡았다.

그래도 나는 밀어붙였다. "독감에 걸려서 미쳐 버린 게 틀림 없대요. 상상이 되세요…… 칼날을 삼키는 게? 그것도 세 개씩 이나?"

필립스 부인이 중얼거렸다. "내가 자랄 때는 말이다. 여자애 들은 같은 자리에 있어도 잠자코 듣기만 했다."

"저라면 팔딱팔딱 뛰었을 거예요." 내가 대꾸했다.

낸시 이모가 나에게 빙긋이 웃어 보이고 나서 말했다. "음, 이제는 세상이 달라졌어요. 여기 계신 분들은 대부분 기뻐하실 거라고 봅니다. 이따금 그때 내가 목소리를 조금 더 많이 냈으 면 좋았겠다 싶을 때도 있어요."

"곧 그렇게 될 거예요." 내가 좋아하는 주제로 말머리를 돌 릴 기회를 준 이모가 고마웠다. "언제라도 선거를 치르게 되면,

이모도 투표할 수 있을 테니까."

이모 얼굴이 환해졌다가 이내 시무룩해졌다. "흠, 그래. 그렇겠구나. 누구에게 투표할지 선뜻 판단하긴 어렵지만."

필립스 부인의 입술이 사냥감을 노리는 고양이 엉덩이처럼 실룩거렸다. "그 문제라면 조금도 의문이 없을 거라는 희망을 갖고 싶네요. 신페인당 당원들은 1916년에 일으킨 그 터무니없는 반란 이후로 분수를 모르고 날뛰고 있어요. 그자들을 떨어뜨리는 건 우리처럼 선량한 연합주의자들 손에 달린 거죠." 필립스 부인은 마치 유난히 과격한 신페인당 당원이라도 되는 듯이 당근을 푹 찔렀다.

만세! 정치 토론이다! 나는 마음속으로 팔소매를 걷어붙였다. 1916년 부활절 봉기 때 더블린 중앙우체국에 들어가 있었던 위니프레드 카니를 생각했다. 어리석은 필립스 부인은 그분 이름조차 들어 본 적이 없을 거라고 확신했다.

"아일랜드는 아일랜드 사람들이 다스리는 게 마땅합니다." 내가 말했다. "제가 보기엔 간단해요. 노동자 공화국을 만들면 됩니다!" 로즈 아줌마가 열심히 활동했던 공화주의 운동과 노동조합주의 운동에 관해서, 낸시 이모는 말도 꺼내지 않았었나?

"가만!" 필립스 부인이 몸을 꼿꼿이 일으켜 세우더니 눈을 부릅뜨고 나를 노려보았다. "이 꼬마 아가씨야, 그 일이 너한테는 간단해 보일지 모르겠지만, 너는 영국인이야. 네가 뭔들 알겠냐마는……."

"저도 부인처럼 아일랜드 사람이에요!"

필립스 부인이 분을 삭이지 못해 떨리는 목소리로 말했다.

"나는 절대로 내가 아일랜드인이라고 생각하지 않아." 부인은 아일랜드인이라는 말에는 습지대와 부엌에서 키우는 돼지라는 뜻만 있는 것처럼 말했다. "여기는 얼스터야. 영국 군주에게 충성을 바치는 사람들이 사는 곳이라고." 이 말을 하면서도 부인은 카디건을 단정히 여몄다.

매케이 할머니가 한숨지었다. "식사 자리에서 정치 이야기를? 오호." 할머니는 남자가 함께 식사를 해서 이런 일이 생긴 것처럼 은근히 농담조로 말했다. 얼굴이 벌겋게 달아오를 정도로 화가 치밀었다. 사실 정치 이야기를 시작한 건 나였는데.

"레이드 대위님." 필립스 부인이 샌디에게 호소했다. "국왕과 국가를 위해 복무하셨으니, 대위님은 얼스터를 팔아먹는 짓을 보고 싶으실 리가 없을 테지요?"

샌디가 페이스트리 한 조각을 포크로 찍고 나서 대답했다. "저는 메신 전투에서 아일랜드 가톨릭 부대와 함께 싸웠습니다. 그들도 우리와 똑같은 활동을 했습니다. 꼬박꼬박 자신들의 공동체를 위해 축복 기도를 했는데, 그때만 예외였어요. 말하자면…… 그만두죠. 저는 그 어느 쪽에도 신경 쓰지 않는 사람입니다. 자치를 원하는 쪽이든 혹은 국왕과 국가를 위하는 쪽이든. 그보다 훨씬 중요한 일들이 많아서요."

"예를 들자면요?" 필립스 부인이 따지듯 물었다.

"적절한 생활 수준이요. 우리 대대원 중에는 입대 전까지 끼니다운 끼니를 구경도 못 해 본 사람도 있었습니다. 그리고 공정." 샌디가 잠깐 멈췄다가 덧붙였다. "평화." 마지막 예는 마치 사람들이 산타클로스나 유니콘을 말할 때와 느낌이 비슷했다.

"그렇게 혁명적인 사상을 갖고 계신 줄은 미처 몰랐네요, 레이드 대위님." 필립스 부인이 말했다.

"그건 혁명적인 게 아니에요!" 내가 끼어들었다. "이루어져야 마땅한 것들이죠." 상실감이 가슴을 찔렀다. 이것은 엄마가 입에 달고 살다시피 했던 말이었다.

낸시 이모가 그릇들을 거두기 시작하면서 말했다. "라이스 푸딩* 준비해 놓았어요. 스텔라, 좀 가져오겠니?"

라이스 푸딩을 들고 돌아왔더니 여자들끼리 뜨개질 이야기를 하고 있었고, 샌디는 냅킨으로 주름을 잡았다 펴기를 반복하고 있었다. 일껏 시작한 대화가 말짱 헛일이 되고 말았다!

★ 쌀, 우유, 크림, 설탕 등을 섞어서 냄비에 끓이거나 오븐에 구운 후식.

116

1234567890

그다음 날 아침, 바구니에 알뿌리를 가득 담아 밖으로 나갔다. 샌디가 나무에 기대선 채 담배를 피우고 있었다. 나를 보더니 담배를 비벼 끄고 똑바로 섰다.

"했다." 샌디가 주머니에서 하얀 봉투를 꺼내 보였다. "헬렌에게 편지 쓰는 거. 음, 미안하다고. 내가 너무……."

"멍청했다고요?"

"대화를 꺼려서라고 썼다."

"잘하셨네요. 갈림목에 우체통이 있어요. 지금 뛰어가서 넣으면, 12시에 수거해 가니까 내일이면 받겠네요." 헬렌이 편지를 받자마자 흥분해서 바로 다음 기차를 타기 위해 들입다 뛰는 모습이 떠올랐다. 나라면 그랬을 테니까.

샌디가 편지를 주머니에 도로 밀어 넣었다. "너 먼저 도와주고." 샌디가 하늘을 올려다보았다. "곧 비가 오겠다."

알뿌리를 심는 게 마냥 즐거울 줄 알았는데, 몸을 계속 구부리고 있으니 허리가 끊어질 듯이 아팠다. 먹구름이 몰려오기 전에 끝내려고 서두를수록 통증이 더 심했다. 우리는 바구니를 사이에 두고 각자 화단 양쪽 가장자리에 앉아 일을 시작했다. 샌디는 나보다 속도도 빨랐고 구덩이도 훨씬 잘 팠다. 약이 바짝 올라서 죽기 살기로 했더니 얼굴이 시뻘게지고 등허리가 발악을 했다.

"이건 경쟁이 아니야."

"뒤처지고 싶지 않아요."

"야, 내가 너보다 커. 힘도 더 세고. 육체노동도 내가 훨씬 익숙하지."

모종삽을 땅속에 팍팍 찔러 넣다가 뿌리를 다친 것 같아 움찔했다. "샌디 같은 장교들은 뒷짐을 지고 서서 힘든 일은 몽땅 부하들한테 시키는 줄 알았는데요?"

"다 그렇지는 않아. 나만 해도 내 손에 흙을 묻혔으니까."

물집이 잡힌 엄지손가락을 입에 넣고 빨았다. "비가 오기 전에 끝내고 싶어요. 필립스 부인 말로는 11월에 심으면 너무 늦어서 알뿌리가 싹도 틔우지 못할 거래요."

"그 부인 말은 귀담아듣지 마. 봄이 되면 이 화단이 아주 근사해 보일 거야."

"그걸 보려고 그때까지 여기 계속 있게요?"

샌디가 얼굴을 찌푸렸다. "나는 어디로도 갈 계획이 없어. 그 악독한 역병에 쓰러지면 모를까."

샌디가 필립스 부인의 코맹맹이 소리를 흉내 냈다. 내가 킥킥거렸다. "장난하지 마세요."

샌디는 흙을 이리저리 제쳐 가며 구덩이를 더 크게 만든 다음 알뿌리 하나를 집어넣었다. "미안하다. 난 그냥…… 여기 이

곳에서는……" 샌디는 팔을 빙 둘러 정원을 가리켰다. "모든 것
이 아득히 멀게 느껴져. 정치도, 가족도, 전쟁도."

"그렇지 않아요. 미니네 집은, 여기서 1킬로미터도 채 안 되
는걸요?" 진저리가 났다. "정치는……" 저녁 식사 자리에서 벌
였던 열띤 논쟁이 기억나서 씩 웃었다. "절대로 멀리 있지 않
아요. 정치는 모든 것에 영향을 끼치니까요. 사람들의 모든 삶
에."

"으―음." 대답이 어정쩡하게 들렸다. 샌디가 주머니를 뒤
적여 담배를 꺼냈지만 곧바로 불을 붙이지는 않았다. "나는 연
합이 옳다고 믿는 집안에서 자랐다. 너도 알겠지만, 아일랜드
가 영국의 일부로 남아야 된다는 거지. 우리 아버지는 얼스터
서약에 서명한 사람이야. 국왕과 국가를 위해 싸울 기회가 왔
을 때 나는 주저하지 않았다. 우리 아버지도 원했고. 내 친구들
도 모두 마찬가지였어. 다들 우리의 의무라고 여겼지." 샌디가
담배를 세워 톡톡 치더니 좀 찌그러진 성냥갑에서 성냥을 꺼내
불을 붙였다.

"그래서…… 지금도 얼스터가 연합으로 남기를 원하세요?"

"그래. 그러나 만약…… 자치를 하게 되면, 아일랜드는 분할
될 거야. 얼스터에서는 더블린 의회에서 만든 아일랜드 법률을
절대로 인정하지 않을 테니까. 그건 우리가 싸워 온 목적에 어
긋나는 것 같다. 내 바람은 되도록 많은 지역이 하나로 뭉치는
거였어……. 서로 믿지 못해 불안해하는 작은 나라로 쪼개지지
않기를 바랐지. 전쟁이 끝나면 이곳에서도 해결해야 할 일이
많아질 거야. 싸움을 더 치르지 않고 해결할 수 있을지 모르겠

다. 더군다나 이젠 자치에서 그칠 상황이 아니야. 신페인당은 완전한 독립을 원하니까." 샌디가 진저리를 쳤다. "더 많은 피를 흘릴 거라고 생각하면 견딜 수가 없다."

"하지만 싸워야 할 가치가 있는 일들도 있어요. 만약 싸우지 않았다면, 여성들은 투표권을 얻어 내지 못했을 거예요."

"여성 참정권 운동가들이 무력 투쟁을 포기하고 전쟁 총력전에 참여한 대가로 여성 투표권을 얻었다고 말하는 사람이 대다수야."

내가 코웃음을 쳤다. "헛소리예요! 사람들은 여성 참정권 운동가들의 승리를 인정하기 싫었기 때문이라고 한다고요!"

"참정권 법안은 영국 의회에서 가결되었잖아."

"여성 참정권 운동가들이 없었다면 그런 일도 없었을 거예요! 그 운동가들이 사람들 마음을 바꿔 놓았어요. 여성들의 삶을 개선하기 위해 싸우고 단식하고 목숨을 바치기도 했다고요."

"진정하고 들어 봐, 스텔라. 건물을 불태우고, 벽돌을 던지고, 우체통을 폭파하는 건…… 전혀 고상한 전술이 아니야. 게다가 팽크허스트 모녀는 프랑스로 떠나 버리지 않았던가? 법안이 가결되는 데 자신들이 걸림돌이 될까 봐?"

"그럼 프랑스에서 사람들을 죽일 때 쓴 전술은 얼마나 고상했는데요?"

샌디가 충격을 받았는지 온전한 눈이 휘둥그레졌다.

"죄송해요……. 샌디 개인을 말하는 게 아니에요. 제 말은…… 전쟁을 하면, 물건들도…… 사람들도…… 피해를 입는다는 뜻이에요. 여성 참정권 운동가들이 피해를 준 것은 건물

뿐이에요. 사람들은 다치게 하지 않았다고요. 그리고 실비아 팽크허스트는 어디로도 떠나지 않았거든요? 런던의 이스트엔드에서 여성들을 조직하고 있다고요. 절대로 투쟁을 포기하지 않았어요. 그뿐 아니라 실비아는 전쟁 반대 투쟁도 해요." 내가 팍팍 사납게 흙구덩이를 팠다.

"그렇게 열 올릴 거 없어. 그 참정권 법안은 이미 가결됐으니까. 게다가 지난주에는 여성도 선거에 출마할 수 있다고 공표했잖아. 그러니까 이제 너도 의회 의원이 돼서 세상을 바꿀 수 있어."

내가 샌디를 흘겨보았다. "아무래도 그래야겠네요."

"말투가 꼭 헬렌 같구나. 너희라면 엉망으로 망쳐 놓은 남자들보다 잘할 수도 있겠다."

아차, 헬렌 이름을 듣고서야 떠올랐다. "편지요! 지금 후딱 뛰어가지 않으면 우편물 수거 시간을 놓칠 거예요."

샌디가 다른 알뿌리를 흙구덩이 속에 내려놓았다. "이 일부터 끝내는 게 좋겠어. 거긴 오후에 가도 되니까." 샌디가 정원에서 이어진 오솔길을 내려다보았다. 왠지 그 갈림목까지 가기 싫어하는 기색이었다. 게으름 때문일 리는 없었다. 지금껏 나보다 훨씬 부지런히 일했다. 바람이 찬데도 얼굴이 벌겋게 달아오르고 땀으로 번들거릴 정도로 열심히 흙구덩이를 팠다. 뭔지 모를 두려움 때문인 것 같았다. 혹시 내가 자동차에서 느끼는 것과 비슷한 공포일까.

"제가 같이 갈까요? 멀지도 않은데."

샌디가 고개를 저었다. "잔소리하지 마."

내가 입을 열었다. 바보처럼 굴지 말라고, 이게 무슨 잔소리냐고, 어렵사리 마침내 편지까지 다 써 놓고 고작 10분 거리에 있는 우체통까지 가는 게 그렇게 어렵냐고 다그칠 작정이었다. 하지만 그냥 입을 다물고 말았다. 샌디가 옳았다. 그건 나중에 해도 될 일이었다. 헬렌이 여기 와서 함께 지냈으면 싶은 욕심이 앞선 탓에, 샌디에게 용기를 북돋워 주려고 시작했던 본래의 의도를 깜박하고 말았다.

"죄송해요." 나는 결국 딴소리를 했다. "제가 상관할 일이 아닌데."

"너 말이야, 학교에서 여학생 대표였지?" 샌디가 피식 웃으며 물었다.

"제가 다닌 데는 성격이 다른 교육 기관이었어요. 만약 여학생 대표가 있었다면 아마도 제가 했을 거예요."

그때부터는 기분이 아주 좋아져서 오후가 되기 전까지 논쟁거리보다는 알뿌리에 관한 얘기를 나누었다.

점심을 먹고 난 직후에 얼음 휘장 같은 비가 세차게 쏟아졌다. 어찌나 거센지 나조차 집 안에 있는 게 반가울 정도였다. 나는 응접실 벽난로 옆에 앉아 책을 읽었다. 낸시 이모가 크리스마스 케이크를 굽는 중이라 진한 향신료 냄새가 집 안에 가득했다. 드디어 『맨스필드 파크』를 다 읽었다. 다른 사람들은 좋다는데, 나는 그다지 마음에 들지 않았다. 『노생거 수도원』을 가져오려고 위층으로 달려갔다. 갑자기 눅눅한 찬바람이 방으로 거세게 들이쳐서 창문을 닫으려고 냉큼 창가로 갔다.

그리고 샌디를 보았다. 샌디는 짙은 오버코트에 모자를 쓴 차림으로 정원 문가에 서 있었다. 오솔길을 내려다보던 샌디가 문으로 손을 뻗었다. 문만 열었을 뿐 밖으로 나서지는 않았다. 그냥 서 있었다. 샌디가 나를 볼 리 없다는 걸 알면서도, 나는 숨죽이고 지켜보았다. 잠시 후 샌디가 문을 끌어당겨 도로 닫았다. 그러고는 돌아서서 고개를 떨구고 어깨를 웅크린 채 집 쪽으로 걸어왔다.

샌디를 막은 것은 비가 아니었던 셈이다.

1234567890

그다음 날 아침을 먹은 뒤 샌디를 뒤따라 위층으로 올라갔다. 쟁반을 들고 복도를 건너가던 낸시 이모가 얼굴을 찌푸렸다. 이모라고 별수 있으려고? 나는 내 방에 가는 것뿐인걸.

"제가 그 편지를 가져다 넣을까요?" 내가 제안했다. 욕실 앞을 지나 층계로 막 올라섰을 때였다.

"무슨 말이지?"

신중하게 말을 고른 뒤 내가 대답했다. "혹시 거기까지 걸어갈 기분이 아니라면 말예요."

"괜찮아."

"그럼요, 그렇겠죠." 어저께 애쓰던 모습을 보았다는 얘기는 꺼내지 않을 작정이었다. "그래도…… 혹시 바쁘다거나 하면…… 제가 부쳐 드릴 수 있거든요."

"내가 바쁘지 않은 건 너도 알잖아."

"저는 귀찮을 거 하나도 없어요." 부디 그 편지를 내게 주기를 바라는 마음은 애써 숨겼다. 당연히 샌디가 직접 부치러 가면 더 좋을 일이었다. 뭐니 뭐니 해도 헬렌이 샌디의 사과 편지를 받는 것이 가장 중요했다. 누가 부치든 그건 둘째 문제였다.

"나는……" 샌디가 말꼬리를 흐렸다. "아니, 됐다."

"제가 당장 달려갔다 올게요." 샌디의 마음이 바뀔까 봐 얼른 말했다.

어디 그냥 달려가기만 할까. 그보다 더 좋은 수가 생각났다. 앞마당 정원 난간에 기대 놓은 키트의 자전거를 보았던 것이다. 밤 근무를 하고 와서 너무 피곤한 나머지 헛간에 끌어다 놓지 못한 게 분명했다. 그쯤이야 내가 얼마든지 베풀 수 있는 친절이었다. 멋진 자전거가 녹슬도록 방치하다니, 그것은 말도 안 되는 일이었으니까.

나는 검정 고무를 입힌 핸들에 손을 올리고 반짝반짝 빛나는 커다란 바퀴들을 바라보았다. 저녁때까지는 키트가 쓸 일이 없을 것이다. 자전거를 타면 5분 안에 우체통에 닿을 수 있었다. 거기까지 죽 내리막길이라, 재미도 있을 것이다. 토요일에는 우편물 수거 시간이 10시였다. 시간이 얼추 다 됐다. 그것은 곧 자전거를 타야만 수거 시간을 맞출 수 있다는 뜻이었다. 게다가 샌디의 편지를 주말 내내 우체통에 묵혀 두면 누구에게도 좋을 게 없었다. 이번이 벨파스트 여행의 출발점이 될 수도 있고, 헬렌이 사촌 오빠를 걱정하는 시간을 하루라도 덜어 줄 수도 있었다. 이처럼 고상한 대의를 이루기 위해 자전거를 빌려 준 것을 키트는 뿌듯해할 것이다.

나는 야트막한 자전거 뼈대* 위로 한쪽 다리를 넘겼다. 그러

★ 위쪽에도 가로지른 뼈대가 있는 남성용과 달리, 여성 전용 자전거는 치마나 드

고 나서 치맛자락이 걸리적거리지 않도록 그러모은 뒤 딸랑딸랑 마당을 빠져나갔다. 처음에는 기우뚱거렸지만, 오솔길에 들어서자 제대로 리듬을 타기 시작했다. 도로로 나갔을 때는 나를 태운 자전거가 매끄럽게 쌩쌩 달려 나갔다. 자전거 핸들은 듬직했고, 바람은 내 얼굴로 마구 달려들었다. 사람들이 나를 좀 봐 주었으면 싶었다. 저 현대적이고 모험적인 소녀가 누군지 궁금해했으면 싶었다. 그러나 어디를 봐도 사람 그림자 하나 없었다.

5분 뒤 내가 사명감을 느끼며 우체통 투입구에 편지를 밀어 넣었다. 벨파스트 시클라멘 테라스 하우스 22호 헬렌 레이드 앞으로 보내는 편지였다. 헬렌이 내일이면 읽겠지. 아니다, 내일은 일요일이니까 월요일에 읽겠구나. 아마 그길로 곧장 기차를 타고 샌디를 만나러 오겠지! 요즘은 휴교한 곳이 많으니까, 헬렌네 학교도 휴교했다면 심지어 며칠 동안 머물 수도 있어. 헬렌이 만나고 싶은 주인공은 샌디일 게 뻔하지만, 우리 셋이서 함께할 일도 있을지 몰라. 내 방을 같이 쓸 수밖에 없을 테니, 침대를 헬렌에게 내주고 나는 얼마든지 임시로 마련한 잠자리에서 잘 수 있다고. 그까짓 잠자리쯤이야.

나는 갈림목에서 망설였다. 이 자전거는 믿음직한 말馬 같았다. 이대로 돌아가고 싶지 않았다. 모험을 하고 싶었다. 여기서 곧장 산비탈을 내려가면 쿠안베그 시내에 닿을 것이었다. 그런데 수중에 가진 돈이 없었다. 침울한 얼굴로 돌아다니며 살을

레스를 입어도 타고 내리기 편하도록 아래쪽 뼈대만 있다.

에는 듯한 바닷바람 속에서 장례 행렬을 지켜보는 것은 상상하기도 싫었다. 산비탈을 올라가는 왼쪽 길로 자전거를 틀었다. 일단 가서 알아보기로 했다. 로즈 아줌마에게 무슨 일이 생겼던 것인지 내가 과연 밝혀낼 수 있는지부터 확인할 셈이었다.

1234567890

그냥 돌아올 뻔한 적이 한두 번이 아니었다. 맨체스터의 평탄한 도로에서 자전거를 타 보았다고 해서 가파른 산길을 오를 준비가 된 것은 전혀 아니었다. 11월 찬바람을 맞으면서도 이내 옷이 땀으로 흠뻑 젖어 들었고, 다리는 힘들어 죽겠다고 난리였다. 그러나 나는 도중에 돌아설 줄 모르는 축에 속하는 소녀였다. 이런 기회가 언제 또 올지도 알 수 없는 노릇이었다. 앞으로는 키트가 자전거를 빌려주지 않을 가능성이 컸다. 허락도 없이 타고 나온 나에게는 더더구나 절대 빌려주지 않을 것 같았다. 낸시 이모가 크리스마스 선물로 자전거를 사 줄지도 막연했다. 뭐니 뭐니 해도 가장 중요한 것은 힘들망정 무섭지 않다는 점이었다. 적어도 자동차보다는 그랬다. 멀미도 나지 않았다.

몇 번인가 길을 잃었지만, 마침내 낸시 이모가 가리켜 보였던 농장을 발견했다. 어찌나 반갑던지 대뜸 자전거를 세웠다. 그러고는 깊게 파인 바큇자국이 난 길까지 자전거를 끌고 올라갔다. 양쪽에 드리워진 나무들 때문에 길이 어둡고 무서웠다.

뭐, 적어도 무서워할 여자애들이 더러 있을 법한 길이었다. 말라빠진 닭들이 시끄럽게 구구거리면서 땅을 헤집고 다녔다. 소한 마리가 담장 너머로 고개를 내밀고 음매 하는 소리가 엄청 컸다. 그 소리에 하마터면 자전거에 걸려 넘어질 뻔했다. 그 바람에 자전거도 구두며 치마도 눈 깜짝할 사이에 진흙 범벅이 되고 말았다.

집이 한눈에 들어왔다. 초라하고 작은 농장이긴 해도 미니네 집만큼 너절하지는 않았다. 마당이 울퉁불퉁해서 자전거 바퀴 소리가 요란한데도, 문은 열리지 않았다. 문을 두드린 뒤로도 한참을 기다렸다. 가슴이 두근두근 뛰었다. 멍청한 짓이었다. 나는 로즈 아줌마네 부모님을 몰랐다. 이모 말대로라면 딸의 활동을 반대했고, 더욱이 교도소에 드나들기 시작했을 때에는 수치스러워했던 분들이다. 딸의 행방을 모를 수도 있었다. 로즈 아줌마가 죽었을 가능성도 없지 않았다. 그것이 내가 직면해야 할 현실일지 몰랐다. 아줌마를 마지막으로 본 것은 가장 끔찍했던 단식 투쟁의 후유증에서 회복해 가던 때였다. 온몸이 멍투성이였고 뼈만 앙상하게 남은 처참한 모습이었다. 억지로 쑤셔 넣은 강제 급식 튜브에 목구멍이 찢겨서 말도 거의 할 수 없는 상태였다.

위쪽에서 뭔가가 달그락거렸다. 창문이 열리더니 여자 목소리가 외쳤다. "누구세요?" 고개를 뒤로 한껏 젖혔어도 얼굴은 보이지 않았다.

"저, 로즈 설리번에 관해 알아볼 게 있어서 왔습니다. 저는 페기 그레이엄의 딸이에요." 아무 기대 없이 덧붙인 말이었다.

"뭐라고?" 창문이 더 많이 열리더니 이번에는 얼굴과 어깨까지 보이도록 여자가 몸을 창밖으로 내밀었다. "스텔라?" 여자가 입이 귀밑까지 닿도록 활짝 웃었다. "꼼짝 말고 거기 있어! 한 발짝도 움직이지 마!" 여자의 얼굴이 창문에서 사라지고 방 안에서 두런거리는 소리가 들렸다. 이 뜻밖의 방문객에 관해 알려 주는 모양이었다.

삐걱거리는 계단 소리에 이어 문이 끼익 소리 내며 안쪽으로 열렸다. 내 앞에 서 있는 사람은 다름 아닌 로즈 아줌마였다.

1234567890

로즈 아줌마를 만날 줄이야! 머릿결은 예전만큼 윤기가 흐르지
않았다. 그러나 반짝거리는 까만 눈동자는 내가 기억하는 그대
로였고, 함박웃음도 똑같았다. 교도소에서 나왔을 때보다 살이
올랐지만 마른 것도 여전했다. 트위드 치마가 불룩 튀어나온
모습이 임신한 배였다. 아줌마가 내 두 손을 꽉 움켜잡았다.

"휴가를 지내려고 온 거야?" 쉰 듯한 목소리였다. 강제 급식
튜브에 다친 목구멍이 끝내 완쾌되지 못한 모양이었다. "페기
는 어디 있어?"

"저기…… 돌아가셨어요."

"안 돼!" 금세 로즈 아줌마의 눈에 눈물이 그렁그렁했다. 내
가 기억하는 아줌마는 늘 감정을 잘 표현하는 사람이었다. "어
떻게?"

"독감에 걸려서요."

로즈 아줌마가 짝 소리가 나도록 손바닥으로 입을 막았다.
"세상에! 무슨 일이 있어도 내가 연락을 끊지 말았어야 했어!"

나는 무슨 말이든 하려고 애썼지만 끝내 못 했다.

131

로즈 아줌마가 나를 위아래로 훑어보았다. "어디 좀 보자, 이제 다 컸네. 일단 들어가자." 아줌마가 옆으로 비켜서면서 문을 활짝 열었다. 아줌마를 따라 곧장 부엌으로 갔다. 토탄을 피우는 난로가 뿜어내는 연기 때문에 천장이 낮은 부엌이 뿌옇었다. 우툴두툴한 탁자 위에서 빵이 식고 있었다. "빵을 굽는 중이었어." 난롯불 위에 주전자를 올려놓고 잉걸덩이를 긁어모은 뒤 아줌마가 말했다. "차 마실래?"

내가 고개를 끄덕였다.

"날 어떻게 찾았어?"

"결단력과 독창성으로요." 곧이곧대로 말하면 시시할 것 같아서 이렇게 대답했다.

아줌마는 큰 소리로 웃다가 코를 훌쩍거리다가 소맷자락으로 눈물을 훔쳤다. 엄마에 대한 그리움이 울컥울컥 치밀어 올라서 괴롭긴 했지만, 내 안에서 무엇인가가 누그러지는 기분을 느낀 것은 리버풀에서 배를 탄 이후로 처음이었다. 부엌은 그다지 편해 보이지 않았다. 앉을 데라고는 세틀*뿐이었다. 그래도 커다란 석조 난로 앞은 따뜻했다. 로즈 아줌마가 갈색 찻주전자에 숟가락으로 찻잎을 떠 넣고 나서 찻잔 세 개를 꺼내 놓았다. 너무나 가정적인 로즈 아줌마를 보니 기분이 야릇했다.

"찰리를 불러야겠다." 아줌마가 부엌에서 이어진 계단 쪽으로 가서 소리쳤다. "찰리, 차 한잔할래요?"

★ 등받이가 높고 팔걸이가 있으며 대체로 엉덩받이 밑에는 서랍을 설치한 기다란 나무 의자.

위층에서 뭐라 뭐라 하는 남자 목소리가 들렸지만, 알아듣지 못했다. 뒤이어 잇따라 들려오는 기침 소리에 흠칫 놀라서 내가 물었다. "독감은 아니죠, 그렇죠?"

로즈 아줌마가 고개를 저었다. "그거라면 내가 널 이 집에 들여놓았을 것 같니? 아니야, 우리 둘 다 지난달에 앓고 일어났어. 프랑스에 있을 때 독가스에 중독돼서 그래. 며칠 동안은 썩 좋았는데 과로하더니 저래. 그런데도 과로를 안 할 수가 없어. 거들 사람이 없으니까. 내가 돕는다고 돕는데 해산을 기다리는 중이라서 쉬엄쉬엄할 수밖에 없거든." 아줌마가 두 손을 배 위에 얹고 나서 말을 계속했다.

"내가 결국 여기로 돌아올 줄은 생각도 못 했다. 그런데 아버지가 돌아가시고 어머니는 더블린에 사는 자매 곁으로 가셨지. 우리 오빠 조는 오래전에 죽었고……. 뭐, 결국 내가 농장을 떠맡은 셈이지. 우리 둘이서 어떻게든 꾸려 나가려고 애쓰는 중이야. 적어도 다리 펴고 잘 수는 있으니까. 하지만 나를 농부의 아내라고 생각해 본 적은 없어. 찰리는 벨파스트 중심가인 폴스로드 사람이야. 여섯 달 전까지만 해도 소에 관해서는 일자무식이었지."

벽난로 위 높은 선반에서 반짝거리는 것이 눈에 익었다. 여성 참정권 운동가의 단식 투쟁 기념 메달이었다. 그것을 바라보는 나를 보더니 아줌마가 진저리를 치며 말했다. "아직도 악몽을 꿔."

"단식 투쟁을 끝낸 직후에 아줌마가 우리랑 같이 살았던 거 기억나요."

"싸웠어도 등지지 말고 살았으면 좋았을걸. 편지를 써야 한다고 수천수만 번은 생각했어. 그러면서도…… 폐기 편지를 기다렸지. 그러다가…… 다른 일들에 정신을 빼앗겨 버렸어."

"무슨 일들이었는데요?"

"아일랜드로 돌아와서 공화주의 운동에 뛰어들었어. 열정이 끓어넘치는 시간이었다. 여성 투표권뿐만 아니라, 아일랜드의 자유를 위해서도 싸웠지." 그때 그 열정이 못내 그리운 듯 아줌마 눈에 아쉬움이 어렸다.

계단이 삐걱거리는 소리가 들리더니 어떤 남자가 부엌으로 들어왔다. 로즈 아줌마처럼, 그 남자도 늙어 보였다. 아마 갈색 머리에 희끗희끗한 새치가 보여서 그런 것 같았다. 여태까지 누워 있었는지 머리는 헝클어지고 셔츠는 꾸깃꾸깃했다. 난생처음 보는 사람이 분명한데 왠지 익숙한 데가 있었다.

"잘 왔다." 말씨가 이 지역 사람들과는 달랐다. 더 억셌다. "마당에 나가 볼게요, 로즈. 지붕을 때워야 해서." 남자가 벽난로 선반에 기대서서 심한 기침을 쏟아 냈다.

로즈 아줌마가 찻잔을 건네며 말했다. "이 찻잔을 비우지 않으면 아무 데도 못 가요."

남자는 한쪽 다리를 구부리는 게 괴로운지 자세를 바꿔 가며 세틀에 앉았다. 그러고는 단숨에 차를 마셔 버렸다. 로즈 아줌마가 갓 구운 빵을 한 조각 잘라서 건네주자 머리를 가로저었다. 이어서 빈 찻잔을 식탁 위에 올려놓고 일어섰다. 그제야 그 남자가 눈에 띄게 한쪽 다리를 절뚝거린다는 것을 알아차렸다. 남자는 문에 달린 못걸이에서 트위드 챙 모자를 내린 뒤 우리에게 고개를 끄덕해 보이고는 다리를 끌며 나갔다. 그 모습을 지켜보는 나를 보며 로즈 아줌마가 말했다.

"메신 전투에서 다리 한쪽을 잃었어. 나무다리를 하고 있는데 가끔씩 통증이 심하대." 로즈 아줌마가 찻잔을 내려놓았다. "그러나 분명한 건, 무수히 많은 사람들이 끝내 돌아오지 못했다는 거야. 나는 운이 좋은 거지."

"그런데 아줌마는…… 전쟁에 격렬하게 반대했잖아요! 엄마가 군수 공장에 들어갔을 때도 배반자라면서……."

"그랬지." 로즈 아줌마의 목소리에 피곤함이 묻어났다. "아일랜드인들이 전쟁에 가담하다니 정말이지 믿을 수 없었다. 영국인들이 해결하도록 그냥 두어야 한다는 게 한결같은 내 생각이었어. 그런 내 신념이 우리 둘 사이에 놓인 걸림돌이었지. 결혼도 못할 뻔했어. 그런데…… 그냥 갈라서기에는 저 사람을 너무나 사랑했다. 페기를 잃은 경험이 아무래도 나를 깨우쳐 준 것 같아." 아줌마가 얼굴을 찌푸렸다. "우리는 일터에서 만났어. 저이는 남성 노동자 대표였고, 나는 여성 노동자 대표였거든. 저이 부모님이 결혼을 반대했다. 내가 활동가이고 교도소를 제집 드나들듯 하는 여자라고!" 아줌마가 일어서더니, 등허리를 손으로 꾹꾹 눌렀다. "3월이나 되어야 낳을 텐데, 왜 이렇게 배가 많이 나오는지 모르겠구나. 찰리네 집안에 쌍둥이 내림이 있긴 한데, 그래도 아니었으면 좋겠다. 쌍둥이라도 감당할 수는 있겠지만, 뭐, 별수 없는 일인데 어쩌겠어?"

로즈 아줌마는 나를 어른처럼 대했다. 엄마가 그랬듯이.

"제가 도와 드릴까요?"

"소젖 짤 줄이나 알고? 외양간 치우는 건?"

내가 고개를 저었다. 그렇게 재미없는 일들을 제안하다니 실망스러웠다. "속기와 타이핑을 할 줄 알아요. 이젠 원예도 제법 잘하고요. 하지만 소는 본 적도 거의 없는걸요."

"속기와 타이핑?"

"맨체스터에 살 때 상업 전문 교육원에 다녔어요. 엄마는 내가 사무직원이 되기를 바랐어요. 제분소나 공장에서 일하는 게 싫다고. 저는 사무실에 앉아 있는 제 모습을 상상할 수 없지만요. 위니프레드 카니처럼 될 수 있다면 몰라도. 그분을 존경하거든요."

"위니! 벨파스트에 있을 때 꽤 잘 알고 지냈는데."

"정말요? 우아!"

"같은 모임에 많이 참석했어. 공화주의라는 대의를 추구하는 사람들 가운데 더러는 내가 찰리와 결혼했을 때 못마땅해했어. 국왕을 위해 싸운 사람이라고. 하지만 위니만은 나를 지지해 주었다. 노동조합 운동의 대의는 그보다 훨씬 더 크다면서 말이야. 이런…… 너는 별로 듣고 싶지 않을 텐데 내가 정치 이야기만 늘어놓았구나."

내가 웃음을 터뜨렸다. "아니에요, 좋아해요! 낸시 이모네 집에서는 금단 증상에 시달렸어요. 여기에 있으니까……." 집에 온 것 같다는 말은 하기 싫었다. 너무 감상적인 소리로 들릴 것 같아서. "낸시 이모네 집에 있으면 좀 지루해요." 결국 이렇게 돌려 말했다.

"집이 워낙 커서 네가 할 일이 많겠구나."

"저는 차라리 아줌마를 돕고 싶어요."

"꽤 먼 길이야. 하기야 너는 자전거가 있으니까."

"제 것이 아니에요." 내가 솔직히 말했다. 높은 벽난로 선반 위에 있는 괘종시계가 뎅그렁뎅그렁 울렸다. 열두 번. "이크! 저 가야 돼요. 하지만 다시 올게요, 꼭. 만약 약속을 못 지키면, 그건 순전히 자전거를 구할 수 없기 때문이에요."

마당에 나와 보니 찰리 아저씨가 물컹한 소똥을 한가득 채운 외바퀴 수레를 밀고 있었다. 기우뚱기우뚱 거의 넘어질 것 같았다. 아저씨 다리 때문인지 수레 자체가 워낙 낡았기 때문인지 모호했다. 아저씨가 모자챙을 들어 올리더니 더러운 손으로 이마를 쓱 닦았다. "언제든 와도 좋아. 널 보니까 로즈가 이상하게 기운이 솟는 모양이다. 저 사람이 네 엄마 얘기 많이 했어. 소식이 끊겼을 때 몹시 힘들어했다. 숱한 일들을 함께 겪어 온 남다른 사이였으니까. 로즈가 네 엄마 곁을 지킨 것은 네 아버······." 아저씨가 말을 하다 말았다.

난데없이 눈물이 핑 돌았다. 나는 고개를 돌려 먼 데를 바라보았다. 희끄무레한 하늘을 배경으로 서 있는 산들의 윤곽이 보였다.

"때로는 이곳의 조용함이 낯설어. 평화로움도. 요즘에는 시내에도 못 나가. 우리가 키우는 말이 늙어서 다리를 못 쓰거든." 아저씨가 한숨을 내쉬었다.

그제야 찰리 아저씨를 본 순간 떠오른 사람이 누군지 알았다. 아울러 지금껏 내가 했던 것 중에 가장 좋은 생각이 불쑥 떠올랐다. "농장 일을 도와줄 만한 사람을 제가 알아요."

"일꾼 쓸 형편이 안 돼."

"그 사람한테는 품삯 같은 거 필요 없을 거예요. 뭔가 할 일이 필요하거든요. 한쪽 시력은 잃었지만 훌륭한 일꾼이에요. 제가 정원 일을 할 때도 계속 도와줬거든요. 집에 도착하는 대로 물어볼게요."

내가 샌디와 함께 여기에 와 있는 모습을 상상해 보았다. 열심히 일한 보람과 사람들을 도왔다는 뿌듯함에 찬 모습이 그려졌다. 샌디와 찰리 아저씨는 공통점이 많으니까 금세 친해지겠지. 그러는 사이 나는 로즈 아줌마에게 엄마 얘기를 더 많이 들을 수 있을 거야. 낸시 이모가 내게 일부러 말해 주지 않거나, 말해 줄 수 없는 것까지 모두 다. 게다가 샌디는 차츰 행복해하고 밤잠도 잘 잘 테니, 헬렌이 찾아오면 나에게 무척 고마워하겠지. 정말이지, 나는 사람들의 삶을 바로잡는 능력이 뛰어나다니까! 가슴이 팔딱팔딱 뛰었다.

"군인이지, 그 사람?"

"예, 대위요."

찰리 아저씨가 썩 달갑잖은 웃음을 지어 보이고는 다시 외바퀴 수레를 밀기 시작했다. "사병을 위해 똥을 치워 주려는 대위가 있으려나 모르겠다."

내가 턱을 바짝 치켜들었다. "로즈 설리번 씨의 남편이 그토록 반동적인 생각을 할 줄은 몰랐네요. 두고 보세요. 제가 해결할 테니."

집으로 돌아올 때는 거의 페달을 밟지 않고 쉽게 내려왔다. 머리는 바람에 나풀거리고, 가슴은 마냥 설렜다.

121456789o

"도대체 내 자전거를 타고 어딜 갔다 온 거니?"

클리프하우스 문밖에서 내가 자전거에서 내리는 순간이었
다. 신나게 뛰놀던 가슴이 우뚝 멈췄다. 키트가 검붉은 얼굴로
허리께에 손을 받치고 서 있었다. 바깥에 누워서 기다리고 있
었던 게 분명했다.

키트 뒤에서 낸시 이모가 불쑥 나타났다. "아이고! 도랑에
처박혀 죽은 줄 알았다."

"죄……."

이번에는 필립스 부인이 나섰다. 마치 특별히 나를 생각해서
찬바람을 무릅쓰고 있다는 듯 숄로 온몸을 둘둘 감싸고 있었
다. "이렇게 철딱서니가 없어서야…… 가엾은 네 이모님이 제
정신이 아니었어."

키트가 계단을 홀쩍 뛰어내리더니 자전거를 움켜잡았다.
"더러운 것 좀 봐!"

"깨끗이 닦으려고 했어요." 누가 보기 전에 곧장 뒤뜰로 돌
아가서 호스 물로 씻어 냈어야 했다. 그런데 그만 너무나 들떠

있었다. 로즈 아줌마를 찾아서, 기막힌 생각을 해 내서, 그리고……

세 사람을 바라보다가 그딴 이야기를 해 보았자 소용없다는 것을 깨달았다. 뉘우치는 시늉이라도 하려고 애썼다. 낸시 이모에게 걱정을 끼친 것은 진심으로 미안했다. 자전거 때문에 짜증을 부린다고 해서 키트를 탓할 수도 없었다.

"쟤 얼굴이 잔뜩 달아올랐어요." 필립스 부인이 말했다. "무슨 병의 초기 증상 아닌지 의심스럽네요. 이렇게 무책임하다니……. 어디를 갔는지 누가 알겠으며, 무엇을 묻혀서 여기까지 끌고 왔는지 누가 알겠어요." 부인은 스카프로 입을 가렸다. 저 스카프로 부인을 목 졸라 죽이고 싶은 충동을 느낀 사람이 얼마나 많았을까.

그러나 같은 여성으로서 우애 정신에 어긋나는 끔찍한 생각을 억누르며 내가 말했다. "시간 가는 줄 몰랐어요. 그냥 자전거만 타다 왔어요. 허락받지 않고 멋대로 타고 나가서 죄송해요, 키트. 주무시고 있길래." 키트가 무슨 말을 하기 전에 얼른 덧붙였다. "지금 당장 자전거를 깨끗이 씻어 놓을게요. 반짝반짝 빛나게."

"그러는 게 좋을 거야."

내가 낸시 이모를 바라보았다. 얼굴이 많이 창백했다. "걱정 끼쳐서 죄송해요. 하지만 전 어린애가 아니에요. 제 몸은 제가 건사할 수 있다고요."

"한마디 말도 없이 몇 시간씩 싸돌아다니는 거, 그것이 내가 보기엔 어린애 같은 짓이야." 이모 목소리가 엄했다.

"가엾은 레이드 대위님조차 널 찾으러 다니셨다. 여기저기 아주 멀리까지!" 호들갑스럽게 몸을 떨면서 집 안으로 들어가려고 돌아서던 필립스 부인이 한 말이었다.

정말? 어제 문가에 서 있던 샌디 모습이 떠올랐다. 분명히 자기 발로는 문도 나서지 못하는 사람이었다. 그런데 여기저기 아주 멀리까지 나를 찾으러 다녔다면, 그게 무엇이든 극복했을지도 몰랐다. 좋으면 좋았지 나쁠 턱이 없었다. 내가 무작정 떠난 여행이 여러모로 이로운 일이 된 것 같았다. 어서 빨리 샌디를 찾아서 계획을 말해 주고 싶었다.

오래 기다릴 것도 없었다. 자전거를 끌고 뒤뜰로 돌아갔더니, 샌디가 헛간 뒷담에 기댄 채 담배를 피우고 있었다. 나는 의기양양해서 샌디를 보고 활짝 웃었다.

"그러니까 도랑에 처박혀 죽은 것도, 백인 노예 상인에게 납치된 것도, 서커스단에 들어가려고 도망친 것도 아니네?"

"가장 가능성이 큰 게 뭐라고 생각했는데요?"

"서커스단." 샌디가 재를 톡 털었다.

"저를 찾아다니셨다니 감사합니다."

샌디의 턱 근육이 불끈 솟았다.

"분명히 샌디가 오랫동안…… 여기저기 아주 멀리까지 찾으러 다녔다고, 필립스 부인이 그랬거든요." 내가 발랄하게 웃었다. "저는 샌디가 정원을 벗어날 줄은 꿈에도 몰랐는데."

"천만에." 겸손한 사양의 뜻이 담긴 말투가 아니었다. 입 닥쳐라는 뜻으로 들렸다. 그래서 샌디 말대로 했다.

"자전거 닦는 거 도와주실래요?" 내가 걸레 몇 개와 펌프 물을 받을 양동이 하나를 가져왔다.

"편지는 부쳤니?"

내가 스펀지를 내밀면서 대답했다. "당연하죠. 그런데……
잠깐만요, 샌디. 제가 어디 갔다 왔는지부터 들어 보세요!" 농
가며, 찰리 아저씨며, 임신한 로즈 아줌마 이야기를 늘어놓기
시작했다. 임신이라는 말에 당황한 샌디가 눈을 깜빡거렸다.
"에이 참, 샌디…… 1919년이 코앞이라고요! 흥미로운 상태라
는 그 고리타분한 말을 저한테 기대한 거예요?" 내가 뒤쪽 바
큇살에서 나뭇잎 뭉치를 빼냈다. "아무튼, 샌디, 가장 기막힌 건
요…… 우리가 도와주겠다고 말했다는 사실이에요."

"우리라니?"

"샌디랑 저요. 심지어 제가요, 찰리 아저씨한테 필요한 게 남
자 일손이라는 사실을 인정했다니까요. 샌디한테 할 일이 필요
하다는 얘기도 했어요. 저를 뒤에 태우고 샌디가 자전거를 몰
고 가면 되잖아요. 만약 자전거를 못 빌리면……" 잔뜩 말라붙
은 진흙을 털어 내려고 자전거 바퀴를 세게 돌리자 샌디가 몸
을 뒤로 홱 뺐다. "죄송해요! 만약 우리가 자전거로 갈 수 없게
되면 아마 낸시 이모가 자동차를 빌려줄 거예요. 운전할 줄 알
죠, 그렇죠?" 나는 차를 타고 가던 때가 기억나서 진저리를 쳤
지만, 내 약점을 인정하기 싫어서 얼른 덧붙였다. "지난번에 차
를 탔을 때 딱 한 번 병든 강아지 꼴이 된 적이 있기 때문에, 내
가 특별히 고상하게 보이려면……" 내 얼굴이 잔뜩 구겨졌다.
"아니에요. 샌디가 운전하면 다를 거예요. 남성이 여성보다 운
전을 더 잘한다고 생각해서가 아니라……"

"워워!" 샌디가 손을 들어 보였다. "나는 그 사람들을 알지도 못해."

"그렇긴 하지만 찰리 아저씨는 샌디랑 아주 비슷해요……. 그게 그러니까 그 아저씨도 전쟁터에서 부상당했거든요." 뭐, 한쪽 다리를 잃었으니 한쪽 시력을 잃은 것보다 훨씬 큰 부상이 아니겠느냐는 말은 삼켰다. "제 생각엔…… 서로 그 얘기도 할 수 있을 테니, 어쩌면……." 내가 말끝을 흐렸다.

샌디가 나를 빤히 바라보다가 물었다. "내가 왜 그래야 하지?"

"음, 그렇담, 애기하는 건 관둬요. 그냥…… 서로 돕기만 하세요."

샌디가 고개를 절레절레 흔들었다. "스텔라…… 너 사람들 삶을 조직한답시고 나다니면 안 되겠다! 나는 농장 일에 관해서라면 일자무식이야."

"그 아저씨에게 필요한 사람은 체력만 좀 강하면 돼요."

"네 이모가 차를 빌려줄 리도 없어, 절대로. 우리 둘이서 차를 몰고 놀러 다니게 할 사람이 아니야. 보호자도 없이 내가 너를 데리고 나가게 할 리가 없다고."

내가 발을 쿵 구르고 양동이에서 튀어 나가도록 물을 요란하게 첨벙거렸다. "그렇게 구닥다리처럼 굴지 마세요! 고마워할 줄도 좀 아시고요! 사람들을 도우려고 애쓰고 있잖아요." 내가 듣기에도 고지식쟁이가 떽떽거리는 소리로 들렸다.

"사람들이 항상 도움을 원하는 건 아니야."

"아저씬 제가 편지를 부쳐 주기를 원했잖아요."

"네가 원했지."

나는 입을 악물고 걸레를 비틀어 짰다. "음, 어쨌든……" 내가 중얼거렸다. "일손이 필요하다면, 저라도 도와줄 거예요. 설령 매일매일 걸어 다녀야 한다고 해도요."

"아마도 그래야 할 거야. 너한테 선뜻 자전거를 빌려줄 사람은 없을 테니까." 샌디가 뒷바퀴 흙받기가 깊게 긁힌 자국을 발로 가리켜 보였다. 내가 자전거를 타고 나가기 전에는 분명히 없던 흠집이었다.

"아이씨! 닭을 피하려다 미끄러졌을 때 생긴 게 틀림없어요. 키트가 저를 죽이려고 들 거예요."

"티 안 나게 할 수 있어. 아주 고운 샌드페이퍼로 문지른 다음에 에나멜페인트로 칠하면 감쪽같을 거다. 헛간에 조금 있을 거야. 제대로 할 줄만 알면 새것만큼 멀쩡해 보일 거다."

"저는 할 줄 몰라요."

"안됐구나." 샌디가 또다시 담배에 불을 붙였다.

"샌디는 할 줄 알아요?"

"그럼, 알지. 쉬워."

"그렇담 좀 도와주실래요? ……최소한 방법만이라도 알려 줄 수 있잖아요?"

샌디가 한숨을 내쉬었다. "너만큼 성가신 여자애는 둘도 없을 거다."

"저도 알아요. 하지만 이것만 도와주면 약속할게요. 오늘은 이 시간 이후로 성가시게 굴지 않겠다고."

"내일은?"

나는 어쩔 도리가 없다는 몸짓으로 두 손을 활짝 펴 보였다. "내일 일을 두고 제가 무슨 약속을 할 수 있겠어요." 그렇게 시치미를 떼면서도 씩 웃었다. 말다툼을 하고 싶지 않았다. 이미 편지는 가고 있는 중이고, 헬렌은 방문할 게 틀림없었다. 헬렌이 언제 방문하는지, 나도 함께 어울릴 수 있도록 샌디가 끼워 줄 것인지 확실히 알고 싶었다. 그래서 샌디가 헛간에서 찾아온 샌드페이퍼를 받아 들고 긁힌 자국을 문질렀다. 무엇이든 찍소리 없이 시키는 대로 다 했다. 순전히 내 소망을 이루기 위해서.

나는 뒤에 앉아서 검정 에나멜페인트 통을 앞으로 내민 채 들고 있었다. 그동안 내가 싹싹 문질러 낸 부분을 샌디가 새로 칠했다. 여태껏 보았던 그 어느 때보다 안정된 손놀림이었다. 나는 상상 속으로 빠져들었다. 샌디가 떨리지 않는 손으로 쇠스랑을 잡거나, 찰리 아저씨에게 팔을 둘러 구부정한 어깨를 손으로 툭툭 치고는 나란히 성큼성큼 걸어가서—여기서 내 상상력이 막혔다—제법 농사꾼답게 일하는 모습이 보인다. 어느덧 여름이 되고 전쟁은 끝나 있다. 로즈 아줌마와 나, 헬렌이 나란히 서서 두 남자가 걸어가는 모습을 지켜보다가 흐뭇한 얼굴로 서로를 돌아다본다. 로즈 아줌마가 낳은 딸이 엄마 무릎에 앉아 폴짝거리며 까르르 웃는다. 그러는 사이 우리 셋은 그 아기가 자유를 찾은 아일랜드에서 독립심 강한 젊은 여성으로 성장할 새로운 세상을 꿈꾼다. 당연히 아일랜드는 피를 흘리지 않고 독립했고, 모두가 행복해한다. 헬렌과 나는 단짝 친구다. 내가 항상 꿈꾸어 왔던 친구 사이, 샌디와 릴과는 끝끝내 이루지 못했던 친구 사이가 되어 있다. 내가 안도의 한숨을 쉰다.

"스텔라! 페인트 다 쏟잖아!"

내가 페인트 통을 똑바로 들었다. "죄송합니다." 나는 입을 헤벌리고 활짝 웃었다. 내 상상대로 될 것이다. 내가 반드시 이루어지게 할 것이다.

그 소식을 가져온 사람은 다름 아닌 키트였다. 내 귀에조차 자갈길 위를 굴러오는 자전거 바퀴 소리보다 키트가 외치는 소리가 먼저 들렸다. 응접실에서 『노생거 수도원』을 읽다가 창밖을 내다보았다. 키트가 페달을 밟고 선 채 신문을 흔들어 댔다. 필립스 부인이 바람이 매섭다고 열지 말라는데도 나는 못 들은 척 창문을 벌컥 열었다.

"끝났어요!" 키트가 소리쳤다. "독일군이 항복했다고요! 휴전 협정이 체결되었대요!"

이날이 오리라는 것은 우리 모두 알고 있었다. 그런데 막상 그날이 왔다니까 믿기지 않는 모양이었다. 나는 가슴이 펄떡거렸다. "전쟁이 끝났대요!" 내가 필립스 부인에게 소리쳤다. 놀랍게도 부인이 흐느끼며 고개를 돌리더니 스카프로 입을 틀어막았다. 나는 응접실을 뛰쳐나가며 소리소리 질렀다. "이모! 매케이 할머니! 샌디! 전쟁이 끝났대요!"

이 방 저 방에서 문이 벌컥벌컥 열렸다. 키트가 「벨파스트 텔레그래프」를 흔들며 뛰어 들어왔다. 모두들 현관에 모여 얼싸안고 울음을 터뜨렸다. 이어서 저마다 필립스 부인에게 아주 따뜻한 위로의 말을 건넸다. 이제는 쌍둥이 조카들을 걱정할 필요가 없어졌으니 정말로 잘됐다고 낸시 이모가 매케이 할머니에게 말했다.

"아버지가 남긴 샴페인을 터뜨려야겠네요!" 낸시 이모가 말했다.

"저도 한 모금 주셨으면 합니다." 내 말에 모두가 큰 소리로 웃었다. 우리 모두 얼마간 연기를 하고 있었고, 내가 맡은 배역은 순진한 처녀였다. 열정적이면서도 조금은 어수룩한 인물.

"샌디에게는 제가 알려 줄게요." 내가 계단 쪽으로 걷기 시작했다. 낸시 이모가 말리려 하지 않았다. 쿵쿵거리며 한 번에 두 계단씩 올라가서 샌디의 방문을 세차게 두들겼다.

"샌디! 전쟁이 끝났대요!" 안쪽에서 침대가 삐걱거렸다. 책이 바닥으로 툭 떨어지는 소리와 함께 헉하는 소리가 들려왔다. "샌디?" 내가 다시 문을 두드렸다. "나와 보세요. 낸시 이모가 샴페인을 터뜨린대요."

발소리가 들렸다. 샌디가 문가로 나와 섰다. "끝났다고?"

내가 고개를 끄덕였다. "내려오실래요? 다른 사람들은 몰라도 샌디만큼은, 우리와 함께 축하하셔야죠."

"축하?" 샌디가 이맛살을 찌푸렸다.

내가 한숨을 길게 내뿜었다. "알아요. 모든 군인이 전부 다 돌아오지는 못한다는 거, 샌디 친구들도 그렇다는 거. 그리고 서니뷰에 있는 분들도…… 키트에게 여전히 간호를 받을 테고, 필립스 부인의 남편이 살아나는 일도 없겠죠. 샌디 심정만 그런 게 아니에요. 제발 내려가요. 저분들에게는 샌디가 필요해요. 샌디는 저분들과…… 일종의…… 친척 관계라고요."

얼핏 회의감 같은 것이 샌디 얼굴에 스쳤다. 이윽고 샌디가 말했다. "그래, 그런 셈이지."

샌디가 나와 함께 응접실로 내려가 일일이 악수를 한 뒤 샴페인 잔을 받아 들었다. 나는 샴페인을 벌컥벌컥 마셨다. 기분이 좋아지고 자꾸 딸꾹질이 나오는 음료였다.

"스텔라, 기다려." 낸시 이모가 말했다. "건배를 해야지. 레이드 대위님…… 건배사를 해 주시겠어요?"

샌디가 잠깐 눈을 감았다. 나라면 몹시 기뻐하며 건배사를 했을 텐데. 나라면 백 가지도 생각해 낼 수 있을 텐데. 샌디는 시선을 바닥에 떨구었다. 혹시 자신이 맡아야 할 배역은 진짜 가족들과 함께하는 귀향 영웅이라는 생각이 들었나? 우리가 아니라? 헬렌이 오늘 아침에 편지를 받았다면 좋았을걸. 타이밍이 기막혔을 텐데. 전쟁이 끝났다는 소식과 샌디의 사과 편지를 같은 날 한꺼번에 받았을걸.

"샌디?" 내가 팔꿈치로 꾹 찔렀다.

샌디가 목청을 가다듬었다. "무슨 말을 해야 할지 모르겠군요." 샌디가 솔직하게 말했다. "이 말밖에는…… 하나님 감사합니다. 끝났습니다. 그리고…… 평화를 위하여 건배."

샌디가 잔을 들어 올리자 모두가 한목소리로 따라 외쳤다. "평화를 위하여!"

또다시 한차례 얼싸안고, 웃고 울면서 함성을 질렀다. 그러느라 자갈길을 굴러오는 자전거 소리를 아무도 듣지 못했다.

현관문 초인종도 두 번째 울렸을 때에야 들었다.

"제가 나갈게요!" 기쁨을 함께 나누려고 찾아온 이웃 사람이려니 했다.

그런데 전보 배달원이었다. 그 사람이 작고 네모난 갈색 종이를 내밀었다. "레이드 씨에게 온 전보입니다."

내가 뛸 듯이 기쁜 마음으로 받아 들고 인사했다. "고맙습니다." 보나 마나 헬렌이 보냈을 터였다. 가는 중이라고. 내가 이모한테 보낸 것처럼. 그야말로 기적의 날이었다!

"샌디!" 샌디가 현관에 서 있었다. 한 손에는 샴페인 잔이, 한 손에는 담배가 들려 있었고, 앞머리가 흘러내려 얼굴을 덮고 있었다. 십중팔구 지금 이발하러 가는 모양이라고 생각했다. 헬렌에게 지저분한 모습을 보이고 싶지 않을 테니까. 그런데 하필 오늘 같은 날 가는 건 좀 생뚱맞아 보였다. 정작 헬렌도 머리 따위에 신경 쓸 아이가 아니었다. 아, 어머니라면 다르겠구나 싶었다. 샌디 어머니도 함께 올 수 있다는 생각이 든 것은 처음이었다. 전보를 아무렇게나 샌디의 주머니에 찔러 넣은 뒤, 담배와 잔을 들어 주겠다는 뜻으로 두 손을 내밀었다. 그래야 전보를 뜯어볼 수 있을 테니까. 이때도 다른 사람들의 눈에 비친 나는 어떤 모습일지 생각하게 된 계기 중 하나였는데, 샴페인 잔과 담배를 들고 있는 품이 아주 닳아빠진 여자애 같았다. 담배를 피울 만큼 양껏 피웠다고 해도, 금방 가져가지 않으면 담뱃불에 내 손이 델 판이었다. 여하튼 전보를 읽은 시간은 길지 않았다.

샌디의 눈이 전보지를 훑었다. 전혀 읽지 못하는데도 시력을 잃은 눈이 온전한 눈과 똑같이 움직이는 걸 보니 흥미로웠다.

"헬렌은 언제 온대요?"

샌디가 고개는 들었는데 아무리 기다려도 대답이 없었다. 샌디의 입이 제구실을 잊어버린 듯 움직일 줄 몰랐다. "안 와."

와락 실망감이 덮쳤다. "어머! 왜요?"

샌디가 전보를 현관 탁자 위에 툭 던졌다. "죽었대."

샌디가 계단 쪽으로 움직였다. 그러더니 한참을 덜덜 떨면서 헉헉거리다가 몸을 돌려 어기적어기적 현관문을 나섰다. 내가 굳어 버린 채 눈으로 샌디를 좇는 사이, 담뱃불이 내 살갗을 지지고 있었다.

1234567890

읽고 또 읽어 보았다. 혹시라도 전보가 마법처럼 다르게 읽힐
까 싶어서. 그러나 내용은 여전히 똑같았다.

헬렌 오늘 아침 사망. 독감 합병증. 속히 귀향.
장례식 수요일. 어미 씀.

내가 허둥지둥 샌디를 뒤쫓았다. 자갈길에 전보 배달원이 남
긴 바큇자국이 선명했다. 키트의 자전거 자국보다 굵었다. 전
보 내용이 눈보라처럼 머릿속에서 소용돌이쳤다. **독감 합병증.**
속히 귀향. 엄마도 그랬다. 목요일 밤에 기운이 없다면서 잠자
리에 들었었다. 공장에서 하루 종일 고단하게 일한 데다 노동
조합 모임에서 마음까지 상하는 바람에 피곤에 지친 날이었다.
일하러 가지 말았어야 했는데 한 주 앞서 독감에 걸린 나를 간
호하느라 이미 며칠을 결근한 처지였다. 엄마는 땀에 흠뻑 젖
은 채로 깨어나서 기침을 하고 고열에 시달리며 헛소리를 하다
가 토요일에 죽었다. 헬렌의 맑고 뽀얀 얼굴, 말끔한 차림새,

단정하게 땋은 윤기 흐르는 머리를 떠올렸다. 푸르뎅뎅한 얼굴로 숨을 헐떡거리고 피를 질질 흘렸을 헬렌의 모습은 애써 지웠다. 나는 조금 흐느껴 울었다. 헬렌 때문인지, 엄마나 샌디나 나 자신 때문인지, 그도 아니면 그냥 모든 것이 무서웠기 때문인지 알 길이 없었다. 10분 전까지만 해도 샴페인을 터뜨리고 웃음꽃을 피웠는데.

샌디가 정원 문가에서 멈춰 섰다. 편지를 부치러 가려고 애썼던 그날과 똑같은 자리였다. 샌디의 꼿꼿한 등을 바라보았다. 플란넬 셔츠가 거뭇거뭇 비에 젖어 갔다. 여태껏 비가 오는 것도 알아채지 못했다. 샌디는 지난번처럼 손을 문에 올려놓은 채, 온몸을 후들후들 떨고 있었다. 이윽고 문을 자기 쪽으로 잡아당겼다. 아주 천천히. 샌디는 모르는 것 같았지만 나는 숨소리까지 들릴 정도로 아주 가까이 서 있었다. 샌디가 문을 지나 오솔길로 걸어갔다. 나는 문가에 서서 멀어져 가는 샌디의 뒷모습을 바라보았다.

"샌디!" 내가 소리쳐 불렀지만 멈추지도, 뒤를 돌아보지도, 걸음을 늦추지도 않았다. 말로든 행동으로든 도무지 내가 샌디를 위로할 방법이 없다는 것을 깨달았다. 그저 차가운 비가 스웨터에 스며들어 몸이 오슬오슬 떨릴 때까지 우두커니 서 있었다. 이윽고 집 안으로 들어가 낸시 이모에게 알렸다.

1234567890

다용도실에서 저녁 설거지를 하고 있을 때였다. 뒷문이 딸깍거리는 소리가 들리더니 샌디가 들어왔다. 불빛에 눈이 부신지 눈을 깜박거렸다.

"엇." 행주를 들고 서 있는 나를 보더니 샌디가 외마디 소리를 냈다. 아무도 못 보게 슬그머니 들어오고 싶었던 모양이다. 부엌으로 가는 샌디를 따라갔다. 비에 젖은 구두 발자국이 찍혀 타일 바닥이 얼룩덜룩해졌다.

"흠뻑 젖었어요. 젖은 옷은 다 벗어야 해요. 안 그러면……."

"감기가 날 잡아먹는대?"

"저녁 식사 남겨 놨어요."

샌디가 고개를 저었다.

"위스키는요? 이모가 보관해 두는 곳을 아는데."

"좋아."

가스레인지 위 빨래 건조대에서 깨끗한 수건을 걷어서 던져 주었다. "그걸로 대충이라도 닦으세요."

샌디는 수건을 잘 받았지만, 얼굴에서 빗물이 뚝뚝 떨어지

154

는데도 사용법을 모르는 사람처럼 멀거니 보기만 했다. 그것이 망연자실이라는 것을 나는 알아보았다. 엄마가 죽었을 때 나도 저랬었다. 그나마 내게는 나를 충격 속에서 끌어내 줄 일들이 있었다. 장의사를 찾아보고, 문상객도 맞이해야 했다. 샌디에 게는 오로지 상실감뿐이었다. 내가 다가가서 샌디의 머리를 수건으로 문질러 닦기 시작했다. 담배 냄새와 바깥 냄새가 풍겼다. 이윽고 샌디가 수건을 뺏더니 자기 손으로 마저 닦았다. 커다란 유리컵에 따른 위스키를 가져다주었더니, 약을 먹듯 위스키를 쭉 들이켰다. 이가 유리컵에 부딪혀 딱딱거렸다.

"뜨거운 물로 목욕하세요." 내가 샌디 손에서 유리컵을 빼내면서 말했다.

"오늘 밤은 내 차례 아니야."

"제 차례예요. 전 지금 꽤 깨끗해요."

낸시 이모가 나타났다. 얼굴에 수심이 가득했다.

"샌디, 정말 안타깝네요." 이모가 샌디와 악수했다. 엄마가 죽었을 때, 나도 그랬던 기억이 났다. 심지어 장의사처럼 생판 모르는 사람들과 악수를 했었다. "참으로 잔인하고 끔찍하네요! 하필 오늘 같은 날에."

샌디가 고개를 주억거렸다.

"내일 댁에 가실 건가요?"

"장례식 날은 수요일입니다."

"자동차를 빌려 타시겠다면…… 먼 길이긴 하죠. 그래도 기차보다는 자동차를 더 좋아하실 것 같아서요. 혼자서 조용히 갈 수도 있고요."

"운전한 지가 워낙 오래됐습니다." 샌디가 잔뜩 겁에 질린 것 같았다. "위험을 무릅쓸 생각은 없습니다."

"기차로 가셔야겠네요, 그러면."

"제가 같이 가 줄 수 있어요." 내가 끼어들었다.

낸시 이모가 고개를 가로저었다. "네가 할 일을 생각해 뒀다, 스텔라." 이모는 위스키 잔을 닦아야 한다는 핑계로 다용도실로 돌아가자며 나를 다그쳤다.

다용도실로 오자마자 이모가 말했다. "레이드 대위님 곁에 바짝 서 있지 마라. 그리고 장례식은 어린 여자애가 갈 데가 아니야." 내가 꼭 여섯 살배기 같은 기분이었다. "그건 헬렌을 아는 것과는 다른 문제야. 대위님의 비통에 간섭해서는 안 돼. 지금 매케이 할머니가 도움이 필요해. 응접실에 가서 털실 좀 감아 드려라."

털실 감기에서 벗어나 위층으로 올라왔다. 방문 밑으로 가느다란 빛줄기가 새어 나오는 것을 보니 샌디가 방에 있는 모양이었다. 괜찮은지 물어보고 싶었다. 나도 애도니 비극이니 하는 말들을 적절하게 쓸 줄 알았으면 싶었다. 그러나 제대로 말하지 못할 게 뻔했다. 아니면 울음을 터뜨리거나. 샌디의 방문마저 나를 별로 반기지 않는 듯했다.

침대에 누워 몇 시간을 뜬눈으로 보냈다. 장례식장에서든 집에서든 관 속에 누워 있을 헬렌을 생각하지 않으려고 애썼다. 푸르뎅뎅해지는 청색증의 흉측한 흔적을 가려 주려고 머리채를 얼굴 주위에 풀어 헤친 헬렌의 모습을 상상해 보았다. 혹시 죽으면 그런 증상이 사라지려나? 사망한 직후의 엄마 얼굴을 살펴보지 못했다. 나더러 잘 보라면서 의사가 이렇게 말했었다. "이건 유가족을 위안하고, 망자가 정말로 죽었다는 사실을 확인하는 절차야." 나는 고래고래 악을 썼다. 엄마가 죽은 것을 안다고. 엄마가 고통스럽게 죽어 가는 모습을 보았다면, 누구도 그 사실을 눈곱만큼도 의심하지 않을 거라고. 그런데 그때는 의사 선생님이 없지 않았냐고, 아니냐고. 의사가 울고불고 난리 치는 나를 진정시킬 조치를 취했다. 그 이후 며칠 동안 나는 산 것도 죽은 것도 아닌 상태에서 허우적거렸었다.

나는 용감하지도 기특하지도 않았다.

1234567890

"좋은 일에 쓸 거예요. 전시 노역만큼 중요한 일이에요, 정말로." 내가 설명했다.

전쟁이 끝난 지 이틀이 지났지만 키트는 그에 관해 아무 말도 하지 않았다. 아무튼 키트는 여전히 간호 활동을 하고 있었다. 신문에는 장병들이 귀향하면 해야 할 일에 관한 도움말이 넘쳤다. 그러나 막상 귀향한 군인은 아직 없었다. 가슴 깊은 곳에서 느끼는 안도감 말고는 변한 것이 하나도 없었다. 적어도 나는 큰 안도감을 느꼈고 다른 사람들도 마찬가지일 거라고 짐작했다.

"제발요, 네?" 이번에는 간청했다. "로즈 아줌마는 곧 엄마가 되고, 아줌마 남편은 프랑스에서 다리 한쪽을 잃었어요. 더군다나 도와줄 사람이 아무도 없어서, 제가 약속했어요……. 그런데 걸어가기에는 너무 멀거든요."

"그래. 좋아. 한 번쯤은 서니뷰까지 걸어가도 되겠지."

"간호사님은 든든한 울타리 같아요." 내가 말했다. 소설 속 여자애들이 흔히 하는 말이었다. 키트의 마음이 바뀔까 봐 잽

싸게 자전거를 가지러 갔다.

　로즈 아줌마가 좋아할 만한 것들을 챙겨 바구니에 담았다. 휴전 협정 선언문이 실린 월요일 자 「벨파스트 텔레그래프」부터, 낸시 이모가 만든 블랙베리 잼 한 병, 매케이 할머니가 전해 달라는 노란 털실, 정원에서 꺾은 하늘거리는 적갈색 국화 꽃 한 다발까지.

　이제는 길을 알아서인지 훨씬 가깝게 느껴졌다. 내가 샌디를 추월한 것은 갈림목에 닿기 직전이었다. 짙은 오버코트 차림으로 고개를 숙인 채 무심하게 터벅터벅 걷고 있었다. 서두르지 않으면 기차를 놓칠 텐데. 나더러 함께 가라고 낸시 이모가 허락했어야 했어. 순간적으로 계획을 바꾸기로 마음먹었다. 자전거는 기차 역사驛舍에 맡겨 놓지 뭐. 설령 샌디가 가족 곁에 머물기로 결정하더라도 문제없잖아? 전에도 나 혼자 벨파스트에서 기차를 타고 왔는걸. 로즈 아줌마도 내가 오늘 올 거라고 기대하지 않을 테고. 그러나 나를 힐끗 보더니 앞만 보고 걷는 태도며 뭔가 단호해 보이는 어깨가 길벗 따위 필요 없다고 말하고 있었다. 내가 달리 할 수 있는 일이 없었으므로, 곧장 농장으로 갔다. 로즈 아줌마가 반겨 주었다. 찰리 아저씨는 가볍게 손만 흔들어 보인 뒤 마당에서 하던 일을 계속했지만, 건초 더미의 무게에 눌린 어깨가 대신 인사했다.

　닭장을 청소하고, 부엌 바닥을 물걸레로 닦고, 반질반질 광이 나도록 가스레인지를 흑연으로 닦고, 낡을 대로 낡은 셔츠 다섯 벌과 폭이 엄청 넓은 치마 하나를 다림질했다. 마음이 뿌듯했다. 특히 세틀에 앉아서 옷을 꿰매던 로즈 아줌마가 아주

159

큰 도움이 되었다면서, 페기가 참으로 자랑스러워할 거라고 말했을 때는 이루 말할 수 없이 기뻤다. 로즈 아줌마는 내가 성가시게 굴고 걸리적거리고 간섭한다고 생각하지 않았다. 아줌마는 허물없이 수다를 늘어놓으면서 마지막으로 보았던 이후의 세월을 메워 주기도 하고, 엄마 이야기며 우리 모녀의 맨체스터 생활에 관해 묻기도 했다.

"페기와 떨어져서 살기 싫었어. 친자매처럼 지냈으니까. 그런데 그때 내가 더 중요하게 여겼던 것은…… 전쟁을 반대하는 편에 서는 것이었어. 편지를 쓰고 싶은 마음은 늘 굴뚝같았지. 그런데 내가 워낙 잘못을 인정하는 게 서툰 사람이라."

"그건 엄마도 마찬가지였죠."

아줌마가 괘종시계를 힐끔 쳐다보고는 바느질거리를 내려놓고 일어나서, 주전자에 물을 채워 가스레인지 위에 올렸다.

"찰리 좀 불러올래? 말리지 않으면 온종일을 넘어 한밤중까지 계속 일할 거야. 전쟁터에서 돌아온 이후로 죽 그랬어. 가만있지 못하는 게, 꼭 기억나는 게 싫어서 일손을 놓지 않으려는 사람 같아. 무슨 말을 해야 할지 모를 때가 너무 많아."

"저도 가만있지 못해요. 그게 그러니까…… 저는 언제나 무엇인가를 하고 있는 게 좋거든요. 그런데 저는 원래 성격이 그런 거지…… 뭐든 잊어버리려고 애쓰는 건 아니에요."

로즈 아줌마는 숟가락으로 찻잎을 떠서 찻주전자에 넣을 뿐 아무런 말이 없었다.

찰리 아저씨가 「벨파스트 텔레그래프」를 보다가 코웃음을 쳤다.

"연합주의자 선전물이군. 이딴 건 내 집에 못 둬. 「아이리시 뉴스」가 신문다운 신문이지."

로즈 아줌마가 민망해하는 기색이 역력했다. "찰리! 그건 정말 고맙게도 스텔……."

내가 바짝 턱을 치켜들었다. 나는 내 싸움을 대신 해 줄 사람이 필요하지 않았다. "아저씨가 그렇게 생각한다니 유감이네요. 하지만 이모가 집에 두려는 신문은 그것뿐이에요. 다른 신문은 없어요. 시간이든 돈이든, 혹시 제가 여유가 있어서 자전거를 타고 시내에 나가서 「아이리시 뉴스」를 사다 줄 거라고 생각하세요? 저는 죽어도 못 하니까, 아저씨가 직접 하시는 게 좋겠네요. 그건 괜찮으시면 불쏘시개로 쓰세요. 그 신문 때문에 아저씨가 화내는 일이 앞으로는 없을 거예요."

찰리 아저씨가 나를 뚫어져라 쳐다보다가 웃음을 터뜨렸다. 그러고는 신문 기사가 다 거기서 거기인 것 같더라고 말했다. 로즈 아줌마가 갓 구운 스콘을 오븐에서 꺼내 내게 주었다.

"잘했어." 아저씨가 절뚝거리며 다시 일하러 나간 뒤 아줌마가 말했다. "워낙 힘든 일을 겪은 사람이라 나는 맨날 봐주거든. 그런데 어쩌면 저 사람한테 필요한 건 그게 아닐지도 모르겠다."

찰리 아저씨에게 필요한 것은, 농장 일을 실질적으로 도와줄 사람 같았다. 내가 꼭 그 일이 이루어지게 할 거야! 내가 간절히 바랐던 사회를 바꾸는 위대한 행위는 아닐지 몰라도, 뜻깊은 일이 될 거야. 더욱이 샌디에게도 도움이 될 테고.

어스름이 깔릴 무렵 자전거를 타고 돌아가는 길에 문득 이런

161

생각이 들었다. 군인들이 마침내 모두 다 귀향하면 어떻게 될까. 무수히 많은 남자가 끔찍한 기억들을 품고 이 거리 저 거리 돌아다닌다면? 무수히 많은 여자가 무엇이든 다 봐준다면?

어느덧 갈림목에 도착했다. 오솔길로 접어들려고 속도를 늦추면서 오늘은 밥값을 톡톡히 했으니까 근사한 저녁이 나왔으면 좋겠다고 생각했다. 그때 누군가 서 있는 모습이 보였다. 보랏빛으로 물들어 가는 하늘과 대비되는 키가 큰 검은 그림자였다. 가슴이 방망이질했다. 가만히 살펴보니 샌디였다. 내가 아까 보았던 그 언저리였다. 먼저 든 생각은, 만세! 샌디가 돌아왔구나! 였다.

그런데 찬찬히 보면 볼수록 처음에 느꼈던 기쁨이 사그라졌다. 서 있는 모습이 이상했다. 움직임이 없었다. 무엇인가를 바라보고 있는 자세도 아니었다. 여태껏 몰랐으나 머릿속에서 긁어모은 지식으로 짐작건대, 옛날에 자살한 사람들이 이 갈림목에 묻혀 있을 것만 같았다. 섬뜩한 마음에 페달을 힘껏 밟았다. 어떻게든 저 검은 그림자가 움직이게, 살아나게, 진짜로 숨을 쉬는 샌디로 되살아나게 할 작정이었다.

"샌디?" 내가 머뭇머뭇 불렀다. 내 목소리가 들리지 않는 게 틀림없었다. 꼼짝달싹도 하지 않았다. 이번에는 더 크게 불러 보았다. "샌디!" 그러고는 허겁지겁 자전거에서 내려 얼마 남지 않은 거리를 뛰어가면서 소리쳤다.

여전히 꼼짝하지 않았다. 내가 바짝 다가서서 물었다. "뭐 하는 거예요? 어떻게 이렇게 빨리 돌아왔어요?"

반응이 없었다. 내가 샌디의 팔에 손을 올렸다. 모직 코트 소매 속 팔조차 동상처럼 차갑게 굳어 있는 것이 느껴졌다.

"샌디? 괜찮아요?" 내가 팔을 흔들었다.

샌디가 얼굴을 천천히 내 쪽으로 돌렸다. "부하들이 모두 저쪽에 있다. 내가 불러들이지 못했어." 샌디가 자기 몸을 내려다보더니 말했다. "움직일 수가 없다. 나는 그냥 이대로 있을 수밖에 없겠어. 총에 맞을 가능성이 크지만 상관없다. 너는, 그래도…… 참호로 돌아가라." 샌디의 눈이 가늘게 뜨였다. "나는 못…… 나를 용서해라. 너는 누구냐? 내 소대원이 아니지, 그렇지 않나?"

너무 무서워서 창자가 뒤틀리는 것 같았다. 예전에도 샌디의 넋 나간 모습을 본 적이 있긴 하지만…… 실제로 미친 것은 아니었다. 혹시 엄마가 죽기 직전처럼, 정신착란을 일으켜 헛소리를 하는 걸까? 그건 아니었다. 샌디는 침착했다. 그것도 이상하리만큼 침착했다.

"대위님을 모시고 가려고 왔어요." 내가 여학생 대표 같은 목소리로 말했다. 아니 어쩌면 샌디가 착각한 그 군인의 목소리 같기도 했다. 키트의 자전거는 산울타리 쪽으로 밀쳐 버렸다. 자전거를 끌면서 샌디까지 데려가기는 힘들 것 같았다. "자." 내가 샌디 팔을 잡았다. "한 발짝만 떼 보세요." 레드 라이온 술집에서 끌어낸 남편을 데리고 유파토리아가를 걸어가는 여자들을 수없이 보았었다. 샌디의 한쪽 발이 움직였다. 그렇게 굼뜬 움직임은 난생처음 보았다. "이번엔 이쪽 발." 내가 살살 구슬렸다. 집까지 가려면 1킬로미터 가까이 남았다. 이대로라면 크리스마스에도 집에 도착하지 못할 것 같았다! 다행히 한두 발짝 걷는 사이에 꼼짝할 수 없이 사로잡힌 힘에서 풀려나기 시작한 것 같았다. 그다음부터는 훨씬 쉽게 발을 뗐다. 다 쓰러져 가는 미니네 집 근처에 도착하자 샌디가 말했다. 싸늘하면서도 정중한 목소리였다. "이곳은 아주 조용하군요. 내가 모르는 구역 같습니다."

"집에 거의 다 왔어요." 거기가 샌디에게 집이었던가? 클리프사이드 하우스가? 샌디의 다른 쪽 팔을 움켜잡고 나를 마주 보도록 돌려세웠다. "저예요, 스텔라. 기억나요?" 내가 단박에 현실로 데려올 수 있을 것처럼 샌디를 마구 흔들어 댔다. "전쟁은 끝났어요. 모든 게 다 잘됐다고요." 거짓말이었다. 하지만 이런 상황에서 무슨 말을 해야 하나? 사실대로 말하는 것이 최선일까? "헬렌 장례식에 가던 길이었잖아요." 내가 부드럽게 말했다. "그런데…… 거기까지 못 간 거죠?"

샌디의 온전한 눈이 내 얼굴을 훑어보았다. 어스름 속에서 샌디의 얼굴은 희멀겋게 보였다. 어딘지는 몰라도 지금껏 있었던 곳에서 돌아온 것 같았다. 샌디가 손을 뻗어 바로 옆에 있는 담장을 잡았다.

"안 갔어." 샌디가 느릿느릿 말했다. "나는 그 아이에게 실망을 안겨 줬어. 내가 모든 사람을 실망하게 한 거야. 프랑스에서도 마찬가지였고."

"아니에요, 그렇지 않아요."

샌디가 얼굴을 일그러뜨리며 버럭 화를 냈다. "네가 뭘 알아? 넌 거기 없었잖아. 한낱 계집애가."

샌디의 침이 내 뺨에 튀었다. 내 연민이 발버둥질을 치다가 그만 죽어 버렸다. "두 번 다시는 저한테 한낱 계집애라고 하지 마세요."

나는 팔을 휙 뿌리치고, 뺨에 묻은 침을 닦은 다음 성큼성큼 오솔길을 걸어가기 시작했다. 분노가 치솟고, 상처는 깊어 가고, 머릿속은 이런저런 생각들로 뒤숭숭했다. 나는 그저 도우려고 애썼을 뿐인데. 쉬운 일이 아니라는 걸 알기나 할까. 전쟁터에서 돌아온 남자는 다들 분노와 죄책감과 공포로 가득한데, 도대체 우리는 어떻게 해야 할까? 오죽했으면 전쟁에 반대하는 신념마저 굽힐 만큼 찰리 아저씨를 사랑했던 로즈 아줌마가 이런 말을 했을까. 그 사람한테 무슨 말을 해야 할지 모르겠어.

길모퉁이에 접어들자 이모네 하숙집이 한눈에 보였다. 어둑어둑할 때 집을 향해 걸어가 본 적은 이번이 처음이었다. 집이 아늑해 보였다. 응접실 창문도 키트 방의 창문도 불빛이 환했다. 위층 샌디 방의 창문은 어둑했다. 저 창가에서 바다를 내다보던 샌디를 보았던 순간들이 떠올랐다.

나는 그 아이에게 실망을 안겨 줬어.

나도 엄마에게 실망을 주었었다. 그런데 만약 누구든, 그 악몽을 함께 겪지 않은 사람이 나를 달래려고 애쓰면서 그렇지 않다고 말했다면 나 역시 화를 내고 말았을 것이다.

나는 발길을 돌려, 왔던 길을 다시 뛰어갔다.

샌디는 꿈쩍도 하지 않고 그대로 있었다.

"죄송해요." 내가 샌디의 손을 가만히 잡았다. "샌디 말이 맞아요. 네, 저는 거기 없었어요. 무슨 말을 해야 할지 몰라서 제가 그만."

샌디가 입을 움찔거렸다. 생소한 언어를 어떻게든 말해 보려고 애쓰는 사람 같았다. "나는…… 우리는…… 절망적이었다. 내가 퇴각 명령을 내렸어야 했어. 그건 알았다. 어떻게든 한 사람이라도 더 구해야 할 상황이라는 걸. 그런데 얼어붙어 버렸다. 움직일 수도 없었고, 말도 나오지 않았지. 결국 살아서 돌아온 사람은 거의 없었다. 내 잘못 때문에." 샌디가 내 얼굴을 제대로 보았다. "내가 그들을 죽였어." 샌디의 온몸이 떨리기 시작했다. "내가 전부 죽인 거야." 샌디 무릎이 푹 꺾였다. 뒤이어 바싹 메마른 신음을 토해 냈다. 그렇게 반쯤 무너진 몸으로 벽까지 가더니, 얼굴을 팔에 묻고 울기 시작했다.

어른이 우는 모습을 본 적이 거의 없었다. 우는 남자는 더더구나 못 봤다. 온몸이 뒤틀릴 만큼 격렬한 울음이었다. 샌디의 흐느낌은 고요한 황혼을 꿰찔렀고, 뒤처져 있던 갈매기 한 마리가 새된 비명을 질렀다. 나는 샌디 뒤에 서 있었다. 처음에는 겁났지만 차츰 자신감이 생겼다. 이윽고 들썩거리는 샌디의 어깨에 살며시 팔을 둘렀다.

샌디의 모자가 벗겨지더니 엉뚱하게도 담장 안쪽으로 떨어졌다. 바람이 머리를 헝클어뜨렸다. 바람이 선뜩하게 느껴졌기 때문이었을까, 아니면 사람은 영원히 울 수 없다는 엄연한 사실 때문이었을까. 아무튼 뭔가가 샌디를 일으켜 세운 것 같았다. 샌디는 똑바로 서자마자 한 팔로 얼른 얼굴을 가렸다. "미, 미안하다." 목이 꽉 잠긴 소리였다. 얼굴은 눈물 콧물로 범벅이 되어 얼룩덜룩한 대리석 같았고, 빨간 생채기가 나 있었다. 방금 얼굴을 가릴 때 거친 트위드 소맷자락에 쓸린 모양이었다.

샌디가 오버코트 주머니를 뒤적거렸다. 손수건을 찾는 눈치였는데, 손이 너무 심하게 떨렸는지 결국 찾지 못했다. 내 손수건을 꺼내 보니 다행히 깨끗했다. 그것을 건네주려다가, 내가 직접 샌디 얼굴을 닦아 주었다. 내가 어렸을 때 엄마가 해 준 것처럼. "고맙다." 샌디가 작고 정중한 목소리로 말하더니 다시 자기 주머니를 뒤적거렸다. 샌디가 마침내 꺼낸 것은 찌그러진 담뱃갑이었다.

샌디는 담배에 불을 붙이고는 등을 벽에 기대고 서서 담배를 피웠다. 훨씬 정상적으로 돌아온 느낌이었다. 고요한 찬바람 속에 감도는 담배 냄새를 맡으니 안도감이 들었다.

내가 담장 너머로 몸을 푹 수그리고 모자를 주웠다. 그 바람에 치마가 자꾸 위로 올라가는 모습을 낸시 이모가 보았다면 까무러치게 놀랐을 것이다. 모자를 외투에 문질러 닦은 다음 샌디에게 내밀었다. "오늘 무슨 일이 있었는지 말해 줄래요? 아니, 안 해도 돼요. 그냥 집으로 가는 게 좋겠어요. 보나 마나 녹초가 되었을 텐데."

"아무 데도 안 갔는데 녹초는 무슨 녹초." 샌디가 일껏 웃었으나 목이 칼칼한지 캑캑거리고 말았다.

"사람이 그렇게 울면 진이 빠져요. 그런 경험이 별로 없나 보네요. 한낱 계집애가 아니라서."

샌디는 나를 매섭게 흘겨보고는 담배만 뻑뻑 빨아 댔다. 다 피운 다음 꽁초를 홱 던지더니 한숨을 쉬면서 말했다. "아직은 들어가기 싫다. 아무도 만나고 싶지 않아."

내가 손목시계를 들여다보았다. "20분쯤에 출발해요. 그때는 모두들 식당에 있을 테니까, 아무한테도 들키지 않고 조용히 위층으로 갈 수 있을 거예요. 제가 농장에서 열심히 일한 이야기로 관심을 끌어 볼게요. 설마 샌디가 저녁 시간에 올 거라고 생각하는 사람은 없겠죠?"

샌디가 고개를 가로저었다. "나도 내가 벨파스트에 머물 줄 알았다."

"영원히요?"

샌디가 어깨를 으쓱했다. "무슨 뜻이지? '영원히'라는 게? 장례식 이후는 생각하지 않았어. 정말로 가려고 했다, 스텔라. 장례식이 얼마나 중요한지 아니까. 프랑스에 있을 때조차 어떻게든 장례식을 치르려고 했는데, 매번 못 했지. 도무지 물을 길이 없었어."

"알아요." 내가 말했다. "그러니까…… 장례식 말이에요. 엄마 장례식은…… 음, 끔찍했어요. 엄마가 구덩이 속으로 내려가는 것을 보는 게……." 나는 목청을 가다듬었다. 일단 울음이 터지면 나도 어쩔 도리가 없을 테니까. "그 어떤 일보다 힘들었어요. 그런데도 절대로 놓치고 싶지 않았어요. 그래도 헬렌 묘지는 보러 갈 수 있겠죠, 안 그래요? 그러면 굉장한 일이 될 거예요."

"내가 만약 갈림목보다 더 멀리 가게 되면."

"샌디는 아무 데도 안 간 지가 아주 오래됐잖아요." 내가 부드럽게 말했다. "그런데 하루아침에 그렇게 먼 벨파스트까지 갈 수 있을 거라고 생각했어요?"

"모르겠다." 샌디가 고개를 가로저었다. "억지로라도 한 발짝씩 때리려고 했는데, 머리가 핑핑 돌고 숨을 쉴 수가 없더라……. 심장 마비가 일어나는 줄 알고, 심호흡을 해 보려고 걸음을 멈췄는데…… 그때부터…… 움직일 수가 없었다." 샌디는 뭔가 역겨운 듯 입을 씰룩거렸다. "내가 그랬잖아…… 나는 사람들에게 실망을 준다고."

"그렇지 않아요."

"나는 그깟 편지를 부치러 가는 것조차 못 했어." 샌디가 버럭 소리를 질렀다. "저번에 널 찾아보겠다고 나섰을 때도…… 시늉만 했을 뿐이야."

"그건 중요하지 않아요."

"중요해. 지랄 맞게 중요하다고!" 또다시 울음을 터뜨릴 것 같은 목소리였다. "헬렌이 편지를 제때 받지 못했을 거야. 그 아이는 모르고 죽었어……. 내가 자기한테 아무 관심이 없다고 오해한 채로."

엄마와 로즈 아줌마도 서로 그랬다.

샌디 말이 맞았다. 편지가 아무리 빨리 벨파스트에 도착했을지라도, 헬렌이 죽기 전에 받기는 어려웠겠지. 현관 매트에 놓인 애도 편지와 함께 샌디의 편지를 집어 들었을 헬렌네 엄마가 떠올랐다. 하필이면 휴전 협정을 축하하는 와중에 아들이나 애인이 사망했다는 전보를 받았을 사람들과 얼마쯤 비슷한 심정이었으려나. 모든 것이 뒤죽박죽되었을 테지.

"이제부터 연습해 보면 어때요? 날마다 조금씩 더 멀리 나가 보는 거예요." 그리고 마침내는 로즈 아줌마네 집까지 가서 찰리 아저씨와 함께 힘든 일을 하게 되면 완전히 나을 거라고, 나는 생각했다. "제가 도와줄게요."

"스텔라!" 샌디가 모자챙을 더 끌어 내려서 얼굴에 그늘이 졌다. "너는 왜 항상 네가 모든 것을 바로잡을 수 있다고 생각하지? 절대로…… 네가 할 수 없는 것들도 있어."

샌디가 쿵쿵거리며 나보다 앞서 집을 향해 걸어갔다.

1234567890

내가 깜박 잊고 있던 자전거를 다음 날 아침에 산울타리에서 발견한 것은 키트였다. 뒤쪽 바큇살에는 블랙베리 가지며 잎사귀들이 뒤엉켜 있고, 핸들에는 새똥이 묻어 있었다. 어떻게 나올지 불을 보듯 뻔했다.

"도대체 어쩌면 이다지도 무책임한지 모르겠구나." 낸시 이모 말에, 나는 멈출 수밖에 없는 사정이 생겼다면서 우물거렸다. 이모는 내가 산울타리 뒤편에 있는 변소나 그 언저리에서 급한 볼일을 해결했을 거라고 지레짐작한 게 틀림없었다. 부끄러워 죽을 맛이었지만, 그런 상태로 있는 샌디를 보았다고 실토할 수는 없었다. 샌디가 나를 증오할 게 뻔했다. 둘러댈 말을 궁리한 끝에, 미니네 동생이 고통스러워하는 것을 보고 도와주기 위해 멈췄다고 말하기로 했다. 그런데 그랬다가는 독감이 내게 옮았을까 봐 전전긍긍할 것 같았다. 결국 그럴싸한 핑계를 대지 못했다.

샌디는 다시 다락방 유령처럼 살기 시작했다. 낸시 이모나 내가 식사를 가져다주었다. 샌디는 거의 먹지 않았고, 말수는 더 적어졌고, 식사 쟁반을 문밖에 두고 가는 것을 더 좋아했다.

"비통에 빠져서 그래." 어느 날 저녁, 토끼 스튜에 거의 손도 안 댄 식사 쟁반을 들고 주방으로 돌아온 이모가 말했다. "아버지가 돌아가셨을 때 나도 몇 주 동안 먹지 못했어. 생각나는 것은 과일 케이크뿐이었지."

"저는 엄마가 죽었을 때 차만 마셨어요."

"그래도 그렇지." 이모가 눈살을 찌푸렸다. "사촌 동생일 뿐인데. 틀림없이 그 아이를 잃은 것보다 훨씬 더 깊은 상실감에 빠진 거야. 친구며 전우 들 말이야."

"친동생이나 다름없는 사이였나 봐요. 또 어쩌면…… 상실감이 쌓일 대로 쌓여서 그럴지도 몰라요. 누구든 버틸 만큼 버티다가 한계에 이르면 허물어질 수 있잖아요." 샌디뿐만이 아니라 온통 그런 사람 천지였다. 우리는 저마다 얼마만 한 비통을 감당할 수 있을까?

생각해 보니 허물어진 것이 샌디에게는 일종의 전환점이 될 것 같았다. 아니 그러기를 바랐다. 일단 위험한 고비를 넘기면 열병에서 회복되기 시작하듯이. 샌디는 내가 자기 문제를 바로잡지 못할 거라고 했다. 그럼에도 나는 샌디가 밖으로 나갈 방안을 궁리하지 않을 수가 없었다. 미리 편한 길을 알아 두고 이정표도 만들 계획이었다. 오솔길 어귀, 오크 나무, 빨간 출입구, 허름한 미니네 집까지 날마다 조금씩 더 멀리 훨씬 편한 마음으로 나갈 수 있게 할 작정이었다. 마침내 우리가 함께 농장에서 일하고, 샌디와 찰리 아저씨가 기적처럼 서로를 치유하는 날이 올 때까지.

그런데 만약 샌디가 끝끝내 방에서 나오지 않으면 어쩌지? 항상 위험한 고비를 무사히 넘기고 회복을 시작하는 사람만 있는 것도 아니었다. 더러는 죽기도 했다.

어느 날 나는 농장까지 걸어갔다. 새벽같이 출발했는데 도착했을 무렵에 벌써 지쳐서 별로 도움이 되지 못할 것 같았다. 로즈 아줌마는 배가 더 불룩해졌고, 움직임이 더 둔해졌고, 등에 통증을 느끼는 기색이 역력했다. 부부가 판에 박은 듯이 이맛살을 찌푸리고 걱정스런 눈빛으로 서로를 바라보고 있었다. 나를 보는 순간 두 사람 얼굴이 활짝 밝아졌다. 그 모습을 보니 내가 중요한 사람 같아서 마음을 단단히 다졌다. 정작 나는 부엌에 앉아 차를 마시며 엄마 얘기며 옛날이야기를 나누고 싶었는데도.

"마구간 청소를 할 수 있으려나?" 찰리 아저씨가 물었다.

"있고말고요." 내가 우렁차게 대답했다. 마구간에 관해서는 아는 게 거의 없었지만, 설마 닭장 청소보다 힘들까 싶었다.

"오늘 늙은 암말을 풀어놓을 거야." 찰리 아저씨가 말했다. "쉴 시간을 6주나 주었어. 그런데도 건강해지지 않으면, 이제는 다되었다고 봐야지."

아저씨를 따라 침침하고 악취가 진동하는 마구간으로 들어갔다. 아저씨가 고삐를 풀어 암말을 마구간에서 끌고 나갈 때까지는 되도록 숨을 들이쉬지 않으려고 애썼다. 내가 안전하게 물러나 있는 동안 두 눈이 움푹 들어가고 흰색과 검정색을 띤 암말이 성큼성큼 걸어 나갔다. 찰리 아저씨가 암말을 끌고 초목이 우거진 방목장으로 갔다. 로즈 아줌마는 달걀을 담은 바구니를 팔에 낀 채 방목장 문가에서 기다리고 있었다. 아저씨가 문을 열자 암말이 대뜸 걸어 들어가, 공중으로 고개를 번쩍 들고 코를 킁킁거렸다. 그러고는 아저씨가 미처 고삐를 풀기도 전에 뻣뻣하게 방목장을 걸어가서, 꼬리를 높이 쳐들고 코를 풀밭에 박았다. 내가 미소 띤 얼굴로 찰리 아저씨를 돌아다보았다. 분명 기뻐할 줄 알았는데, 아저씨도 아줌마도 인상을 쓰고 있었다.

"꼭 뒤뚱거리는 오리 같군." 찰리 아저씨가 말했다. "그렇다면 끝난 거야." 아저씨는 고삐를 홱 던져 어깨에 걸친 채 절뚝절뚝 마당으로 돌아갔다. 로즈 아줌마와 나도 뒤따랐다.

"조금 더 쉬게 하면 어때요?" 아줌마가 제안했지만, 아저씨는 고개를 가로저었다.

"나을 거면, 지금쯤은 나았어야 해요. 소용없어요, 이제 저 말은 다된 거요."

"식용육으로 팔아넘기진 않을 거죠?" 처참한 회고담 『블랙 뷰티』*를 떠올리며 내가 물었다.

"쓸모없는 말을 먹여 살릴 수는 없다. 한 마리를 더 살 돈도 없고." 아저씨가 고삐를 걸어 둔 다음 다시 마당으로 걸어가기 시작했다. 내가 절망스러운 표정으로 아줌마를 바라보았다.

"진심이 아니야. 그냥 걱정돼서 하는 소리지. 낡은 마차는 못 끌어도 없는 것보단 나을 거야. 지난 6주 동안은 마차 없이

★ '블랙 뷰티'라는 이름의 말을 화자로 삼아 다양한 인간 주인을 거치면서 사랑받고 학대받은 생애를 회고하는 형식으로 쓴 고전 동화.

그럭저럭 시내에 나갔다 왔는데, 앞으로가 걱정이구나. 필요한 물건들도 있는데."

"낸시 이모한테 자동차가 있으니까, 아줌마를 시내까지 태워다 줄 수 있을 텐데요."

"어이쿠, 낸시가 설마 그러려고?"

"다른 이웃들은요?"

로즈 아줌마가 고개를 저었다. "오헤어 노부인도 모든 걸 혼자서 다 하시고 애그뉴 씨네는…… 뭐랄까, 워낙 무심한 사람들이야."

마구간 청소를 시작했다. 늙은 암말이 잘 걷지는 못해도, 장활동은 활발했던 모양이다. 악취가 진동하는 짚들을 긁어모아 외바퀴 수레에 한가득 실어서 두엄 더미에 쏟아 버리기를 다섯 차례나 했다. 근육들은 죽겠다고 발악을 하고 온몸에 오물이 묻은 것 같았다. 하지만 물청소를 한 뒤 바닥을 리졸**로 닦았더니 반짝반짝 빛났다. 마지막으로 빗자루로 싹싹 쓸어 낸 다음, 땀에 엉겨 눈에 붙은 머리 가닥을 쓸어 넘겼다. 찰리 아저씨는 어디 있는지 자취도 없었고, 아줌마는 집 안에 있었다. 다음에 시킬 일이 무엇인지는 몰라도 몸이 너무 더러워서 계속 바깥일을 해야 할 것 같았다. 딱히 즐겁지는 않았지만, 여성 농경 부대원처럼 숭고한 일을 해낸 기분이었다. 외바퀴 수레와 빗자루를 갖다 놓으려고 헛간으로 갔다. 낡은 양동이들은 널브러져 있고, 녹슨 농기계들은 아무렇게나 쌓여 있었다. 그 속에

** 콜타르에서 추출한 액체인 크레졸에 비눗물을 섞은 살균 소독제.

서 내 눈에 띈 것이 자전거였다.

새것도 아니고 반짝거리지도 않았다. 키트의 자전거에 견주면 초라하기 짝이 없었지만, 낸시 이모가 크리스마스 선물로 사 줄지 모른다는 희망을 아직 품고 있는 중고보다 못할 것이 없어 보였다. 군데군데 녹슬고, 타이어 바람도 빠지고, 더군다나 위쪽에도 뼈대가 달린 남성용이었다. 제대로 굴러가기는 할지, 그런 자전거를 여성이 타도 괜찮을지 그건 모르겠지만, 이 집에서는 아무짝에도 쓸모없는 물건이었다. 찰리 아저씨가 한쪽 다리로 해낼 수 없는 일 하나가 자전거 타는 것이라는 말은 이미 로즈 아줌마에게 들었다. 지금의 몸 상태로 아줌마가 자전거 타기를 시도할 가능성은 거의 없었다. 헛간에서 눅눅하고 차가운 바람 속으로 자전거를 끌고 나왔다. 끌기만 했는데도 키트의 자전거보다 두 배는 더 무겁게 느껴졌다. 그래도 굴러가긴 했다. 한번 시도해 볼 가치는 있었다.

아저씨가 자전거를 보자마자 웃음을 터뜨렸다. 아저씨 웃음소리를 들은 것은 이때가 처음이었다. "정말로 타 볼 셈이냐?"

내 턱이 저절로 올라갔다. "그럼요. 탈것으로 만든 물건이라면, 저도 탈 거예요. 오늘 걸어오는 데 한 시간도 훨씬 넘게 걸렸거든요. 게다가 어두워지기 시작하니까 곧 떠나야 해요. 하지만 이것을 타고 다니면……."

찰리 아저씨가 자전거 핸들을 이리저리 돌려 보더니 말했다. "제법 탄탄하다. 아마 겉보기보다는 낡지도 않았을 게다. 조가 탔던 게 틀림없으니까." 아저씨가 먼지를 대충 닦아 냈다.

"로즈 아줌마의 오빠라는 그 사람이요?"

"그렇겠지."

"제가 빌려도 돼요, 그럼?"

"가져가도 좋아. 다만 너무 큰 기대는 하지 마라."

"저는 맨날 기대하고 사는걸요!"

집으로 돌아올 때는 자전거를 끌고 왔다. 찰리 아저씨가 타이어 바람을 넣어 주고 잔뜩 쌓인 먼지도 털어 주었다. 하지만 산길에서 시운전을 해 볼 자신은 없었다. 기대감 때문이기도 했다. 샌디는 자전거를 잘 알았다. 나 때문에 키트의 자전거가 긁혔을 때 멀쩡하게 고치는 법을 이미 알고 있었을 정도로. 자전거 수리를 도와주고, 남성용 자전거를 탈 때 주의 사항도 알려 줄 수 있을 것이다. 내가 남성용 자전거를 타려면 보나 마나 뭔가 독창적인 방법을 찾아내려 들 테고, 치마를 입고 타는 모습도 볼썽사나울 수밖에 없을 터였다. 샌디가 그 꼴을 보면 차츰 정상적인 사람처럼 행동할 것만 같았다. 우리 둘이서 이 자전거를 타고 농장까지 가는 모습을 상상해 보았다. 샌디가 페달을 밟고, 나는 안장에 앉아서 균형을 잡아 주는 모습을. 탄탄한 옛날 자전거니까 둘이 같이 타도 될 것 같았다.

저녁 식사 쟁반을 들고 올라간 김에 옛날 자전거 수리를 도와주겠느냐고 대놓고 물었다. 샌디는 책에서 거의 눈을 떼지도 않고 한마디로 거절했다. "아니."

별수 없이 며칠에 걸쳐 내가 직접 수리했다. 얼마나 안전할지 확신도 없었고, 몸은 기름투성이가 되었고, 타는 연습을 하다가 세 번 넘어졌다. 한 번은 어찌나 세게 넘어졌는지 어렸을 때 길에서 넘어지곤 했을 때처럼 무릎이 움푹 팼다. 그래도 용

케 해냈다.

그 이후부터는 가고 싶을 때마다 농장에 갔다.

낸시 이모가 못마땅해하는 줄은 알았지만, 막상 말리지는 않았다. 나를 곁에 두고 또 무슨 말썽을 부릴까 애태울 일이 없어졌으니 한시름 덜었다고 여기는 눈치였다.

저녁 시간이 되면 어김없이 지쳤다. 아마도 낸시 이모는 그것이 좋았던 모양이다. 대화에 낄 의욕도 떨어졌다. 대화는 종전 얘기와 더욱 걷잡을 수 없이 퍼져 나가는 독감 이야기뿐이었다. 학교며 공공장소 들이 문을 닫은 지 벌써 2주나 되었다고 했다. 쿠안베그 시내에 있는 마운틴뷰 호텔마저도 폐쇄되었단다. 매케이 할머니는 평생 동안 그런 적은 없었다면서 이렇게 말했다. "세상의 종말이 왔나 봐요."

자신이 얼토당토않은 소리를 했다는 걸 안다는 듯이 할머니는 배시시 웃었지만, 나는 떨리는 몸을 가누기 힘들었다.

1234567890

그러나 세상은 끝나지 않았다. 어느새 신문들마다 다른 기사가 가득 실렸다. 12월 14일에 치를 총선거 소식이었다. 겨우 두 주밖에 남지 않았다! 기쁘면서도 슬픔을 참기 힘든 상황이었다. 적어도 30세 이상의 여성들이 최초로 투표를 하게 되었는데, 이 투표권을 얻기 위해 싸워 왔던 엄마는 살아생전에 투표하지 못했다.

"투표할 생각을 하니까 신나세요?" 어느 날 갈비 스테이크를 내오는 이모에게 내가 물었다.

필립스 부인이 쯧쯧 혀를 찼다. "나 참, 밥상머리에서 할 만한 대화를 해야지!"

"이건 아주 잘 어울리는 이야깃거리예요. 우리 모두 여자이고 시민이니까요."

"너는 아이야. 그 사실을 명심하는 게 좋을 거다." 필립스 부인이 말했다."

"그건 부당해요." 매케이 할머니가 나섰다. "스텔라는 여태성인 여성이 하는 일을 쭉 해 왔잖아요."

내가 방긋거리며 물었다. "할머니도 처음으로 투표할 날이 애타게 기다려지세요?"

"그렇긴 한데 난 이번이 처음은 아니야. 투표권을 얻은 이후로 지방 선거 때마다 내 권리를 행사해 왔지." 자랑스러워하는 목소리였다.

"멋져요, 할머니." 내가 순무를 먹으면서 말했다.

"그런데……" 매케이 할머니가 계속 말했다. "지금은 하숙을 살아서 투표를 못 할 거야. 여자는 주택을 소유한 사람만 투표할 수 있으니까."

"또는 주택을 소유한 남자와 결혼했거나." 필립스 부인이 코를 찡긋거렸다. "나는 투표할 마음이 전혀 없어요." 부인은 마치 투표하는 것이 뭔가 유난히 역겨운 일인 것처럼 말했다. "판사를 지내신 우리 아버지는 여자가 투표하는 걸 극력 반대하셨어요. 내 남편 세드릭도 그랬고."

"투표하는 것을 반대했다고요?" 내가 물었다. "그 말은 그분들이 민주주의를 믿지 않으셨다는 뜻인가요? 그럼 아나키스트였나요? 우아 신기하네요!"

"스텔라!" 낸시 이모는 엄하게 내 이름을 불렀고, 필립스 부인은 스카프를 매만지면서 말했다. 내가 자기 말뜻을 제대로 알아들을 거라고, 바로 나 같은 말괄량이가 여성의 이름에 먹칠하는 거라고.

이번에는 키트가 나섰다. "잘했어, 스텔라! 내가 스텔라만 했을 때 정치에 관해 더 많이 알았더라면 얼마나 좋을까요. 저도 투표할 나이가 되면 꼭 투표할 거예요. 여성이라서 투표를 못 하는 건 불공평하다고요." 이것은 산울타리에 자전거를 두고 온 사건 이후로 키트가 내게 보여 준 최고의 친절이었다.

"그렇기 때문에 총유권자 중에서 여성 유권자가 비정상적으로 많지는 않을 거예요." 낸시 이모가 말했다. "너무나 많은 남자가 목숨을 잃었어요. 만약 여성에게도 남성처럼 스물한 살부터 투표권을 주면, 총유권자의 균형이 깨질 거예요."

내가 코웃음을 쳤다. "지금까지 내내 총유권자 중에서 남성 유권자가 비정상적으로 많았다고요." 내가 꼬집었다. "그 사실을 문제 삼은 사람들은 아무도 없었을걸요? ……여성 참정권 운동가들은 빼고요, 당연히."

"하지만 참정권이 21세 이상의 모든 남성으로 확대된 것도 이번이 처음이야." 낸시 이모가 말했다. "그러니까 그냥 우리가 조금 더 참아야 해."

"저는 왜 그래야 하는지 모르겠어요." 내가 이렇게 중얼거리는 것과 동시에 키트가 말했다. "참아야 하는 쪽은 언제나 여성이네요. 나와 남매간인 남자는 투표할 수 있는데 나는 못 한다는 건 공평하지 않다고요. 그 남자 형제가 저보다 어린데도 말이죠."

"그대 남동생은 국가를 위해 봉사했잖아요." 필립스 부인이었다.

키트가 고개를 홱 쳐들었다. "그럼 지금 내가 하고 있는 일은 뭐라고 생각하시죠?"

이번에는 내가 끼어들었다. "전시 노역에 대한 일종의 감사 표시로 여성들에게 투표권을 주었다는 주장에, 제가 동의하지 못하는 이유 중 하나가 바로 그 때문이에요. 그 노역을 해 온 여성 대부분은…… 여기 있는 키트도 그렇고, 군수 공장 노동자며 전차 운전사며 여성 농경 부대원들은 거의……" 나는 여성 농경 부대원과의 동지 의식이 엄청나게 강해졌다. "여전히 투표를 할 수 없는 젊은 여성들이니까요."

"네가 그런 주장에 동의하지 못하는 다른 이유는 뭐지?" 매케이 할머니가 다정하게 물었다.

"그건 여성 참정권 운동가들이 직접 행동으로 거둔 성과를 부정하기 때문이에요. 그 공로를 인정하려고 들지 않아서요."

"그건 허무맹랑한 짓이기 때문이지!" 필립스 부인이 말했다. "여자답지 못한 추태니까! 깡패들과 다름없는 짓이고."

"제 엄마는 깡패가 아니었어요!"

"숙녀 여러분!" 낸시 이모가 나섰다. "우리 말싸움으로 비화하지는 말아요."

"이모는 투표할 거죠, 꼭?" 내가 재촉했다. "그러고 보니까 여기서 실제로 투표할 수 있는 사람은 이모밖에 없네요. 딱히 다른 이유가 없다면 엄마를 추모하기 위해서 하시면 안 돼요?"

이모가 실실 웃었다. "내가 어윈 맥앤드루에게 투표하는 걸 보면 네 엄마는 무덤에서도 팩 돌아누울 사람이야. 그 사람을 더러운 제국주의자라고 불렀거든."

"어윈 맥앤드루는 아주 충성스러운 연합주의자이고 신사라고요." 필립스 부인이 발끈했다. "그뿐 아니라 이 선거구에서 20년 가까이 봉사한 분이세요."

"1910년에는 겨우겨우 당선됐지요." 매케이 할머니가 말했다. "자치주의자들이 존재감을 떨치기 시작해서."

대화가 약간 다른 방향으로 흘러갔다. 내 고향 맨체스터에서는 보수주의자냐, 진보주의자냐, 아니면 엄마와 나처럼 노동조합주의자냐에 따라 의견이 갈렸다. 이곳 아일랜드에서는 계급보다는 민족이나 종교에 따라 달라지는 것 같았다. 자치 문제를 완전히 해결하려면 피를 흘리게 될 거라던 샌디 말이 기억났다. 저마다 자기주장을 내세우기 시작했을 때에야 내가 정말 아는 것이 없다는 사실을 깨달았다. 몹시 당황스러웠다. 샌디가 아랑곳없이 틀어박혀 있지 않으면 좋을 텐데. 그 문제에 관해서 꽤 많이 아는 것 같았는데. 키트가 휴전 협정이 체결된 이후로 거의 매일 가져오는 신문을, 나는 더 꼼꼼히 읽기 시작했다. 그리고 나서 이런 사실을 알게 되었다. 신페인당은 영국으로부터 완전히 독립한 아일랜드를 원하고, 아일랜드 의회당Irish Parliamentary Party은 자치를 굳게 믿는 정당이었다. 신페인당은 이번에 당선자를 배출하기 위해 대대적인 선거 운동을 벌이는 중이고, 훨씬 온건한 아일랜드 의회당은 대다수 지역에서 여태껏 신페인당보다 높은 지지를 받아 왔다.

***

그런 일이 있은 다음에 농장에 갔을 때 로즈 아줌마가 설명해 주었다. "그러니까 신페인당이 거대 다수당이 되면 아일랜드는 공화국이라고 선언할 거야." 아줌마가 무척 기뻐하는 것처럼 들렸다. 정말이지 흥분한 목소리였다.

"그렇게 단순하지는 않을 거요." 요즘 일을 쉬고 있는 찰리 아저씨가 말했다. 마당 빙판에서 미끄러지면서 나자빠졌기 때문이었다. 다른 때 같으면 곧 소젖을 짜러 나가야 할 시간이었지만, 지금은 부엌에서 쉬는 중이었다. "아무튼, 얼스터에서는 안 될걸. 연합주의자가 우세한 지역이 너무 많아요."

"이 근방은 어때요?" 이모네 집에서 저녁 식사 때 오간 이야기가 생각나서 내가 물었다.

"음, 많은 지역들처럼 여기도 갈렸어." 로즈 아줌마가 대답했다. "항상 연합주의자들이 아슬아슬하게 당선되었지만, 봉기 이후로는 민족주의 정서가 고조되었거든."

"게다가 징병제라니." 찰리 아저씨가 불쑥 나섰다. "그건 영국 정부가 저지른 최악의 실수였어…… 아일랜드인들의 강제 입대를 시도한 건."

"아저씨는 자원했잖아요."

"나도 참 어리석었지." 아저씨가 다리를 내려다보다가 자기 시선을 좇고 있는 나를 보았다. "이것만 잃은 게 아니야. 벨파스트에는 가는 곳마다…… 골수 공화주의자들뿐이더라. 내가 영국 군복을 입고 거리에 나가면 침을 뱉기도 했어. 아일랜드의 배반자라고 욕하고."

"내가 옆에 있을 때 안 그랬잖아요." 로즈 아줌마가 찻잔을 건네주며 말했다.

"맞아요. 아무튼 그것이 우리가 여기로 온 이유 중 하나인걸. 익명으로 살려고. 그리고 조용히 살려고."

로즈 아줌마가 살짝 몸을 떨며 말했다. "아기가 움직였어요." 그러나 짐작하건대 꼭 그것 때문만은 아닌 듯했다. 로즈 아줌마는 나랑 비슷해서, 조용한 것을 좋아하지 않았다.

"적어도 아줌마는 투표할 수 있어요!" 내가 일깨워 주었다.

"서른 살이 넘었고 집도 있으니까요. 그것만으로도 기뻐하셔야 해요. 아직 불충분하지만요. 클리프사이드 하우스에 사는 간호사는요, 투표를 못 한다고 분통을 터뜨렸어요. 하지만 적어도 첫발은 뗐잖아요. 엄마는……" 나는 말을 멈추고, 얼결에 아직 무척 뜨거운 차를 한 모금 마시다가 캑캑거렸다.

로즈 아줌마가 팔을 뻗어 내 손을 잡았다. "그래, 알아."

"엄마는 계획까지 세워 뒀어요." 왠지 로즈 아줌마 앞에서 엄마 얘기를 할 때는 그다지 고통스럽지 않았다. "물론 선거를 언제 치를지는 몰랐지만, 언제든 그날이 오면 투표할 수 있는 그 지역 여성을 모두 모아 놓고 투표 방법과 투표 장소 등에 관해 확실하게 알려 줄 거라고 했어요. 기억나세요? 모드 아줌마와 세라 아줌마? 엄마는 관광버스 한 대를 빌려서 그 친구들과 함께 하루 종일 돌아다니면서 여성들을 모아 투표소로 데려갈 계획이었어요."

나도 여성들에게 투표용지 넣는 법을 알려 주는 전단을 타이핑하는 일로 돕겠다고 제안했었다. 릴과 새디도 돕겠다고 약속했었다. 릴이 정치에는 관심이 없지만 나를 돕기 위해서라고 말하는 통에 너무 웃겨서 죽을 뻔했다. 경이로운 날이 되었을 것이다. 부분적인 승리일 뿐이라는 사실도 잊은 채 이겼다고 축하했을 것이다. 엄마도 없고 나도 없이, 지금도 여전히 진행 중일 거라고 생각하니 가슴이 찌릿찌릿 아팠다. 나는 이렇게 외진 곳에 꼼짝없이 갇힌 채, 여성 투표권 문제에 관심조차 없는 나이 든 여자들 틈에 끼어 있다니.

"로즈 아줌마." 내가 불쑥 물었다. "아줌마는 투표소에 어떻게 가실 거예요?"

아줌마와 아저씨가 눈빛을 주고받았다.

"방법을 찾아봐야지." 찰리 아저씨가 말했다. "만약 말을 새로 사게 되면……."

"말을 살 돈이 어디 있어요." 로즈 아줌마가 말했다. "상관없어요. 선거는 다음에도 있을 거니까."

"이번 선거는 달라요!" 내가 반박했다. "처음은 두 번 다시 오지 않잖아요! 로즈 아줌마는…… 투표권을 따내려다 교도소에 갇히기까지 했잖아요! 그리고 죽을 뻔했잖아요!"

찰리 아저씨가 찻잔을 내려놓으며 말했다. "젖소가 알아서 젖을 짜는 일은 없을 테고." 내가 보기에도 평소보다 훨씬 불편한 자세로 아저씨가 등을 펴고 문 쪽으로 걸어갔다. 아저씨가 문을 열자 얼음처럼 차가운 바람이 세차게 들이쳤다. 문이 닫힌 다음에도 부엌에는 냉기가 돌았다.

"그 얘긴 그만하자. 저 사람은 나한테 해 줄 수 없는 일들이 있다는 사실이 싫은 거야. 내가 투표하도록 시내에 데려다주지 못하는 처지를 증오한다고." 아줌마가 일어나서 컵들을 치웠다. 오늘따라 딸그락거리는 찻잔 소리가 유난히 컸다. "내가 할 수만 있다면 걸어서라도 투표소에 갈 거야. 그런데 요즘에는 숨이 차서 코앞에 있는 길도 끝까지 못 가." 아줌마가 손을 배에 올렸다. "게다가 아기에게 해로운 일까지 무릅쓸 수는 없어.

지금까지 잃은 것만으로도 충분해."

"아무리 그래도 그렇지, 어떻게 상관없다는 말을 할 수 있냐고요!"

"상관이 있지, 있고말고." 아줌마 목소리가 거칠고 매서웠다. "최초로 투표한 여성들 틈에 끼지 못한다고 생각하면 가슴이 미어져. 그 대의를 위해서 내가 얼마나 많은 것을 바쳤는데. 그래도 찰리가 시름에 잠긴 모습을 보면 가슴이 더 미어진다. 저이도 죽을 뻔했어." 아줌마가 들통을 들어 올려 개수대에 물을 부었다. "에이그, 너도 크면 이해할 거다."

자전거를 타고 집으로 향했다. 처음으로 로즈 아줌마에게 실망했다. 너도 크면 이해할 거다! 도무지 모르겠다. 여기서 얼마나 더 나이를 먹어야, 아니 얼마나 더 절망해야 나 스스로 컸다고 느끼게 될까.

클리프사이드 하우스 마당 찻길로 들어서서 구식 울즐리-시들리 자동차를 빙 돌아갈 때였다. 문득 기막힌 묘수가 떠올랐다. 지금까지 해낸 꽤 그럴싸한 생각들 중에서 단연코 으뜸이었다. 로즈 아줌마는 투표를 하게 될 것이다. 내가 그렇게 되도록 할 것이다.

12345678190

한참을 이리저리 뛰어다닌 끝에 필립스 부인 방에서 낸시 이모를 찾았다. 방문을 열어 둔 채 페인트칠이 된 곳을 물걸레로 살살이 닦고 있었다.

"부인이 먼지 때문에 기침하는 거라고 넋두리하더라."

"직접 할 수는 없대요? 사람들 괴롭히는 일 말고는 할 일도 없는 것 같던데."

"철없는 소리 하지 마라." 이모가 땀에 엉겨 눈에 붙은 머리가닥을 쓸어 넘겼다. "이런 거 해 달라고 돈을 내는 거야. 그런데 미니가 없으니……."

"저라면 직접 했을 거예요."

"언제? 코빼기도 보기 어렵던데."

내가 입을 꾹 닫았다.

낸시 이모가 양동이에 대고 물걸레를 비틀어 짰다. 손놀림이 서툴러 보였다. 로즈 아줌마나 수많은 사람들처럼, 이모도 자신이 대비한 적이 없는 삶을 살고 있다고 생각하고 있을까. "필립스 부인은 좋은 하숙인이야. 여름에 찾아올 가능성이 있는 사람들도 두루두루 잘 알고."

"이크, 그 사람들이 부인과는 딴판이기만을 빌어 줄게요!"

"스텔라!"

그제야 부탁하러 왔다는 사실이 기억나서, 용건을 말했다. 이모는 듣기는 하면서도 인상을 쓴 채 널찍한 창턱을 물걸레로 닦았다. "로즈는 내가 끼어드는 걸 원하지 않을 거야."

"그럴 리 없어요! 아줌마는 투표하고 싶은 마음이 간절해요. 그 투표권을 따내려고 평생을 바쳤다고요. 다른 사람들은 몰라도 아줌마는 자격이……."

"네가 진정으로 보통선거가 옳다고 믿는다면 말이다. 마땅히 모든 사람이 투표할 자격이 있다고 여겨야지."

"무슨 말인지 아시면서."

"그게 로즈를 위한 일이니, 아니면 폐기를 위한 일이니?"

"두 사람 다요." 엄마가 맨체스터에서 선거일에 하려고 했던 계획을 이모에게도 말해 주었다. "그 계획이 이루어지도록 저도 힘을 보태고 싶어요. 겨우 여성 한 명을 위한 일이라고 할지라도. 저도 알아요. 제가 큰 힘이 못 된다는 거. 보잘것없다는 거." 너무나도 보잘것없다는 사실에 좌절해서 고개를 저었다. "그런데 제가 할 수 있는 건 그것뿐인걸요. 더구나 로즈 아줌마한테는 보잘것없는 힘이 아니에요. 이모가 도와주지 않으면 그것마저도 할 수 없어요. 저는 자동차 운전을 못 하니까요."

"자기 것도 아닌데 제멋대로 몰고 다니고 함부로 다루는 행태를 보면, 네가 운전할 줄 모르는 게 차라리 다행스럽다." 말은 까칠했지만, 입가에는 웃음기가 어려 있었다. 그 웃음기는 이내 사라졌다. "아, 오셨군요. 필립스 부인, 죄송합니다. 지금 쯤이면 끝낼 줄 알았는데…… 곧 마무리할게요."

필립스 부인이 문가에 서서 나를 바라보더니 고약한 냄새라도 나는지 코를 킁킁거렸다. 아마도 나긴 났을 것이다. 농장에서 돌아오면 대개 땀에 절어 있었으니까.

"이 집에는 투표소네 정치네 하는 그 천박한 이야기에서 빠져나갈 탈출구는 없나요?"

나는 사적인 대화를 하고 있었다고 받아치려고 했다. 그런데 엄밀히 따지면 여기가 부인의 방이라서, 품위 있게 참으며 명랑하게 말했다. "낸시 이모가 선거일에 저랑 친한 로즈 아줌마를 투표소까지 태워다 주신대요."

"정말이에요?" 부인이 이맛살을 잔뜩 찌푸렸다. 그런데 진짜로 어리둥절해하는 게 아니라 연기하는 것처럼 보였다. "그 반역자를? 그 여자가 투표하려는 후보는……" 그다음 말은 내뱉기만 해도 피해를 입을 것처럼 침을 꿀꺽 삼켰다. "신페인당 아니겠어요?"

"그거야 당연하죠." 로즈 아줌마가 아일랜드 공화국을 말할 때 눈에서 불꽃이 튀던 모습을 떠올리며 내가 말했다.

"그레이엄 씨." 필립스 부인이 이모에게 말했다. "부디 그…… 반역자? 교도소를 제 집처럼 드나드는 사람? 아무튼 그런 여자가 투표하는 걸 도와줄 생각일랑 거두세요." 이모에게 대꾸할 틈도 주지 않고 부인이 몰아붙였다. "만일 가엾은 내 남편 세드릭이……. 내가 굳이 이곳에 온 것은 점잖고 충성스러운 사회 지도층 집안이라고 믿었기 때문이에요. 내가 존경하는 메하피 목사님께 이 집을 추천한 것도 그 때문이고요!" 부인은 너무 끔찍해서 금방이라도 까무러칠 사람처럼 팔을 얼굴까지 들어 올려 허우적거렸다. "아니, 왜 댁네 아버님께서 무덤에서도 휙 돌아누우실 일을 하려는 거예요! 그분은 판사를 지내신 우리 아버님과도 친분이 두터우셨는데!"

여기는 내 집이라고, 죽는 한이 있어도 내가 원하면 누구든지 태워다 주겠노라고 이모가 쏘아붙이기만을 기다렸다. 웬걸, 창턱을 닦다가 똑바로 일어선 이모는 이렇게 말했다. "저기, 자기와 친한 사람이니 내가 도와줄 거라고 기대한 모양이에요. 그런데 부적절하다는 부인 얘기를 듣고 보니 귀가 솔깃하네요. 미안하다, 스텔라."

화가 치밀었다. 나는 휙 돌아서서 쿵쾅거리며 아래층으로 내려왔다. 그길로 밖으로 나와 이슬비가 내리는 어스름 속에서 탕탕거리며 정원을 돌아다녔다. 부글부글 끓어오르는 분노를 참다못해 울음을 터뜨리는 어린애 같은 짓만은 하지 않으려고 용썼다. 저렇게 소심할 줄이야! 저토록 나약할 줄이야!

운전할 줄 알면 얼마나 좋을까. 그러면 아무도 없는 새벽을 틈타 몰래 자동차를 몰고 가면 될 텐데. 투표소 앞에 자랑스럽게 주차하는 내 모습이 떠올랐다. 자동차에는 **여성에게 투표권을**이라는 구호가 적힌 현수막이 내걸려 있다. 내 옆자리에 앉은 로즈 아줌마는 뿌듯하고 감지덕지한 표정이다. 거리마다 여성 참정권 운동가들이 넘친다. 우리를 발견한 사람들이 차를 뒤따르며 현수막을 흔들고 환호성을 지른다…… 어찌된 일인지 그곳에 엄마도 있다. 내가 엄마와 함께 맨체스터로 돌아간

191

다. 그런 환영을 떨쳐 버리면서 바보처럼 기어이 흘리고 만 눈물을 훔쳤다.

바다를 볼 수 있는 오솔길 끝까지 터덜터덜 걸어갔다. 푸르스름한 잿빛을 띤 스산한 바다가 내 기분과 잘 어울렸다. 그러나 바다는 내 마음을 가라앉히기는커녕 거세게 휘저어 놓기만 했다. 여기서 벗어나야겠다고 마음먹었다. 공기가 상쾌하고 드넓은 이 공간이, 내가 자란 연기가 자욱하고 좁은 동네보다 더 숨이 막혔다. 사무직으로 일하든 하다못해 하녀 노릇을 하든, 벨파스트에 가면 일자리를 구할 수 있겠지. 헬렌 장례식이 있던 날, 낸시 이모가 샌디를 따라가지 못하게 말릴 때 듣지 말걸. 내가 같이 갔더라면 틀림없이 샌디가 기차를 탔을 텐데. 그랬다면 나도 그 도시에 눌러앉았을 텐데. 이곳에는 내가 할 일이 아무것도 없었다. 엄마가 그랬던 것처럼. 그래서 엄마는 도망쳤었다. 안전하게 몸속에 있는 나와 함께 영국까지 멀리멀리. 로즈 아줌마랑 같이.

다만…… 얼굴을 찡그리며 카디건 주머니에 손을 찔러 넣었다. 아기가 태어나기 전까지는 로즈 아줌마 곁을 떠나고 싶지 않았다. 나도 그 아기가 간절히 기다려졌다. 새 생명이. 지금 아줌마 부부가 기대는 사람은 나였다. 로즈 아줌마를 투표소에 데려다주지는 못할지라도, 닭장 청소며 힘든 집안일 따위는 해줄 수 있었다. 아기가 태어날 날이 가까워질수록, 아줌마에게는 내가 더욱더 필요할 것이다.

낡은 집 근처까지 왔을 때였다. 느릿느릿 어설프게 움직이는 형체가 보였다. 여기서 샌디를 만났던 그날 저녁이 퍼뜩 떠올랐다. 더 가까이 가서 보니 커다란 숄을 두른 미니였다. 한 아이가 미니 치맛자락을 붙잡은 채 따라가고, 또 다른 아이는 미니의 등허리에 업혀 있었다. 얼마 전에 태어난 아기라기에는 너무 크고, 걸음마를 하기에는 너무 어려 보이는 아이였다.

"안녕, 미니!" 내가 외쳤다. 미니가 쳐다보더니 고개만 까딱해 보인 뒤 아이들에게 뭐라 뭐라 하면서 가던 길을 계속 갔다. 걸음을 멈추지 않아서 다행이었다. 만약 미니가 멈춰 섰다면 무슨 말을 해야 할지 몰라 우물쭈물했을 것이다. 내 엄마와 미니네 엄마는 똑같은 병으로 죽었어도, 내가 백만 배는 더 운이 좋다는 걸 깨달았다.

저녁 식사 자리에서는 침묵하기로 마음먹었다. 낸시 이모는 내가 심통 부리는 줄 알겠지만, 사실은 그게 아니었다. 입을 열면 기어코 말싸움을 벌이거나 자칫하면 울음을 터뜨릴 것만 같아서, 내내 아무 말도 하지 않았다. 음식을 깨작거리는 내가 식욕이 없다는 것을 알아챘는지, 필립스 부인이 호들갑스럽게 내 건강 상태를 지레짐작하면서 독감에 걸린 것은 아니길 빈다고 했을 때도 꾹꾹 참았다. 부인이 주저리주저리 늘어놓기 시작했다. 독감으로 사망한 성직자도 많다고. 당연한 말이지만, 성직자는 독감에 너무 취약하다고. 존경하는 메하피 목사님이 무사하기를 빌면서 아침저녁으로 매일같이 기도한다고. 꼬박꼬박하긴 하지만, 요즘 같은 시절에 기도만으로 되겠느냐고. 가엾은 어윈 맥앤드루 씨의 아들이 독감으로 쓰러졌다는 신문 기사를 보지 않았느냐고. 그렇다고, 그 아들은 겨우 열두 살이었다고. 그러고는 이렇게 말끝을 달았다. "안타까운 일이지요. 그렇긴 해도, 장담하건대 바로 그 사실 때문에 사람들은 맥앤드루 씨에게 투표할 거예요."

"설마하니 동정표를 얻으려고 그런 기사가 실리기를 바라기야 했겠어요?" 낸시 이모였다.

"아무튼 그 사람이 당선될 겁니다." 매케이 할머니가 선언하듯 말했다. "일찍이 신페인당 후보가 이 지역에서 우세한 적은 없었어요. 그래서 지레 포기했는지는 몰라도 그 당에서 이번에 내보낸 후보는 듣도 보도 못한 더블린 출신의 애송이입니다. 그런 후보로는 어림없다는 걸 알아야 할 텐데."

"우아, 매케이 할머니는 아시는 게 많네요." 키트가 말했다. 나는 속상함을 내색하지 않으려고 애썼다. 정치에 관해 잘 아는 사람은 나인 줄 알았는데.

"1910년에는 이 지역에서 민족주의자들이 아슬아슬하게 2위를 했어요." 매케이 할머니가 계속 말했다. "그때는 민족주의 진영에서 대다수 선거구에 후보를 내지 않기로 했어요. 신페인당 후보들이 마음껏 출마하도록 말예요. 하지만 지금은 달라요. 이번에는 가톨릭교 신자들의 표가 갈릴 거예요. 우리 선거구에서는 신페인당 후보에게 투표하면 사표가 돼요. 그러느니 숫제 투표용지를 기린한테나 던져 주는 게 낫지요."

"대찬성이에요." 필립스 부인이었다. "내 남편도 기뻐할 거예요."

내가 나도 모르게 곁눈질로 낸시 이모의 기색을 살폈다.

그날 밤늦게 이모가 내 방에 들어와서 서성거렸다. 무척 신경이 쓰였지만, 계속 『미들마치』를 읽는 척했다. 이모가 위니프레드 카니의 작은 사진을 집어 들었다. 짐작하건대 이모는 그 사람이 누구인지 알 턱이 없었다.

"좋아." 이모가 말했다. "할게. 로즈의 정치적 신념에 동의하는 건 아니야. 눈곱만큼도 안 해. 그래도…… 뭐, 피붙이가 아무도 없을 때 페기 곁에 있어 준 사람이니까."

이모가 도와주기로 한 것은 신페인당 후보가 당선될 가망이 없었기 때문이다. 로즈 아줌마가 찍어 주더라도 결과는 조금도 달라질 게 없다고 믿었던 것이다. 하지만 적어도 이모가 하겠다고 했다.

"이모가 필립스 부인 앞에서도 지금처럼 말하길 바랐어요. 이모 집에서 이모에게 으름장을 놓을 수 없다는 걸 그 부인이 알아야 한다고요."

"얘, 사사건건 노래하고 춤추며 떠들썩하게 굴 필요는 없잖아. 안 그래?"

한숨이 나왔다. 노래하고 춤추며 떠들썩하게 구는 건 딱 내가 바라는 건데.

1234567890

그 이야기를 전해 듣고 로즈 아줌마는 울었다. 실제로 흐느낀
건 아니었지만, 눈에 눈물이 어려 반짝거렸다. 내가 처음 왔을
때처럼 내 손을 덥석 움켜잡기도 했다. 빨래하는 날이었는지,
젖은 침대보에서 피어오른 김이 부엌에 서려 있었고 아줌마 손
은 축축하고 따뜻했다.

"이게…… 얼마나 뜻깊은 일인지 넌 절대 모를 거야." 아줌
마가 말했다. "찰리한테도."

"아저씨요?"

"그 사람도 투표하는 건 처음이야."

아저씨가 주택 소유주가 된 것이 이 농장을 넘겨받은 이후였
던 모양이다. 이제는 주택을 소유하지 않아도, 남성으로 존재
하는 한 어차피 투표는 할 수 있었다.

"제가 얼른 나가서 아저씨한테 알려 드릴게요. 나간 김에 닭
장 청소도 하고요."

찰리 아저씨에게는 고맙다는 말보다 원망을 더 많이 들었다.
하지만 되도록 공감하려고 노력하다 보니, 자존심이 상했다는

걸 깨달았다. 생판 남남인 내가 해 줄 수 있는 일을 못 해 주는 심정을 이해할 만도 했다.

두 사람은 체념하고 「벨파스트 텔레그래프」를 읽기로 했나 보았다. 로즈 아줌마는 내가 가져다준 묵은 신문에서 선거 관련 기사를 꼼꼼히 훑어보았다.

"위니프레드가 벨파스트에서 출마하네!" 어느 날 아줌마가 말했다.

"어머! 당선될까요? 이곳에서도 여성이 출마하면 좋겠어요."

로즈 아줌마가 기사를 읽어 내려가다가 얼굴을 찌푸리며 말했다. "빅토리아 선거구라면, 벨파스트 동부 지역이야. 연합주의자의 당선이 확실한 곳인데." 아줌마가 한숨을 푹 내쉬었다. "위니프레드는 어림없겠어. 더블린에서 출마한 마르키에비츠 백작 부인하고는 달라. 마르키에비츠는 무난히 당선될 거야."

"그 선거구라면 공장 노동자들하며 여성이 많으니까…… 위니프레드에게 투표하지 않을까요? 노동조합주의자니까 출마 목적이 노동자의 권리와……."

"당연히 그럴 거야. 하지만 위니프레드는 1916년에 더블린 중앙우체국에 있었어. 얼마 후에 영국 교도소에 수감되었고. 연합주의자 여성이라면 여성 노동자들을 위해서 힘쓴 일들보다 봉기 가담 사실에 주목할 거야."

"진짜 말도 안 돼요!" 당장 벨파스트로 가서 위니프레드의 선거 운동을 돕고 싶은 심정이었다. 내가 연단에 올라서서 카니를 찍어 주세요. 여성에게 투표하세요! 라고 외치는 모습이 저절로 떠올랐다.

로즈 아줌마가 어깨를 으쓱했다. "여기 사정도 비슷해. 연합주의자나 민족주의자 진영 쪽 후보가 아니면 이기기 힘들어."

"어쩌면 바뀔지도 모르잖아요."

"어쩌면." 아줌마가 얼핏 슬픈 표정을 짓더니, 이내 활짝 웃었다. "아무튼 적어도 나는 투표하게 되었구나. 네 덕분에."

"낸시 이모 덕분이기도 해요."

"그래, 맞아. 너도 알겠지만, 네 이모는 늘 나를 싫어했던 사람이라 더더욱 고마워."

"아줌마를 왜 싫어했는데요?"

로즈 아줌마가 어깨를 으쓱해 보였다. "어이쿠, 그게 말이지. 까마득한 옛날이야기야. 내가…… 아니 우리가, 페기한테 악영향을 끼쳤다고."

"우리요?"

"음……." 아줌마가 신문을 넘기고는 아주 꼼꼼하게 읽는 것 같았다. 하지만 그 지면에는 코르셋 광고밖에 없었다. 현재로서는 관심을 둘 리 없는 물건이었다. "우리, 그러니까 나와 우리 오빠 조 말이야. 네 엄마랑 셋이 친구처럼 지냈어."

"엄마는 조라는 이름을 들먹인 적이 없어요. 아줌마 얘기만 했는걸요."

"아, 그렇다면 뭐." 아줌마가 얘기를 그만둘 낌새였다.

"그분은 어떻게 됐어요?"

"죽었어. 전쟁터에서 그런 건 아니고. 아주 오래 전에, 뉴욕에서 전차에 치여서. 오빠가 미국에 간 건…… 네 엄마가 영국에 갔던 그 무렵이야."

엄마는 늘 아버지가 미국에서 사고로 죽었다고 했다. 조……
그분이…… 내 아버지구나!

그 말을 입 밖에 내지는 않았다. 일찌감치 알아볼 생각을 못
하다니 이런 멍청이. 로즈 아줌마의 표정이 더는 얘기하고 싶
지 않다고 말하고 있었다. 왜 엄마는 단 한 번도 말해 주지 않
았을까? 내가 이해할 만한 나이가 될 때까지 기다렸던 것일까?
이제는 그럴 만한 나이가 되었건만.

로즈 아줌마의 배를 바라보았다. 내 짐작이 맞다면, 저 아기
는 내 사촌 동생이었다. 로즈 아줌마는 낸시 이모와 똑같이 나
와 아주 가까운 친척이었다. 꺅 소리치면서 아줌마를 끌어안고
드디어 알았다고 말하고 싶었다. 그러나…….

사사건건 노래하고 춤추며 떠들썩하게 굴 필요는 없지.

"언젠가 그분 이야기 해 주실 거죠?"

"그래, 언젠가는."

그때부터 나는 로즈 아줌마네서 시간을 너무 많이 보내지 않
으려고 조심해야 했다. 낸시 이모가 질투하게 만들고 싶지 않
았다. 더군다나 지금은 이모가 아주 중요한 부탁을 들어주기로
약속한 때였다. 쓸모 있는 사람이 되리라, 농장 얘기는 가능하
면 삼가리라 다짐했다. 아버지가 누군지 알아낸 것 같다는 얘
기는 절대로 하지 않으리라.

샌디가 보고 싶었다. 잘 몰랐을 때는 자기 방에 꼭꼭 숨어 있
든 말든 내 알 바 아니었지만 요즘은 닫혀 있는 방문을, 거의
손대지 않은 음식 쟁반을, 그림자도 얼씬거리지 않는 창문을
보는 것이 끔찍했다. 날이면 날마다 이런 생각을 했다. 오늘이

한결 기분이 좋아지기 시작한 그날일지 몰라. 다시 세상에 나오고 싶을지도 몰라. 그러나 내 예상은 매번 빗나갔다.

"비통은 오래가." 키트가 말했다. 샌디 방의 창문을 올려다보고 있는 나를 발견한 어느 날이었다. 그때 나는 폭풍이 몰아친 이후에 낙엽이며 잔가지들이 나뒹구는 정원을 치우려고 나간 참이었다.

"알아요." 내 얼굴이 붉어졌다. 내가 샌디에게 홀딱 반했다고, 키트가 오해하면 어쩌나 싶었다. 그런데 내가 얼굴을 붉힌 적은 이번이 처음이었다. 어쩌면 내가 사랑에 빠졌다는 암시일지 모른다고 생각하니 얼굴이 더욱 빨개졌다.

"서니뷰에 있는 남자들 중에도 그런 사람이 더러 있어." 키트가 말했다. "자신을 스스로 가두는 사람 말이야. 벌컥벌컥 화를 내는 사람도 있고, 우는 사람도 있어. 또 어떤 사람은……" 키트가 빙긋이 웃었다. "쾌활해. 팔다리도 없는 몸뚱이로 앉아 있을 때조차 장난도 치고. 사람은 모두 다른 것 같더라."

"계속 여기 있을 거예요? 이제 전쟁도 끝났는데?"

"응. 고향에 돌아갈 마음이 별로 없어. 사귀던 사람이 갈리폴리 전투에서 죽었거든."

"그랬군요."

"그래. 차라리 여기 있는 게 나을지도 몰라. 적어도 나를 필요로 하니까. 아 참, 그리고 보니 가야 되는구나. 일손이 또 줄었거든. 직원 두 사람이 독감에 걸려서."

서니뷰에도 독감 환자가 생기다니! 그 생각은 덮어 두기로 하고 하던 일을 계속했다. 오랫동안 지저분하게 쌓인 낙엽 더미가 볼썽사나웠다. 마지막으로 남은 것을 쇠스랑으로 퍼서 외바퀴 수레에 싣고 두엄 더미 쪽으로 밀고 내려갔다. 그곳은 더더욱 보기 흉했고, 거뭇거뭇 썩어 가는 낙엽 냄새가 코를 찔렀다. 손잡이를 들어 올려 수레를 비웠다. 새로 떨어진 나뭇잎이 묵은 낙엽과 뒤섞이고, 검게 뭉그러진 낙엽들 속에 섞여 바스러진 갈색 낙엽이 보였다. 그 거뭇한 덩어리 속에서 무엇인가가 환하게 빛났다. 마치 까만 밤하늘에서 별 하나가 반짝거리는 것처럼. 3페니짜리 동전이었다. 그것을 주워서 장갑으로 싹싹 문질러 닦았다. 워낙 변색이 심해서 광택은 별로 나지 않았지만, 아주 작은 희망의 불꽃 같았다.

1234567890

12월이 마지못해 흘러가면서, 선거일이 며칠 앞으로 다가왔다. 12월 14일 토요일에 동그라미를 치고 가위표로 달력 날짜를 지워 나갔다. 14일 이후의 날들이 매우 공허해 보였다. 물론 이모네 집에서도 농장에서도 내가 도울 일은 있을 것이다. 하지만 그 일들이 지지리도 시시해 보였다. 세상을 바꾸는 일을 하고 싶었다. 정말이지 나는 세상을 바꾸고 싶었다.

선거일 전날, 중요한 사명을 띤 자동차답게 반짝반짝하도록 닦았다. 전조등도 현대적이고, 늠름하고, 눈부시도록 빛나는 느낌이었다. 광택제로 마무리하면서 사람들이 너무 겁내지 않았으면 좋겠다고 생각했다.

그 후에 비가 내리기에 이모가 감자를 깎는 동안 부엌에서 당근을 썰었다. 조금도 힘들지는 않았지만, 너무 지루하고 현대적이지 못한 일이었다. 빗줄기가 유리창을 때렸고 환한 주황색 당근 말고는 모든 것이 우중충해 보였다.

"내일 일을 생각해 봤는데요. 제가 꼭 이모랑 같이 갈 필요는 없겠죠?"

"왜? 그거야 그렇지만…… 잔뜩 기대하던 날이잖니."

"저는 걸어가려고요. 시내에서 만나면 되니까요. 로즈 아줌마가 투표하러 들어가는 모습도, 이모도 볼 수 있을 거예요. 걸어 다니면서 즐기고 싶어요."

"아하!" 이모가 알았다는 듯이 고개를 끄덕거렸다. "너 또 멀미할까 봐 불안한 게로구나? 아주 조심조심 운전할게."

"조금요." 이모 뒤통수를 때리는 것 같아서 얼굴이 화끈거렸다. 이모는 내가 얼마나 겁먹고 있는지 몰랐다. 아마 사람이 얼마나 바보스러운 짓을 할 수 있는지 상상도 못 할 것이다. 특히 나 같은 사람이. 내가 말머리를 돌렸다. "오늘은 서니뷰에서 봉사하는 날 아니에요? 아…… 독감이 돌아서 안 가셨군요."

이모가 감자 껍질을 통에 쓸어 담았다. "그래. 또……" 이모가 인상을 썼다. "등이 쑤셔서. 내일 운전해야 하니까 오늘은 쉬려고."

"집안일이 너무 많아요." 미약하지만 확실한 두려움을 밀어내면서 내가 말했다. "이제는 미니네 동생 시씨가 일을 시작해야 되는 거 아니에요?"

"요즘은 통 보이지도 않더라."

"제가 그 집에 찾아가서 물어볼까요? 어쩌면 미처 생각을 못 하고 있는지도 몰라요."

이모가 한숨을 내쉬었다. "아니야, 스텔라. 그 집에 또 병에 걸린 사람이 생긴 게 틀림없어. 뭐든 간에 네가 병에 걸리는 건 싫다."

서니뷰에 독감이 번진 이후로, 낸시 이모는 뒷문 옆에 세척

장을 설치했다. 키트는 옷을 갈아입고 간호사복을 리졸로 깨끗이 빨고 몸을 씻은 다음에 집 안으로 들어오게 했다. 그뿐 아니라 세탁한 간호사복은 다용도실 바깥에 있는 눅눅하고 작은 복도에 따로 널어 두게 했다.

"안 말랐잖아요!" 키트가 불만을 터뜨린 것은 그런 생활을 시작한 바로 다음 날 아침이었다. "내 생각을 말해 볼까요? 이건 나더러 독감에 걸리란 소리나 다를 바 없다고요!"

낸시 이모는 요지부동이었다. 요즘엔 입에 둘둘 감은 스카프를 아예 벗지도 않는, 그러면서도 말은 그칠 줄 모르는 필립스 부인은 이모보다 훨씬 매정하게 굴었다. 독감이 씩씩거리면서 온 나라를 활보하고 다니는 늑대였다면, 우리는 방어벽을 치고 집 안에 들어앉아 있는 돼지 새끼 꼴이었다.

그러나 제아무리 튼튼한 방어벽을 치더라도 적을 완벽하게 막아 주지는 못했다. 그날 저녁 식사 시간이 되었는데도 낸시 이모가 내려오지 않았다.

"네 이모는 지금 누워 계신다. 걱정할 거 하나 없어." 매케이 할머니가 말했다. 그러고는 내게 웃어 보이면서 음식을 듬뿍, 아주 듬뿍 담아 주었다.

나는 접시를 멀거니 바라보았다. 덩이진 두려움이 목구멍에서 점점 부풀었다. 두려움 때문에 체할 것 같은데도, 당근 한 조각을 억지로라도 삼켜 보려고 했다. 감자에 남아 있는 껍질 쪼가리를 떼는데 감자를 깎던 이모가 생각났다. 등이 쑤셔서. 내일은 운전을 해야 하니까.

우리의 선거일이 결국 이렇게 끝나고 마는 걸까?

누구랄 것도 없이 다들 제대로 먹지 못한 채 저녁 식사를 마친 다음이었다. 오늘따라 더 늙어 보이고, 살갖은 낙엽 뒷면처럼 메마른 매케이 할머니가 말했다. "이모한테 차를 갖다 드리고 내 방에 가 봐. 내가 자그마한 깜짝 선물을 마련했다."

낸시 이모 방은 어두침침했고, 커튼이 쳐져 있었다. 이모는 잠들지는 않았지만, 코바늘로 짠 담요를 푹 뒤집어쓰고 누워 있었다. 나는 문가에서 서성거렸다.

"그렇게 겁먹은 표정 하지 마!" 이모가 힘겹게 일어나 앉았다. "그거 차니? 마침 잘 가져왔구나."

"독감에 걸린 거예요?" 쟁반을 침대 옆 탁자에 내려놓으며 불쑥 내뱉었다.

얼굴을 찌푸리는 이모를 보니까 희망이 솟구쳤다. 예전에 똑같은 질문을 했다가 생리통이라는 사실을 알게 되었던 기억이 떠올라서.

"괜찮아. 두통기가 좀 있어. 과로하면 늘 겪는 일이야. 걱정 마. 오늘은 일찍 자야겠다. 그래야 아침에 가뿐하게 일어나서 투표장까지 사람들을 실어 나르지."

"약속하는 거죠?" 내가 철부지처럼 물었다.

"약속해. 이제 차를 따라 주렴. 텁텁하고 쓴맛이 나기 전에."

방에 돌아와 보니 처음 보는 목도리가 침대 위에 잘 개켜져 있었다. 보라색과 녹색과 하얀색으로 줄무늬를 넣은 부드럽고 두툼한 털목도리였다. 그 세 가지 색깔은 바로 여성 참정권 운동의 상징색이었다. 내일 투표소에 갈 때 두르고 가라는 선물일 터였다. 늙어서 뻣뻣하게 굳었어도 다정한 손으로 남몰래

떴을 매케이 할머니를 생각하면서 털목도리를 곧바로 목에 둘둘 감았다. 위로의 선물일 텐데, 어쩌면 행운의 선물이 될지도 몰랐다.

1231567890

잠을 설쳤다. 집 안에서 누군가 자세를 바꾸느라 삐걱거리는 소리를 낼 때마다, 올빼미가 날카로운 소리를 지를 때마다, 유리창이 나뭇가지에 긁히는 소리가 날 때마다 깜짝깜짝 놀랐다. 더 불길한 소리가 들릴 것 같아 조마조마했다. 유파토리아가에서 살 때가 떠올랐다. 뜬눈으로 누워서 옆방에서 엄마가 기침하는 소리며 숨넘어갈 듯이 캑캑거리는 소리에 귀를 기울이고 있는 나, 억지로 몸을 일으켜서 엄마 방으로 들어가는 내 모습, 엄마 입에서 질질 흘러나오는 피, 푸르뎅뎅하게 변해 가는 엄마의 얼굴, 쉬어지지 않는 숨과 싸우기라도 하듯 목을 할퀴어 대던 엄마의 손……

기침 소리였을까? 아래층에서 났나? 나는 일어나 앉아 침대 옆에 있는 등을 켰다. 그러나 사방이 조용했다. 성가시더라도, 지금 볼일을 봐 두기로 했다. 투덜거리면서 팔부터 밀어 넣어 가운을 걸친 뒤, 살금살금 욕실로 내려갔다. 하필이면 그때 샌디가 아래층으로 내려왔다. 우리 둘 다 무안해서 덩실거리는 듯한 동작으로 살짝 비켜섰다. 볼일 때문에 무안했다기보다는

지극히 일반적인 이유로 당황했다. 서로 얼굴 본 지가 꽤 되기도 했고, 자전거 수리를 도와 달라고 했을 때 샌디가 옹졸하게 굴었기 때문이기도 했다. 그런데 이렇게 민망스러운 상황에서 마주쳤던 것이다.

"숙녀 먼저."

턱을 바짝 치켜들고 그렇게 구닥다리처럼 굴지 말라고 쏘아붙일 수 있었지만 볼일이 너무 급했다. 결국 최대한 냉정한 말투로 "감사합니다, 레이드 대위님." 하고는 욕실로 들어갔다. 문 앞에서 기다리지 말기를 빌었다. 분명히 점잖게 위층으로 올라가서 서성거리고 있으려니 했다. 그런데 문을 열었더니 샌디가 서 있었다. 나는 문을 열어 둔 채로 샌디 옆을 지나왔다.

"제발 레이드 대위라고 부르지 마. 정말 싫다."

계단참 창문에 비친 차가운 달빛에 드러난 샌디 얼굴이 헬쑥했다. 그뿐 아니라 아주 형편없이 세탁한 침대보처럼, 거무튀튀하고 쪼글쪼글하기까지 했다. 이럴 수가! 아무래도 샌디도 걸린 모양이었다. 분명코 전혀 건강해 보이지 않았다. 우리 모두 그것에 걸려 한 명씩 한 명씩 죽어 갈 공산이 열에 아홉이었다. 제각각 오물을 토한 침대에서 죽은 채로 발견되었다는, 신문에서 읽은 그 가족처럼.

"그 뭐냐, 저는요. 자전거 고치는 것도 도와주지 않는 사람은 싫어요." 이렇게 말한 것은 진짜 걱정거리를 털어놓는 것보다 훨씬 쉬워서였다. "친구처럼 지내다가 어느 날 그냥 사라져 버리는 사람도요." 내 귀에도 열 살배기 말처럼 들렸다.

"나는 아무 데도 안 갔어."

"시치미 떼지 마세요." 내가 퉁명스럽게 쏘아붙였다. 그다음에 그야말로 어처구니없는 일이 벌어졌다. 울음이 터지기 시작한 내가 볼썽사납게 콧물이 범벅된 얼굴로 훌쩍훌쩍 흐느끼면서, 알아듣기도 힘든 소리를 떠듬떠듬 뱉어 냈다. "낸시 이모도…… 모두 다 죽을 거예요……. 내가 알아요." 이젠 아주 다섯 살배기 같았다.

"스텔라!" 샌디가 한 팔을 내게 둘렀다. 퀴퀴한 담배 냄새가 났지만 팔 힘은 셌다. "무슨 일 있어?"

"낸시…… 이모가 저녁때 식당에 안 내려왔어요. 그리고 등…… 등이 쑤신댔어요." 또다시 울음이 터졌다. "두…… 두통이래요. 하지만 알아요! 제…… 제가 안다고요."

샌디가 나를 가만가만 흔들었다. "네가 잘못 안 거야. 설령네 말대로라고 해도……" 샌디 얼굴이 흐려졌다. "그게 곧 죽는다는 뜻은 아니야. 대부분은 죽지 않아. 나는 안 죽었잖아. 너도그렇고."

"제 엄마는 죽었어요. 헬렌도. 미니네 엄마도……. 수많은사람들이! 수백만 명이!"

"그래도 네 이모는 돌아가시지 않을 거야." 샌디가 손수건을꺼내서 내밀었다. 그 모습을 보니 위로하려고 애쓰는 쪽이 나이고 불안 상태에 빠진 쪽은 샌디였던 그때가 떠올랐다. 소설속에서는 사람들이 사랑 문제로 울던데, 우리 둘은 사랑에 빠지기 힘든 부류인 것 같았다. 나는 어깨를 들썩이며 씩씩거리다가 좀 어처구니가 없어서 코웃음을 치고 말았다.

"옳지, 그래야지." 샌디가 이렇게 말하고는 나를 옆으로 끌어당겼다. 우리 둘은 계단 꼭대기에 앉아 있었다. "만에 하나 네 이모가 독감에 걸렸다고 해도, 우리는 잘 대처할 거야. 우리는 대다수 사람들보다 운이 훨씬 좋아. 방도 많고, 네 이모는 의사를 부를 형편도 되니까."

"의사가 안 올 거예요!" 내가 울부짖었다. "왕진 다닐 만큼 의사가 많은 것도 아니고요."

"음, 이 집에는 전문 교육을 받은 간호사가 있잖아."

"지금은 없어요. 야간 근무라서." 내가 빽 소리를 질렀다. "이모는 죽을 거예요, 내가 안다고요. 엄마에게 생긴 일이 또 일어날 거예요."

"스텔라!" 샌디가 또다시 나를 흔들었다. 이번에는 훨씬 세게. "그만해. 너답지 않아."

"그게 무슨 뜻이에요?"

"너는 절대로 겁먹지 않잖아! 항상 어떻게든 할 수 있는 방법을 찾잖아. 네 이모가 독감에 걸리지 않았다고는 장담 못 해. 그런데 만약에 걸렸다고 해도, 심하게 앓지는 않을 거야. 그건 내가 장담해."

"나는 아무것도 장담 못 하겠어요. 겁나는 것도 많고요."

샌디의 손수건을 만지작거리다가 문득 궁금해졌다. 남자는 여자처럼 많이 울지도 않으면서 손수건은 왜 이렇게 큰 것을 가지고 다닐까. 샌디가 녹색 카펫을 짚고 있는 내 손 옆에 손을 내려놓았다. 달빛이 샌디가 차고 있는 손목시계의 허연 글자판을 밝게 비추었다. 2시 반이 거의 다 되었다. 하품이 나왔다. 그때 밤을 가르는 기침 소리에 내 몸이 얼어붙었다.

"으악!" 온갖 두려움이 또다시 나를 엄습했다.

"필립스 부인이야. 밤 시간 중 절반은 기침으로 보낼 때가 많더라. 브론테 자매*와 함께 사는 기분이 들 정도로. 아 참, 그러고 보니…… 이제 그만 들어가서 자. 그 눈부시게 매력적인 목도리가 썩 잘 어울린다만, 잠옷 바람으로 내처 앉아 있지 말고."

★『제인 에어』의 작가 샬럿 브론테,『폭풍의 언덕』의 작가 에밀리 브론테, 역시 작가인 앤 브론테까지 세 자매가 모두 폐결핵으로 사망한 것으로 알려져 있다.

1 2 3 2 5 6 7 8 9 0

크리스마스에는 늘 그랬듯이, 선거일에도 일찍 잠이 깰 줄 알
았다. 초조하게 종종걸음으로 주위를 맴돌면서, 이모가 아침
뒤걷이를 끝내고 어서 출발하기를 기다리는 내 모습을 상상하
곤 했었다.

아무것도 뜻대로 되지 않았다.

무엇보다 먼저 내가 늦잠을 잤다. 샌디와 이야기하고 돌아온
뒤에 잠을 설치다가 동이 틀 무렵에야 곤히 잠들었다. 눈을 떴
을 때는, 늦어도 한참 늦었다. 커튼을 밀어젖히고 바깥을 살폈
다. 흐리긴 해도 햇빛이 비쳤다. 9시가 다 됐다는 뜻이었다. 아
침 식사를 거의 마칠 시간이었다. 사람들이 늦잠꾸러기라고 놀
릴 터였다. 필립스 부인은 한술 더 떠서 제때 일어나는 것조차
못 하면서 어느 세월에 세상을 바꾸겠느냐고 빈정거릴 게 뻔했
다. 그럴지라도 우아하게 꾹 참을 작정이었다. 낸시 이모가 꼿
꼿하고 건강한 모습으로 식당에 있기만 하면.

후다닥 방에서 뛰어나왔다. 계단 꼭대기에 도착한 순간 페놀
냄새가 확 끼쳤다. 낸시 이모의 방문이 열리면서 키트가 나왔

다. 아직도 간호사복 차림이었다.

　낸시 이모가 좋아할 리 없는데, 집에 오자마자 간호사복을 갈아입어야 좋아할 텐데. 뒤미처 어떤 상황인지 알아챘다.

　"으악! 이모가……?"

　"목소리 낮춰." 키트가 조용히 타일렀다. "일어나다가 실신하셨어. 방금 침대에 눕혀 드렸다."

　내 손이 날쌔게 입을 가렸다. "그럴 줄 알았어요! 내가……."

　"쉿. 페놀에 푹 적신 침대보를 방문에 걸어 두고 나왔어. 들어가면 안 돼, 스텔라. 약속할 거지?"

　"하지만……."

　"그다지 심각하지는 않아. 내 말 믿어. 저대로 푹 쉬고 나면 좋아지실 거야. 안 그럴 이유가 전혀 없어. 내가 돌봐 드릴게. 이틀간 비번이니까."

　"의사 선생님은요?"

　"필요하면 불러야지. 하지만 체온이 조금 높을 뿐이야. 기를 쓰고 일어나지 말아야 했는데, 너한테 실망을 주면 안 된다고 자꾸 고집을 부리시더니 그만. 네가 이해할 거라고 했어."

　"이해해요, 하고말고요. 이모가 회복만 하면 그런 건 아무 상관 없어요." 내가 큰 소리로 말했다. 어린애가 그린 해괴한 유령처럼 너울거리는 침대보를 넘어 이모에게 들리길 바랐다.

　매케이 할머니가 계단을 올라왔다. "스텔라, 옷 입고 내려와서 오트밀이라도 먹자. 필립스 부인은 자기 방에서 히스테리를 부리고 있다……. 때가 왔다고 확신하는 게지. 너는 사리 분별을 할 수 있다고 믿어."

213

할머니가 경고하듯 말했다.

온 집 안이 쥐 죽은 듯 괴괴해서 기분이 이상했다. 낸시 이모는 안전하게 문을 꼭 닫은 채 방에 있었지만, 페놀은 냄새를 풍기며 공중을 떠돌았다.

허겁지겁 식당에 내려왔지만 먹히지 않았다. 하지만 매케이 할머니가 억지로라도 더 많이 먹이려고 지켜보고 서 있었다.

"그거 다 먹으면, 따뜻하게 옷 잘 챙겨 입고 밖에 나가. 바람 좀 쐬고 와. 쓸데없이 하루 종일 집 안에서 맥없는 얼굴로 알짱거리지 말고. 내가 육수도 끓이고, 키트가 눈을 붙이는 동안 신경을 곤두세우고 있을 테니까. 너는 걸리적거리기만 할 뿐 아무 도움이 안 돼."

식당을 나와서 외투를 가져오려고 복도를 걸어가는데 생각이 꼬리를 물었다. 엄마가 앓아누워 있는 내내 가슴을 졸였고, 한편으로는 내가 아무것도 하지 못할 거라는 죄책감에 시달리기도 했다. 그때는 아무도 없었으므로, 나 혼자 모든 일을 감당해야 했다. 그런데 너무 무서워서 제대로 하지 못했다. 만약 엄마에게도 키트처럼 대처 방법을 잘 아는 사람이 있었다면, 매케이 할머니처럼 따뜻하고 사리 분별 있는 사람이 있었다면, 그렇게 지독하게 앓지 않았을지 몰랐다. 어쩌면 지금쯤 건강해져서, 관광버스를 타고 유파토리아가를 누비고 다니면서 투표할 여성들을 모으고, 세상 바꾸는 일을 하고 있을지도 몰랐다. 나는 곁에서 엄마를 돕고.

외투를 입었다. 늘 그렇듯이 이번에도 겨드랑이에 끼여 있는 팔소매를 먼저 빼내야 했다. 그런 뒤 모직 베레모를 꼭꼭 눌러

쓰고 새 목도리를 둘렀다. 주방에서 풍겨 나오는 육수 냄새에 코가 저절로 찡긋거렸다. 위층에서 코 고는 소리가 작게 들렸다. 심호흡을 하면서 낙관적으로 생각하려고 애썼다. 낸시 이모는 치료에 보탬이 될 모든 것을 갖추고 있다고, 만약 낫지 않으면 재수가 더럽게 없는 거라고. 그런 반면에 엄마가 가진 건 눅눅한 방 한 칸뿐이었고, 나 말고는 간호할 사람도 없었다. 게다가 가지 말아야 하는데도 아픈 몸을 이끌고 일하러 가야 했다. 몸이 욱신거리는 통증을 처음 느꼈을 때도 침대에 누워 쉴 수 없었다. 미니네 엄마도 마찬가지였다. 그 하원 의원의 아들만 봐도 알 수 있듯이, 당연히 부자들 중에도 독감으로 죽은 사람은 있었다. 그러나 항상 가난한 사람의 피해가 훨씬 컸다.

샌디 말이 맞았다. 독감에 걸렸다고 해서 다 죽지는 않았다. 샌디는 죽지 않았다. 심지어 거의 앓지도 않았다고 했다. 나도 몸이 안 좋긴 했지만 며칠 만에 나았다. 서니뷰 직원 두 사람도 지금은 눈에 띄게 좋아졌다. 로즈 아줌마와 찰리 아저씨도 이겨 냈다.

앗! 아줌마와 아저씨가 나를 기다리고 있을 텐데, 도무지 연락할 방법이 없었다. 우리 둘 중 누군가 아픈 모양이라고 생각할까? 아니면 길에서 차가 뒤집혔다든지 하는 더 끔찍한 상상을 하려나? 두 사람에게 걱정을 끼칠 수는 없었다. 특히나 홀몸도 아닌 아줌마에게 해로웠다.

매케이 할머니에게 내가 갈 곳을 알려 주려고 부엌을 들여다보았다. 숱도 얼마 없는 회색 머리를 단단히 틀어 올리고 육수 끓이는 솥이 내뿜는 김 속에 서 있는 모습을 보니 재미있었다. 괴로워하는 듯 보이면서도 이상하리만큼 행복한 얼굴이었다. 뭔가 할 일이 있어서 좋아하는 기색이었다. 할머니가 내 목도리를 더 단단히 둘러 주면서 미소를 지었다.

키트의 자전거를 타고 가고 싶은 유혹을 느꼈다. 내 것은 너무 불편하고 무거웠다. 하지만 허락 없이 타지 않겠다는 약속도 했고, 허락을 받자고 잠든 키트를 깨우고 싶지도 않았다. 혹시라도 의사를 부르러 가야 할 상황이 생길지도 몰랐다!

허술하고 낡은 자전거를 끌고 집 앞으로 돌아 나가는데 마당 찻길에 죽은 듯이 앉아 있는 자동차가 보였다. 빗물 자국이 몇 줄 생겼을 뿐, 어제와 다름없이 반짝반짝 빛났다. 불쌍한 자동차! 내 계획은 영광스러운 선거 원정이 아니었다. 엄마가 유산처럼 남긴 그 계획에 비하면 보잘것없었다. 나는 슬픈 손가락으로 비가 그어 놓은 줄 하나를 쓸어내렸다. 낸시 이모가 처음으로 나를 태우고 산길까지 올라갔을 때 느꼈던 공포가 기억났다. 집으로 돌아오는 길에 이모의 손동작과 발동작을 눈여겨보다가 해 볼 만 할 것 같은 자신감이 들었던 기억도 났다. 이제는 길도 훤히 아는 데다, 자전거와 수레 말고는 오가는 차량도 거의 없었다. 낸시 이모는 운전 솜씨가 좋지 않은데도 실제로 단 한 번도 충돌 사고를 내지 않았다.

제까짓 게 어려워 봤자 얼마나 어렵겠어?

너는 절대로 겁먹지 않잖아! 항상 어떻게든 할 수 있는 방법을 찾잖아.

내 자전거를 벽에 기대어 세워 놓았다. 그냥 시동 크랭크만 한 번 돌려 보자고 생각했다. 할 수 있겠는지 알아보자. 혹시 실수하더

216

라도, 아무 일도 일어나지 않을 거다. 드디어 시동 크랭크를 움켜잡았다. 생각보다 훨씬 묵직했다. 힘껏 돌리고 나서 한 번 더 돌렸다. 엔진이 털털대면서 요란한 굉음을 낼 때까지 계속 돌렸다. 누군가 쫓아 나와서 그만두라고 말할 것만 같았다. 시끄러운 소리가 들렸을 것이다. 그런데 아무도 나오지 않았다. 집 앞뜰은 비어 있었고 아무 소리도 들리지 않았다. 자동차 문을 열고, 몸을 수그려 운전석에 올라앉은 뒤 앞 유리를 통해 살펴보았다. 운전석에 앉아서 보니까 보닛 너머 찻길이 이상했다. 멀게 보이는 동시에 아주 가깝게도 보였다. 발치에 있는 페달들을 내려다보았다. 출발할 때 밟는 것과 정지할 때 밟는 것은 알았다. 나머지 하나는, 쓰임새가 뭔지 알 수가 없었다.

첫 번째 페달을 살짝 밟았는데 드르륵 갈리는 소리와 함께 자갈길 위에서 요동을 치며 자동차가 쌩 달려 나갔다. 순간 환희의 마력에 도취했다. 내가 해야 할 것은 오로지 방향 조종밖에 없었다. 낡은 자전거를 조종할 수 있었다면, 내가 조종하지 못할 것은 이 세상에 없었다! 그렇게 우쭐한 기분으로 운전대를 아래쪽으로 휙 돌렸는데 차가 왼쪽으로 쏠렸다. 이건 무슨 괴성을 질러 대고 통제가 안 되는 무지막지한 괴물 같았다. 그 와중에 문기둥은 자동차를 덮칠 기세였다. 도대체 저건 또 어디서 나타났지? 제발 브레이크 페달이기를 빌면서 힘껏 밟았는데 웬걸, 차가 더 큰 소리를 내고 요동을 치면서 앞으로 나갔다. 운전대를 힘껏 꺾어서 가까스로 문기둥을 피했더니, 이번에는 아이코! 누군가가 나타났다! 그 사람이 두 팔을 흔들어 대며, 소리치고 있었다. "멈춰, 제발! 브레이크 밟아! 가운데 거."

내 발이 어찌어찌 브레이크를 찾아 꽉 밟았다. 몸속 뼈란 뼈를 모두 뒤흔들어 놓을 기세로 요동을 치면서 차가 멈췄고, 엔진이 털털거리다가 마침내 꺼졌다.

안도감이 밀려들면서 몸이 핸들 위로 무너졌다.

"도대체 어쩔 셈으로 그런 거니? 너 아주 돌았구나, 스텔라…… 마당 찻길에서 깔려 죽으려고 내가 서부 전선에서 살아남은 줄 알아?"

샌디였다. 그 와중에도 내가 눈여겨볼 만큼 흥미로운 것이 있었다. 격분한다고 해서 항상 얼굴이 뻘게지는 것은 아닌가 보았다. 새하얘지는 수도 있었다. 어쩌면 혹시 살짝 두려웠나?

해명하려는데 영 목소리가 나오지 않았다. 숨이 몹시 가빠졌고, 엄청난 무엇인가가 심장을 마구 두드려 댔다. 내 심장이 틀림없었지만, 여태껏 심장이 그런 일을 할 수 있다는 걸 깨닫지 못했다.

"스텔라?"

나는 마른침을 꿀꺽 삼켰다. "로즈 아줌마를 투표소에 태워다 주겠다고 약속했는데요. 이모가 독감에 걸려서 운전을 못 해요…… 내 말이 맞았어요. 그래서 내가 운전을 해 봐야겠다고 생각했어요. 로즈 아줌마에게 실망을 주기 싫어서."

샌디가 고개를 절레절레 흔들었다. 얼굴빛이 천천히 돌아오고 있었다. "그 말은…… 꽤…… 일리가 있어. 그런데 말이다…… 내가 잘못 알고 있는 거라면 미안하다만, 실제로 너는 운전을 못 하지 않니?"

"엄밀히 말하면 못 해요. 눈으로 보는 것보다 훨씬 어려웠어

218

요." 내가 솔직히 인정했다.

샌디가 숨을 훅훅 내뿜었다. "창가에서 널 보았어. 내가 착시를 일으킨 줄 알았다. 아니면 드디어 미쳤는가. 그래서 내려왔지. 확인해 보려고⋯⋯. 뭐, 너를 막아서려고 내려온 셈이 됐다만. 아무튼 날 들이받는 줄 알았다."

"운전 요령을 익히고 있었어요."

샌디가 이맛살을 찌푸렸다. "문이나 열어. 원래 있던 자리에다 갖다 놓게. 널 발견한 사람이 나 혼자인 게 다행인 줄 알아."

내가 조수석으로 옮겨 앉았다. 차에서 내리는 편이 좋았겠지만, 사실 제대로 일어서지 못할 것 같았다. 샌디가 시동 크랭크를 돌린 다음에, 몸을 수그려 운전석에 올라앉았더니 차를 매끄럽게 후진했다.

"운전 잘하네요."

"당연하지."

"왜 당연해요? 남자여서요?"

"군대에서 배웠으니까." 샌디가 어깨 왼쪽을 넘겨다보았다. 바짝 긴장한 얼굴이었지만, 차는 순순히 뒤로 잘 굴러갔다. "충돌 사고를 내지 않았으니 망정이지 너는 말할 것도 없고, 차가 박살 날 수도 있었어."

"속력이 그렇게 빠른 줄 몰랐죠. 뭐랄까 꼭 나를 떼쳐 내버릴 것만 같더라고요."

샌디가 원래 주차되어 있던 곳에 차를 안전하게 세워 놓았다. 고작 100미터 정도밖에 안 되는 거리가, 어쩜 그렇게 멀게 느껴졌는지. 샌디가 벌떡 일어나 내리더니 조수석 쪽으로 돌아와서 문을 열어 주었다. 나는 그대로 앉아 있었다.

"스텔라?"

"다시 타세요."

"왜?"

"잠깐만요. 부탁이에요."

"설마 나한테 운전을 배워서……."

"아니에요. 저는 아직 배울 준비가 안 된 것 같아요. 그러니까, 어서요."

샌디가 한숨을 쉬었지만 다시 운전석에 올라앉았다. "왜?"

"밖에 나온 게 처음이잖아요, 그때……. 아무튼, 아주 오랜만이잖아요."

"한 달하고 하루 만이야."

"기분이 어떠세요?"

"솔직히 말하면, 물불 가리지 않는 어떤 차 도둑 소녀한테 깔려 죽을지 모를 판이어서 기분 따위 생각하고 자시고 할 겨를이 없었다." 샌디가 주머니에서 담배를 꺼냈다. 거의 죽을 뻔한 일을 겪은 데 따른 행동일 가능성이 아주 높았다. 그럼에도 조금 더 앉아 있을 준비가 되었음을 알려 주는 확실한 징표이기도 했다. "나는 아무 일 없으니까, 살아 있다는 것에 익숙해지도록 나 좀 그냥 내버려 둬."

부탁해. 아무리 심하게 굴어 봤자 거절하는 것뿐이잖아.

그러면 안 돼. 지난번에 어디에든 나가 보려고 했다가 무슨 일이 생겼는지 봤잖아. 공황 상태에 빠져서 교통사고라도 내면 어쩔래? 저번처럼 딱 얼어붙어 버리면 어쩔 건데?

220

적어도 너는 일단 시도는 해 보는 아이였다고.

"샌디? 부탁 좀 해도 될까요?"

샌디가 차창 밖으로 재를 톡 털었다.

"어디에도 가기 싫어하는 건 아는데요⋯⋯."

"그건 좋아하고 싫어하고의 문제가 아니야."

"알아요. 하지만 오늘은⋯⋯ 아주 중요한 날이거든요. 로즈 아줌마는 투표권을 따내기 위해 평생토록 싸웠어요. 엄마도 그랬고요. 그런데 저는 아무런 도움을 줄 수 없다니 참을 수가 없어요. 아줌마는 지금쯤 단정하게 앉아, 농장에서 기다리고 있을 거예요⋯⋯ 기대감에 부풀어서⋯⋯."

"나더러 널 태워다 달라는 얘기야?"

"저기⋯⋯." 농장에 가서 두 사람을 태우고 투표소까지 가 달라고 부탁할 요량이었다. 나는 그분들을 시내에서 만날 거라고. 그런데 생각해 보니 그건 불가능했다. 샌디는 농장 위치도 몰랐다. 길을 모르는 것쯤은 샌디의 걱정거리 축에 끼기도 힘들었지만.

별수 없이 고개를 끄덕였다. 운전대에 올려놓은 샌디의 두 손을 보니, 찬바람에 손등이 빨개지고 있었다. 이로 물어뜯은 손톱은 짧았다.

"어려운 일이라는 거 알아요. 농장도 꽤 멀어요. 6킬로미터쯤 되니까. 게다가 거기서 다시 시내로 가야 해요. 내 바람대로라면 그곳은 투표할 사람들로 북적거릴 테고요. 투표를 마치면 같은 길을 되돌아와야 해요. 말하고 보니 엄청난 부탁이네요." 나는 머리 가닥 끝을 잘근잘근 씹었다. "샌디에게는 이 선거가

221

별 의미가 없다는 것도 알아요."

"헬렌에게는 의미 있는 일이었다." 착 가라앉은 목소리였다. 운전석 등받이에 기대앉은 채 팔을 뻗어 문 맨 위쪽을 짚더니 드럼을 치듯 손가락으로 두드려 댔다. 샌디가 내는 소리가 거슬렸지만 지그시 참았다. 우리 둘의 숨소리도 들렸다. 내 호흡은 정상으로 돌아오고 있었지만, 기대감으로 가슴은 들떴다.

"오늘 여성들이 투표하는 모습을 보았다면 헬렌이 무척 좋아했을 텐데." 알아듣기 힘들 정도로 목소리가 작았다. "그 애 어머니는 투표도 하지 않을 테지만."

"하려고 노력할지도 모르죠. 헬렌을 추모하면서."

샌디가 고개를 저었다.

"그런데 샌디는 투표할 수 있어요?"

"나는 벨파스트에 있는 고향에 등록되어 있어. 그래서……아니, 난 못 해." 샌디는 하염없이 앞만 물끄러미 바라보았는데, 온전한 눈은 어중간한 곳에 고정되어 있었다. 내가 얼마나 간절하게 매달리고 있는지 샌디도 틀림없이 느낄 거라고 생각했다. 이윽고 샌디가 마음을 정한 모양이었다. 손잡이를 잡는가 싶더니 문을 밀어젖히고 차에서 내렸다. 말로든 행동으로든 붙들어 세울 겨를도 없이, 나 혼자 차에 남겨 둔 채 집을 향해 걸어가 버렸다.

1233567890

실망과 분노가 내 머릿속에서 팽팽하게 맞붙었다. 이제 내가 할 수 있는 것은 차에서 내려, 다시 자전거를 끌고 와서, 로즈 아줌마에게 나쁜 소식을 전하러 가는 것뿐이었다.

문을 열고 자갈길 위에 내려섰다. 부츠에 밟히는 자갈 소리가 요란했다. 문을 꽝 닫은 순간 샌디가 집 모퉁이를 돌아 나왔다, 오버코트를 입고 트위드 챙 모자까지 쓰고 운전용 고글을 손으로 돌리면서. 나를 보더니 얼굴을 찌푸리며 물었다.

"그새 마음이 바뀐 건 아니지?"

"그건…… 중요하지 않은 거 같아요!" 나는 다시 차에 훌쩍 올라탔다. "출발!"

처음에는 어찌나 느리게 운전하는지 빽 소리치고 싶었다. 조심조심 마당 찻길을 빠져나가, 오솔길을 살금살금 내려가더니, 갈림목을 향해 엉금엉금 기어갔다. 나는 빽빽거리기는커녕 숨소리까지 죽이고 있었다. 운전을 못 하겠다고 할까 봐 겁났다. 들리는 것이라고는 털털거리는 엔진 소리뿐이었다. 갈림목에 가까이 갔을 때는, 샌디가 움쭉달싹 못 하고 자신이 어디에 있는지조차 모른 채 서 있던 기억이 거센 폭풍처럼 머릿속을 휘저었다. 나 자신의 두려움은 까맣게 잊었다. 샌디가 계속 운전할 수 있게 하는 데에만 집중했다. 샌디를 바라볼 수도 없었다. 두 눈을 앞길에 딱 고정시킨 채 속으로만 주절거렸다. 멈추지 마요, 샌디, 멈추지 마요. 멈추면 안 돼요…….

갈림목이 코앞인데, 차가 요란하게 흔들리더니 우뚝 멈췄다.

샌디가 앞으로 푹 쓰러지며 얼굴을 손에 묻었다. "못 하겠어." 그러고는 고글을 벗고 머리를 운전대에 기댔다. 숨소리가 거칠었다. 온몸을 심하게 떨어 댔다. 장례식에 가려고 나섰던 그날과 거의 비슷했다. 절망감에 휩싸인 나는 앉은자리에서 얼어붙었다. 기막히게 멋진 내 계획이 이렇게 끝장나는 것인가.

샌디의 어깨를 흔들었다. "기운 내요. 샌디는 할 수 있어요." 내 목소리가 가냘프고 확신이 없었다. 가까스로 힘내서 말했다. "우리 저 나무까지만 가 봐요. 보이죠?"

일단 고개는 들게 만들었다. 얼굴에 땀이 송골송골 맺혀 있었다. 그래, 장례식이 있던 그날만큼 심각하진 않아. 적어도 참호니 뭐니 헛소리는 늘어놓지 않았잖아. "가야 할 길을 한꺼번에 생각할 필요 없어요. 한 번에 조금씩만 생각해요. 기억나요? 우리가 보았던 그 하늘? 별들이 하나씩 하나씩 도는 모습을 보았던 거? 그 별들 생각나세요? 우리도 그렇게만 하면 돼요."

"못 해." 샌디가 기어드는 목소리로 말하고는 마른침을 꿀꺽 삼켰다. "이건 우리가 굳이 안 해도 되는 일이야. 생사가 걸린 문제도 아니고."

"생사가 걸린 문제만 중요한 건 아니잖아요."

묵묵부답이었다. 지금껏 사는 동안 샌디는 얼마나 많은 생사 기로에 서 있었던 것일까. 만약 샌디가 실제로 사람을 죽였었다면, 그렇게 할 수밖에 없도록 만든 건 무엇이었을까. 운전대를 꽉 움켜잡고 있는 저 손에 총이 들려 있었을 테지.

"헬렌이라면 중요한 문제라고 말했을 거예요." 내가 과감하게 말했다.

샌디가 손수건을 꺼내서 얼굴에 맺힌 땀을 닦았다. 고글도 다시 썼다.

"그래, 어디 가 보자. 그런데 기념비 위에 앉혀 놓은 인내의 조각상처럼, 시종일관 조용히 앉아 있지 마. 신경 쓰이니까."

"정신을 흐트러뜨리지 않으려고 애쓰고 있었단 말예요." 내가 당당하게 말했다. 적어도 아직껏 내 두려움은 들키지 않은 셈이었다!

"나는 좀 흐트러뜨릴 필요가 있어. 헛소리라도 해. 뭐든 괜찮으니까. 계속 마구 떠들어."

"평소에 제가 부탁받는 것과는 정반대네요."

어쨌든 상관없었다. 로즈 아줌마를 투표소에 태워다 주기만 한다면 몇 날 며칠이라도 떠들어 댈 것이다.

운전이 하염없이 이어질 것 같았다. 억지로 수다를 떨었다. 대개 허튼소리였지만 지껄이는 걸 멈추는 순간 샌디가 또다시 아주 이상한 상태에 빠질까 봐 겁났다. 아니면 내가 그러든가. 내가 떨고 있다는 것을 알아채지 못하다니 믿기지 않았다. 별수 없이 고함을 지르기도 하고 윙윙거리는 엔진 소리를 흉내 내기도 했다. 한 그루 두 그루 나무들을 무사히 지나오는 사이,

어느덧 운전대를 꽉 움켜잡고 있던 샌디가 손힘을 빼고 느긋해지기 시작했다. 거친 숨소리도 안정되어 갔다.

이내 다른 걱정거리가 고개를 내밀었다. 샌디가 두려워할까봐 너무나 두려웠던 나머지, 지금껏 내 두려움은 거의 잊고 있었다. 그런데 야산으로 꺾어 들어서 구불구불 굽은 길과 가파른 비탈길을 오르내리기 시작하자 그 지긋지긋한 멀미도 같이 시작되었다. 끊임없이 주절거렸다. 다른 데로 주의를 돌려서 메스꺼움을 다스릴 수 있기를 빌었다. 그러나 아래로 쑥 꺼지는 듯한 내리막길을 지나자마자 검은 점들이 눈앞에서 어른거리고 창자가 뒤틀렸다.

"차 세워요!"

"설마 여기일 리가? 농장이 하나도 없는데?"

"토할 것 같아요." 내가 손으로 입을 틀어막고 가까스로 말했다.

"이런, 살려 주라." 샌디가 운전대를 홱 꺾더니 브레이크를 꽉 밟아 급정차했다. 내가 때를 놓치지 않고 허겁지겁 밖으로 나왔다.

예전만큼 멀미가 심했다. 심지어 장소도 그때 그 출입구 근처 같았다. 샌디는 도와줄 생각도 없었다. 뭐 그냥 안전하게 뚝 떨어져서 다리 한쪽을 들고 깡충깡충 뛰어다녔다. 이윽고 내가 비틀비틀 돌아가서 자동차에 기대섰다.

"네가 전에 차멀미 얘기를 했을 때 말이야. 나는 극적인 이야기로 꾸며 낸 줄 알았어."

"치." 나는 차가운 산 공기를 들이마셨다.

"차멀미 하는 걸 알면서도, 이 일을 하려고 했단 말이야?"

내가 고개를 끄덕였다. "얼마나 끔찍했는지 잊고 있었어요." 내가 솔직히 말했다. "얼마나 무서웠는지도. 보세요." 내가 부들부들 떨리는 손을 내밀었다. 왠지 샌디가 알았는데도 아무렇지 않았다. "사실 저는 자동차가 싫어요."

샌디가 두 손으로 얼굴을 문질렀다. "우리가 미친 게 막상막하구나."

"보세요. 우리가 얼마나 멀리까지 왔는지." 내가 골짜기를 가리켰다. 이곳에서 내려다보면 그 골짜기가 시내라는 것을 누구나 알아볼 수 있었다. 산골짜기와 확 트인 바다 사이에 작고 우중충한 건물들이 옹기종기 모여 있었다. 뒤쪽으로 보이는 길은 초록빛 야산들 사이에 리본을 깔아 놓은 듯 가느다랗고 구불구불했다. 앞쪽으로는 돌담을 둘러친 길을 낀 밭들이, 위에서 굴러떨어진 돌들이 쌓인 험한 산비탈까지 뻗쳐 있었다. 드넓은 우윳빛 하늘이 그 모든 것을 감싸고 있었다.

이번에는 시내를 손으로 가리켰다. "지금쯤 투표하려고 줄을 서겠네요. 남자들과 여자들이 함께. 많은 사람이 난생처음으로, 미래를 결정할 발언권을 행사할 거예요. 우리 때문에 그럴 수 있게 된 사람이 두 명 더 있어요. 자, 이제 다시 출발해요. 얼마 안 남았어요."

무사히 농장에 도착했다. 밭들 사이에 우묵하게 파인 길을 따라 차를 몰면서 샌디가 나직하게 휘파람을 불었다. "남자 한 명이 하기에는 일이 벅차겠네."

차를 세우는 순간 로즈 아줌마가 부엌문에서 나왔다. 불룩한

배 부분은 단추를 채우지 못했지만, 멋진 네이비블루 외투를 입고 깃털 달린 앙증맞은 모자를 쓴 차림이었다.

"왔구나!" 아줌마가 말했다.

"죄송해요, 너무 늦어서……. 문제가 좀 생겼거든요." 자세한 이야기는 하지 말자는 뜻으로, 샌디에게 눈을 찡긋했다. "이분은 샌디 레이드예요. 샌디, 저분은 로즈 설리번이에요."

"이제는 로즈 맥과이어입니다." 두 사람이 악수를 나눈 뒤, 아줌마가 물었다. "결국 낸시가 마음을 바꾼 거야?"

"아니에요! 독감에 걸렸어요." 내가 말했다.

"아이고, 저걸 어째." 로즈 아줌마가 와락 목을 감싸 쥐었다.

"남편분은 준비되셨나요?" 샌디가 물었다. 로즈 아줌마의 배를 보지 않으려고 애쓰는 티가 역력했다.

"마당에 있어요. 안 오는 줄 알았거든요. 좋은 옷 다 망치겠다고 했더니…… 하루를 낭비할 형편이 아니라면서 기어코 나가지 뭐예요." 로즈 아줌마가 미소 띤 얼굴로 나를 보았다. "나야 알았지. 네가 우리에게 실망을 주지 않을 거라는 걸." 아줌마가 자동차로 눈길을 돌렸다. "무척 사나운 맹수 같구나. 저걸 타고 시내로 들어서면 위풍당당하겠다."

찰리 아저씨가 모퉁이를 돌아 나와, 우리 곁으로 와서는 두 팔을 벌려 보였다. "옷은 더럽히지 않았어요. 저쪽 담만 조금 손봤어요. 손 닦고 모자만 바꿔 쓰고 바로 나오겠소." 아저씨가 로즈 아줌마한테 이렇게 말한 것은 샌디에게 고개를 까닥해 보인 뒤였다. 두 남자가 눈빛을 주고받는 품이 꼭 처음 보는 개들이 기 싸움을 벌이는 것 같았다. 나이는 어림잡아 샌디가 열 살

228

쯤 아래일 테지만, 전쟁터에서는 찰리 아저씨 같은 사병들을 지휘했을 것이다. 이윽고 두 사람이 악수를 했다.

찰리 아저씨가 집 안으로 들어갔을 때였다. 샌디가 도중에 생긴 일을 털어놓아서 쥐구멍에 숨고 싶은 심정이었다. 아줌마가 눈을 휘둥그렇게 뜨고 걱정했다. "어이쿠, 스텔라. 그러고 보니 얼굴이 아주 해쓱하구나. 우리끼리 시내에 갔다 올 테니 그동안 여기 있을래? 쓸데없이 무리하지 말고."

못 들은 척하기가 힘든 유혹이 아닐 수 없었다. 솔직히 나는 아직도 자동차를 타는 게 익숙하지 않았다. 차멀미를 한다는 사실이 비참하고 수치스러웠지만, 한편으로는 좋은 핑곗거리이기도 했다. 시내까지는 먼 길이었다. 또 한바탕 치를 게 뻔한 고역을 모면할 좋은 기회였다. 내가 필요하지도 않은 눈치였다. 나는 투표도 할 수 없었다. 차라리 여기에 남아서 내가 할 수 있는 일을 하는 편이 더 나을 것이다. 샌디가 길을 모를지라도, 아줌마나 아저씨가 얼마든지 일러 줄 수 있었다.

그러나 샌디와 아줌마 부부는 서로 생판 모르는 사이였다. 운전을 계속하려면 샌디가 얼마나 애를 써야 하는지 두 사람은 알 턱이 없었다. 만약 샌디가 또다시 히스테리 발작이라도 일으키면 어쩔 것인가.

"아니에요. 저를 빼놓고 온갖 모험을 하시게 그냥 둘 줄 아세요? 괜찮을 거예요……. 걱정 마세요. 만약 차를 세워야겠다 싶으면 미리미리 큰 소리로 알려 줄게요." 나는 최대한 밝은 목소리를 냈다.

"내가 몇 주 동안 입덧을 했는데……" 로즈 아줌마 말에 샌디가 얼굴을 붉혔다. "생강을 씹으니까 도움이 되더라. 좀 남았을 거야. 얼른 뛰어가서 가져오렴. 찬장 가운데 선반에 올려 둔 단지 속에 있어."

들어갔다 나오는 길에 물을 마시려고 잠깐 걸음을 멈춘 사이, 앉을 자리를 놓고 실랑이를 벌이는 소리가 들렸다. 로즈 아줌마는 다리가 불편한 아저씨더러 앞자리에 앉으라 권하고, 찰리 아저씨는 배 속 아기를 생각해서라도 당연히 아줌마가 앞자리에 앉아야 한다고 우겼다.

샌디가 두 다리의 위치를 바꾸면서 말했다. "저기, 아기 때문이라면, 혹시 곧 나오는 건 아니겠죠?"

로즈 아줌마가 큰 소리로 웃었다. "3월에나 나올 거예요."

"잘됐군요. 그때까지는 모험할 시간이 충분하네요."

결국 찰리 아저씨가 뒷자리에 앉은 내 옆에 올라앉았다. 생강 때문인지, 나는 산길을 무사히 넘겼다. 곧게 뻗은 매끄러운 도로를 쌩쌩 달려 시내로 들어서면서부터는 마음이 푹 놓였다. 자동차 소음이 너무 심해서 대화는 별로 못 했지만 앞좌석에서 나누는 이야기 중에 몇 마디는 또렷이 알아들었다. "여성 참정권 운동…… 투표…… 교도소…… 진심으로 믿는…… 참으로 친절한…… 가엾은 낸시……."

로즈 아줌마가 쓴 모자 밑으로 금빛 머리털 몇 가닥이 삐져 나와 외투 깃 위 목덜미에 감겼다.

찰리 아저씨가 손을 뻗어 그 머리를 만지면서 말했다. "이 투표는 저 사람한테 매우 중요한 일이야. 무척 열심히 싸웠고…… 아주 많은 것을 잃었다……. 나와 처음 만났을 때 저 사람에게 남은 건 투지와 분노밖에 없었지! 그러더니 공장에서 여성 노동자들을 조직했어. 그들 모두 로즈를 존경했다. 내가 아는데, 저 사람 소망 하나가 다시 그들과 함께하는 거야." 아저씨가 이렇게 길게 말한 건 이때가 처음이지 싶었다.

내가 고개를 주억거렸다. "제 엄마도 그랬어요. 엄마가 있었으면…… 오늘…… 아저씨도 아실 거예요."

"알지." 찰리 아저씨가 좀 야릇한 표정을 지어 보였다. "너, 그 사람 많이 닮았어."

"한 번도 만난 적이 없다면서요."

아저씨가 당황한 눈치였다. "로즈, 로즈를 많이 닮았다고."

"뭐, 그거야 놀랄 일이 아니지 않아요?"

아저씨가 미처 대답할 겨를도 없이 관청 사무소 바깥에 차가 섰다. **투표소**라고 적힌 하얀 현수막이 난간에 걸려 있었다. 트위드 챙 모자를 쓴 남자를 뒤따라 땅딸막한 여자가 투표소에서 나왔다. 여자가 우리에게 웃어 보였다. 저 여자도 나처럼 역사에 길이 남을 중요한 일을 했다고 여길까.

"여기 있었구나." 샌디가 말했다.

나는 아줌마 부부가 투표소로 들어가는 모습을 지켜보았다. 찰리 아저씨는 다리를 심하게 절뚝거렸지만 머리는 꼿꼿이 들었다. 배 속 아기 때문에 남편 팔을 붙들고 가는 로즈 아줌마는 걸음걸이가 어색했지만, 역시나 당당했다. 두 사람 모두 투쟁했고 고통을 겪었다. 아일랜드의 앞날은 어떻게 될지 불투명했다. 그러나 오늘은 승리를 거둔 날이자, 두 분이 난생처음으로 아일랜드의 앞날을 결정할 발언권을 행사하는 날이었다.

1234567890

로즈 아줌마와 찰리 아저씨가 팔짱을 끼고 투표소에서 나왔다. 아줌마 얼굴이 별처럼 빛났다.

"같이 가서 차 한잔하면 좋겠어요. 감사 인사도 드릴 겸." 로즈 아줌마가 말했다.

"저는 아무것도 한 게 없습니다." 샌디가 사양했다.

로즈 아줌마가 간절한 눈빛으로 샌디를 바라보았다. "무슨 그런 말을."

"호텔 문 닫았습니다."

"코지 케틀은 아니에요. 저기 보세요……. 아까 투표소에서 나온 부부가 방금 들어갔어요." 내가 끼어들었다.

"공공장소는 폐쇄해야 되는데." 샌디가 말했다.

"뭐, 안 그런 곳도 더러 있나 보죠. 그래도 우리는 모두 독감을 이겨 냈잖아요. 저는 차를 마시고 싶어요. 생강을 하도 씹었더니 입에서 불난 것처럼 죽겠단 말예요!"

샌디가 미처 알아채지 못한 게 분명한 아줌마의 속뜻을 귀띔해 주고 싶었다. 두 분은 우리에게 차를 대접하고 싶어 해요. 네, 아마 그럴 형편은 안 될 거예요. 그런데도 조금이나마 신세를 갚고 싶은 것이 두 분 마음인걸요. 같이 차를 마시러 가면 기뻐할 거예요. 이 말을 눈빛으로 전하려고 노력했지만, 헛수고였다.

샌디는 엉뚱한 말만 했다. "스텔라, 너 또 속이 메스껍니? 표정이 이상한데?"

"바람 좀 쐬면 괜찮을 거예요. 두 분 먼저 코지 케틀에 들어가 계실래요? 저희도 금방 들어갈게요." 내가 로즈 아줌마에게 말했다.

나는 샌디가 도망치지 못하도록 팔을 꼭 붙잡고, 해안가 산책길을 걸었다. 샌디와 팔짱 낀 느낌이 좋았다. 꼭 오빠와 산책하는 기분이었다. 지나가는 우리를 보면서 몇몇은 감탄스러운 눈빛으로 샌디를 쳐다보기도 했다. 키가 훤칠하게 큰 데다, 한쪽 눈을 보고 상이군인이라는 것을 알아본 모양이었다.

우리는 철책에 기대섰다. 바다는 잿빛이었지만 오후 햇살이 수면 위에서 노닐며 반짝거렸다.

"내 방 창문에서 본 풍경과 똑같네. 여기서 보니까 느낌이 다르긴 해도." 샌디가 바람을 한껏 들이마셨다. "어렸을 때 이곳에 오곤 했어. 바닷가로 휴가 여행을 왔었는데, 우리 가족은 항구 바로 맞은편에 있는 하숙집에 묵었지."

"그런 줄 몰랐어요." 그렇게 말하긴 했지만, 사실 나는 샌디에 관해 아는 게 별로 없었다.

"그게 서니뷰에서 나왔을 때 이곳에 머문 이유 중 하나야. 여기에서는 언제나 아주 행복했거든."

"그런데……" 내가 과감하게 말했다. "정작 시내에는 한 번도 나온 적이 없지 않아요? 어디든 갈 수 있었을 텐데 말예요."

"그렇지 않아. 방에 틀어박혀 있을수록…… 음, 네가 본 그 대로야. 프랑스에서 있었던 그날처럼 꼼짝도 하지 못한 채 서 있었던 거……. 그때 무슨 일이 있었는지는 말해 줬잖아. 그날 이후로는 두 번 다시 떠날 수 없었어. 꽁꽁 얼어 버린 셈이지."

"지금은 안 그러죠?"

샌디가 한참 동안 잠자코 있다가 말했다. "네 덕분이야."

"제가 뭘 했다고요. 조금 못살게 굴기만 했지."

샌디가 철책 무늬를 쓰다듬었다. 오늘만큼은 손에 담배가 들려 있지 않았다. "날 괜히 괴롭힌 게 아니잖아. 너는 친절 을……"

"모두 다 친절을 베풀었어요, 샌디. 아니라고는 말 못 할 거 예요. 하숙집 사람들이 모두 샌디를 중심으로 움직였으니까. 이래도 레이드 대위님, 저래도 레이드 대위님 하면서."

샌디가 당황한 것 같았다. "몰랐다."

"그게 아니라, 다락방에서 미친 남자 노릇 하느라 정신없었 겠죠."

아무 대꾸가 없어서 기분이 상한 줄 알고 얼른 덧붙였다. "샌디가 미쳤다고 생각하는 건 아니에요."

"그건 신경 쇠약이라고 하는 거야." 샌디가 얼굴을 찌푸렸다. "불안해하는 병."

"오늘은 불안해하지 않았어요. 여기 올 때까지 단 한 번도요. 샌디는 정말 용감했어요."

"네 덕분이야."

이번에는 말꼬리를 잡지 않고 아주 겸손한 척 내숭을 떨면서 내가 말했다. "우리가 멋진 팀이었죠."

"너도 용감했어. 나 못지않게 겁났으면서, 더욱이 멀미하는 것도 알면서…… 그런데도 했잖아."

내가 어깨를 으쓱했다. "그건 좀 달라요……. 뭐랄까, 샌디가 용감했던 거랑 다르다고요."

"용감성에도 여러 가지가 있으니까."

"맞아요." 로즈 아줌마와 엄마가 생각났다. 두 사람은 여성 투표권을 위해 대단히 용감하게 싸웠다. 엄마는 끝내 그 싸움의 끝을 못 보았지만, 로즈 아줌마는 보았다. 투표를 하고 나온 아줌마의 얼굴! 그 얼굴을 생각하며 빙긋이 웃었다. "가치 있는 일이었어요. 저 투표소에 있는 사람들 중에 사연 있는 사람이 얼마나 많을까요?"

"모두 다 사연이 있겠지. 전쟁, 독감, 독립 운동……. 아일랜드에서 이처럼 엄청난 일들이 일어나고 있는 지금은 특히나. 그 모든 문제를 한꺼번에 이해하기는 힘들 테니까."

"하늘을 볼 때랑 비슷하네요. 별을 하나씩 차근차근 보아야만 온전히 이해할 수 있을 거예요." 오늘 투표하러 온 모든 여성을 생각해 보았다. 하나씩 하나씩 어둠을 뚫고 돋아난 별들처럼, 여성의 투표 한 장 한 장이 앞날을 환히 비출 터였다.

"집에 갈 거야." 샌디가 말했다.

"로즈 아줌마랑 찰리 아저씨가 기다리고 있는데……."

"지금 가겠다는 게 아니라…… 벨파스트 집에 갈 생각이야. 우리 가족은 헬렌을 잃었어. 나까지 없으면 안 될 것 같아서."

235

"하지만……." 샌디가 여기 머무르면 좋겠어요. 로즈 아줌마와 찰리 아저씨하고 친해지고, 농장 일도 거들어 주면 좋겠어요! 내 위대한 계획을 망치면 안 되죠.

정작 내가 입 밖에 낸 말은 이것이었다. "언제요?"

"내일. 기차로."

"영영 떠나는 거예요?"

샌디가 어깨를 으쓱해 보였다. "일부나마 평범한 삶을 다시 시작할 때가 되었어. 그럴 만큼은 건강하니까."

"몇 주 동안 농장에서 일하면 훨씬 더 좋아질 거예요. 샌디도 아니라고는 못 할걸요? 여기서 상쾌한 바닷바람의 혜택을 누렸다는 거 말예요. 왜 하필 도시로 가려고 하는데요? 독감 병균이 득실득실한데. 신문도 안 봐요? 보나 마나 샌디 부모님도 안부 편지를 받는 게 한결 마음이 편하실 텐데. 아주 많이 좋아졌다고, 독감이 사라지면 찾아뵙겠다고 약속하는 편지 말예요."

샌디가 웃음을 터뜨렸다. "스텔라! 너, 지금 나를 조직화하려는 거지."

"저도 어쩔 수 없어요." 내 목소리가 애절했다. "그게 제가 해야 할 일이거든요."

"항상 그러길 바란다. 그러나 너한테는 더 큰 일이 필요해."

나는 잔물결이 일렁거리는 바다를 찬찬히 살펴보았다. 샌디가 벨파스트로 가면, 나도 갈 수 있었다. 샌디 곁에 있기 위해서가 아니라 더 큰 일을 시작하기 위해서. 샌디를 찾아가서 모험담을 들려주면 썩 근사하긴 하겠지만.

그러나 낸시 이모가 앓아누웠다. 이모가 회복되면—목숨 건 도전을 하지 말기를 비는 심정으로 두 손가락을 엇걸었다—하숙집을 꾸리는 데 내 도움이 필요할 것이다. 로즈 아줌마와 찰리 아저씨 곁에서도 떠나고 싶지 않았다. 아직은. 내 가족이라는 사실을 알게 된 지금은 더더욱.

"언젠가는 더 큰 일을 할 거예요. 아직은 시작할 수 없어도."

좌절감이 들어서 괜한 방파제를 발로 찼다. "아야!"

"이크, 스텔라." 샌디가 쓴웃음을 짓지 않은 건 처음이었다. "네가 벌써 시작했다는 걸 모르겠어?"

먼저 여성 참정권 운동을 다룬 소설을 출간할 필요성을 느끼고, 나에게 집필을 맡기고, 그 결과물을 대단히 흡족해한 리틀 아일랜드 출판사의 시오반 파킨슨과 그래니 클리어에게 감사드립니다. 이 책『별 옆에 별』을 쓰는 작업은 더없이 행복한 경험이었어요. 두 분의 열정이 제게 크나큰 힘이 되었습니다. 탁월한 출판 에이전트 페이스 오그래디, 내 글을 신뢰하고 내 작품 활동을 위해 힘써 준 모든 것에 이번에도 감사드려요.

고문헌과 옛날 신문들을 찾을 수 있도록 배려해 주고 열성적으로 도움을 준 벨파스트의 리넨 홀 도서관 관계자 여러분들, 고맙습니다. 이 책을 퇴고할 수 있도록 안식처와 같은 작업 공간을 제공해 준 애나머케리그에 있는 티론 거트리 예술 창작 센터 측에도 늘 감사해하는 제 마음을 전합니다.

원고를 꼼꼼히 검토해 준 수잔 브라운리와 줄리 맥도널드, 여러모로 도움을 준 사랑하는 모든 친구들, 특히 동료 작가 여러분에게도 고마움을 전합니다. 이번에도 어김없이 감사드릴

분들을 챙기면서 깜박한 이름이 있을까 조심스럽네요. 만일 바로 나라고 여기시는 분이 계시다면 그분들께도 감사드립니다. 서점 관계자와 서평가와 독자 여러분, 제 책을 아껴 주셔서 고맙습니다. 아울러 결례가 아니길 바라면서, 이 최신작도 성원해 주실 것이라 믿고 미리 감사드립니다.

변함없이 나를 믿어 주는 부모님, 존 커와 포피 커. 고맙습니다. 이 작품의 주인공 스텔라처럼, 늘 중요한 일을 하고 싶었던 저에게 항상 할 수 있다는 믿음을 심어 주셨죠. 페미니즘과 자기 신념에 관해 배우고 익히게 해 준 나의 모교 빅토리아 칼리지, 역사를 사랑하게끔 불을 지펴 주신 앨리슨 조던 역사 선생님을 감사하는 마음으로 기억합니다.

마지막으로 항상 고마움을 잊지 못하는 분들이 있습니다. 우리 모두의 더 나은 앞날을 위해 용감하게 싸웠던 역사 속 숱한 여성들과 현재 세계 곳곳에서 싸움을 계속하고 있는 여성들입니다. 한 분 한 분이 모두 별입니다.